龙虎剑侠缘

民国武侠小说典藏文库·冯玉奇卷

冯玉奇 ◎ 著

中国文史出版社

目　　录

第 一 回　月夜吹箫突来引凤客

　　　　　痴心结爱渴病求凰人 ………………………… 1

第 二 回　千里下山为筹千金饷

　　　　　百计求婚用尽百种谋 ………………………… 13

第 三 回　诬盗种赃九龙杯被窃

　　　　　移花接木向凤姑出难 ………………………… 25

第 四 回　星月依然双雄争救女

　　　　　门庭如旧老父祸来临 ………………………… 37

第 五 回　屈打成招衔冤奔长途

　　　　　以强欺弱恃蛮压书生 ………………………… 49

第 六 回　神出鬼没收服虎头剑

　　　　　风狂雨骤病磨何玉蓝 ………………………… 60

第 七 回　野店荒村姑娘染奇疾

　　　　　胡说八道医士落圊缸 ………………………… 73

第 八 回　和尚淫恶化缘访美色

　　　　　妮子风流茅屋动春情 ………………………… 86

第 九 回　一缕闷香爱卿身罹劫

　　　　　千里追踪兄妹各逞强 ………………………… 99

第 十 回　皇觉寺中大破藏春室

　　　　　何家庄上共庆和乐杯 ………………………… 111

第十一回　草庵停柩戴天仇必报
　　　　　禅宫藏艳人妖迹可疑 ……………………… 123

第十二回　如花美眷洞房春无价
　　　　　似梦姻缘歧途泣奈何 ……………………… 137

第十三回　颠倒阴阳浪人遭淫戮
　　　　　天生鹣鲽淑女得好逑 ……………………… 150

第十四回　儿女弄舌兰闺春得意
　　　　　孀妇受屈月黑暗销魂 ……………………… 165

第十五回　伤寒起病谁怜孤寒骨
　　　　　泼水湿衣又结露水缘 ……………………… 178

第十六回　昧良吞产衔血喷人毒
　　　　　登岩入洞无心得剑奇 ……………………… 193

第十七回　道士炼剑集五百童子
　　　　　大侠复仇刃两颗头颅 ……………………… 207

第十八回　如玉美臣脱险清龙寨
　　　　　小娥银瓶联成鸾凤缘 ……………………… 219

第十九回　镖头有毒一丝牵好合
　　　　　白璧无瑕三美结成双 ……………………… 234

第二十回　儿女英雄额手齐祝贺
　　　　　龙虎剑侠诛仇庆团圆 ……………………… 248

附　　录　从鸳鸯蝴蝶派谈到冯玉奇小说 ………… 裴效维　265

第一回

月夜吹箫突来引凤客
痴心结爱渴病求凰人

一片蔚蓝的天空中，万里无云，只有一轮圆圆的如同明镜一般的月亮姑娘，她光泽而含微笑的玉容，一缕缕地倾吐出她柔媚的光芒，照耀得整个花园里的景物，很明显地呈现出来。时正初秋天气，满园子里的绿叶成荫，晚风轻轻地吹送，树叶儿都不停地摇摆，发散出瑟瑟的细碎声音。这声音是含有音乐的成分，在静夜的空气中流动，是更觉得清脆动听。园子的面积虽然不大，但亭台楼阁，却点缀得非常美观。前面是一个圆圆的池塘，水面上尚浮着翠绿的荷叶。这时池边石栏旁相对站着一男一女，男的是个青年公子，头上戴着束发嵌宝的紫金冠，齐眉勒着二龙抢珠金抹额，一件二色百蝶穿花大红箭袖，束着五彩丝攒花结长穗宫绦，外罩石青起花八团倭缎排穗褂，蹬着青缎粉底小朝靴。面如敷粉，唇若涂脂，转盼多情，言语若笑，真是翩翩一个美少年。女的身穿月白绣红花的袄儿，外罩五彩刻丝石青褂。只见她两弯似蹙非蹙的笼烟眉，一双似喜非喜的含情目，面如满月，两颊如霞，真是王嫱再世、西子复生了。

诸位，你道这两个人是什么关系？原来是表兄妹。男的姓花名如玉，女的姓向名凤姑。如玉父亲名廷豪，由两榜出身，现任京中礼部侍郎。娶妻李氏，生一子一女，女名爱卿。廷豪在京城做官，家眷却仍住在故乡广东番禺县的兴隆街。凤姑幼丧父母，六岁时由李氏夫人领归抚养，那时如玉只有七岁，爱卿只有五岁，表兄妹三

1

人，青梅竹马，十分亲爱。不料第二年冬天，有一女尼，前来化缘，次早爱卿便即失踪。李夫人焦急万状，虽着人四出找寻，却影踪全无，心中悲伤十分，一面写信报告廷豪，一面贴榜赏格。谁知消息沉沉，直到现在。光阴匆匆，不知不觉已过了十个年头了。

凤姑年方二八，生得芙蓉其颊，杨柳其腰，娉娉婷婷，大有仙子凌波之姿，如玉自然是非常倾心。凤姑因如玉一表人才，宛如玉树临风，一颗芳心，亦早暗自属意。况两人自幼一块儿长大，心心相印，各人的心坎里，都承认将来是一对美满的姻缘。李夫人慈爱成性，见两人平日情形，也晓得儿女的心事，预备将来早晚成了他们愿望，眼前虽未明言，却早已存下了心。

如玉、凤姑两人脉脉含情地凝望了一会儿，凤姑颇觉不好意思，便慢慢地垂下头来。如玉悄声儿问道："凤妹，前两天你不是老咳嗽吗，不知现在可大好了吗？"

凤姑听了，方才又微抬粉脸，含笑说道："多谢玉哥关心，妹已全好了。不知怎的，身子乏了，便要咳嗽的。"

如玉道："妹妹身子终太柔弱了，所以我劝你别常常忧愁着。前儿妈叫小红拿给你三两燕窝，你可有吃完了没有？"

凤姑道："还不曾哩！"说着，凝眸沉思了一会儿，忽然又对如玉说道："光阴真过得好快，爱卿妹妹失踪，不知不觉竟有十个年头了。假使她现在能回来，不是也有十五岁了吗？想起了爱卿妹妹，真是讨人欢喜，可惜她竟失踪了。"凤姑说毕，又轻轻地叹了一口气。

如玉听她提起爱卿，心里亦颇感难过，说道："对于妹妹的失踪，现在我想起来，觉得非常稀奇。像我们这样门第，外面歹人自然混不进来。况且妹妹那年还只有五岁，她一个人是不会走到外面去的。而且我记得当夜我们三人还好好在一块儿玩笑的，谁知第二天早晨妹妹就不见了，所以我说其中一定有缘故的。"

凤姑听到这里，凝眼望着他的脸儿，问道："你说有什么缘故呢?"

如玉道:"你还记得妹妹失踪前一日,有一个老尼来我家化缘吗?"

凤姑眼球一转,哦哦响了两声,说道:"有的,有的,那么照哥哥的意思猜想,卿妹难道是给这个老尼拐去了吗?但是卿妹睡在深闺里,她怎样把妹妹拐了去呢?"

如玉微笑道:"这个你不知道吗?那老尼一定是个异人,她把妹妹带了去,也许收做徒儿了呢!"

凤姑听了,抿嘴扑哧一笑,说道:"但愿果然如此,那我们不是仍可以有见面的日子吗?而且到那时,卿妹一定已学得一身惊人本领了呢!"

两人正在拿了无聊的话,互相安慰着,忽见凤姑房中的丫鬟菊儿,拿了一支凤凰箫,笑嘻嘻地走来说道:"今夜月色这样好,大少爷和表小姐不寂寞吗?婢子想表小姐是爱吹箫的,大少爷又是爱听表小姐吹的,所以婢子就拿来了。"

如玉听她说得有趣,心里很是欢喜,便忙伸手接过,递到凤姑面前,含笑说道:"昔箫史善吹箫,秦穆公以女弄玉配之,夫妇吹箫,能引凤至。今妹妹吹箫,其声之悠然动听,我想彩凤亦必随声而来矣!"

凤姑听他这样说,粉颊上顿时罩上了一层红晕,秋波水盈盈地瞟了他一眼,伸出纤纤玉手,拿过凤凰箫,嫣然笑道:"妹妹怎敢与古人相比。"说着,和如玉同在石栏上坐下。凤姑遂横了洞箫,凑在樱嘴上,呜呜地吹了起来。如玉觉其声幽静清雅,使人心怡神旷,思虑一清,情不自禁地连连点头。凤姑见他这样如醉如痴的意态,忍不住放下洞箫,咻的一声笑出来。不料正在这时,忽听一阵哈哈的笑声,连连地赞道:"吹得好,吹得好,吹得真好极了。"

如玉、凤姑冷不防倒吓了一跳,慌忙回头望去。只见那边假山旁站着一个少年,服装华贵,年约二十,满脸含了笑容,两手犹合在一起。如玉仔细一认，心中虽然不悦，但也不得不站起来，招呼道："啊哟！我道是哪个，原来是耀忠兄，有失远迎，多有得罪，抱歉抱歉。"

耀忠早已步了过来，向如玉拱手笑道："如玉兄说哪儿的话来，小弟直闯尊府花园，倒是冒昧十分呢！"

耀忠嘴里虽然和如玉说话，但他两眼却偷偷地只管向凤姑瞟来。如玉见凤姑两颊早已通红，扶着菊儿，垂了头已姗姗地回内室去了。耀忠的视线，也跟着凤姑的倩影，却兀是出神。如玉瞧此模样，心中好生着恼，因说道："耀忠兄忽然下降敝舍，不知有何贵干？"

耀忠这才如梦初醒一般，回过脸来，微笑道："哦！哦！小弟今夜因在紫兰院里宴客，路遇尊府，故而特地亲自前来相邀，同去一叙如何？"

如玉摇头道："屠兄盛情，敢不从命？奈家慈略有不适，恐深夜归家，诸多不便。他日家母病愈，定当奉陪。"

耀忠听了，忙又问道："伯母不知是什么贵恙？花兄恕小弟造次，敢问刚才这位可是花兄的尊夫人吗？"

如玉微红了脸，连连摇头，说道："不是，不是，她是小弟的表妹，自幼即住在我家，否则小弟怎会不给你们介绍呢！小弟是还没有娶亲哩！"

耀忠听了，暗暗欢喜，当下便辞别出来。如玉送到大厅，见老仆花林和耀忠小童墨官正在说话，一见主人出来，墨官便随耀忠走了。如玉待耀忠去后，便向花林埋怨道："你怎的任他直闯花园，不先来通知咱干吗？"

花林听了，慌张着道："大爷有所不知，屠爷虽然在我家来了不多几次，他偏说和大爷是知己，说既在花园闲散，咱就自己找去，何必通报。小人恐大爷责怪慢客，所以只得任他进来了。"

如玉听了，知道耀忠仗着他爸爸势力，到处随心所欲，不把他人放在眼里。责怪下人，原也无用，遂怏怏不乐地回上房去了。

如玉跨进上房，只见向凤姑表妹坐在床沿，和妈妈聊天。小红见大爷进来，便忙倒上一杯香茗。如玉走近床前，叫了一声妈，说道："刚才我和凤妹见妈妈睡着了，所以到花园里去玩一会儿，此刻妈觉好些吗？"

李夫人点头道："好多了，玉儿，是哪个找你呀？"

如玉恐妈生气，所以含混地道："是屠家耀忠兄，约孩儿去玩，孩儿已谢绝了。"说着，回眸见凤姑，她却低着头，似有不悦之色。意欲抱歉几句，又恐妈妈听了要责自己不长进，不该和这种人交友，因此也只好待了一会儿。李夫人见时将二更，遂催他们去睡，于是两人道了晚安，菊儿掌灯在前，两人便移步轻轻地出了上房。

到了凤姑的卧房门前，凤姑向如玉瞟了一眼，含笑说道："玉哥请里面坐一会儿怎样？"如玉含笑点头。

两人进去坐下，菊儿把炖热的莲子倒了两小盅，请两人用些。如玉笑道："这是妹妹吃的东西，我怎么好意思抢着吃呢？"

菊儿抿嘴笑道："多着呢！大爷只管吃，表小姐哪里吃得了这许多！"

凤姑却向如玉睃了一眼，意思是嗔他不该说这些话。如玉也自知失言，便拿起小羹匙掬了就吃，还对凤姑笑道："那么妹妹快也吃一些。"凤姑见了，这才回嗔作喜，不禁嫣然一笑，也拿了银匙吃几粒。

如玉笑道："妹妹的胃口真弱，你瞧我一碗不是吃得一粒没有了吗？"

凤姑把自己一碗莲子向他轻轻推了过去，说道："我这人吃东西就古怪，太甜吃不下，太淡又觉没味儿。这碗我只吃了四五粒，你如不嫌脏的话，就拿去吃吧。"

如玉听她这样说，便笑道："妹妹怎么说脏，也许更香甜哩！"

菊儿在旁听了，忍不住哧哧地笑。凤姑红晕了娇靥，啐他一口，似嗔似笑地道："你少给我胡说吧！"

5

如玉道："我再不敢胡说了，但妹妹多少该吃一些，怎么你一碗都不吃，我倒给你吃了两碗呢？这样吧，妹妹这碗分一半给我，一半仍妹妹自己吃吧！"

凤姑笑道："我吃得下的话，还用和你客气吗？"

如玉听她这样说，便望着她道："我说妹妹胃儿这样弱，实在是少运动的缘故。"

凤姑不待他说完，便瞅他一眼，笑道："你这话有趣，那我怎样运动呢？难道和丫鬟们一样，也奔奔跳跳吗？"说得菊儿、如玉都笑起来。

如玉道："我何曾叫妹妹这样做，比方饭后，到院子里散散步，看看花卉，这样也未始不是运动之一，终不要老躲在房中，常常歪在床上。我怕妹妹闷出病来，所以老来惊扰你，不让你睡，和你有说没说地聊一会儿，那我才安心哩！"如玉说着，把吃剩的半碗莲子叫菊儿收拾了去。

凤姑听他这样多情，心里自然无限感激，秋波脉脉含情地瞟他一眼，但忽又害起臊来，把脸儿慢慢地垂到了胸前。这时菊儿又拧上两块手巾，并倒上两杯热气腾腾的玫瑰茶。凤姑纤手抚着茶杯，凝眸想了一会儿，忽然抬起头来，向如玉问道："表哥，这个耀忠是和你哪儿结识的呀？他……又是怎等样的人呢？"

如玉听她问起屠耀忠，知道表妹心中，对于耀忠轻薄的举动，定有不满，因说道："屠耀忠就是屠自强的儿子，我和他认识，也不过二月之久。其实这种纨绔脾气的人，我原不甘和他做朋友。今日他这种无礼举止，使我很对不起表妹，这个还请表妹原谅我吧！"

凤姑听如玉的话，仿佛已知自己的意思，一颗芳心，暗暗欢喜。因眉儿一扬，眸珠一转，无限温情蜜意地说道："他轻薄妹子，这还在其次。古人云'益者三友，损者三友'，妹妹为哥哥前程着想，还是和他少往来为妙。"

如玉听她这样婉言相劝，真不愧是个贤德的女子，心中愈加敬

6

爱，因连声点头道："妹妹金玉良言，敢不刻骨铭腑？往后自和他冷淡是了。"

两人谈了一会儿，如玉见凤姑已有倦意，遂起身道了晚安。凤姑遂叫了菊儿掌灯，伴大爷回房去安睡。

诸位！你道屠耀忠是怎等样人？原来他爸屠自强乃是个现任两广总督。自强娶妻方夫人，共生三子，不料长、次皆不幸身早亡，只剩下三子耀忠，自然是爱若珍宝，百依百顺。就是耀忠要天上的月亮，自强夫妇差不多也会想办法给他办去，因此更加造成了耀忠的撒痴撒娇。虽然年只二十，外面无所不为，花天酒地，挥金如土，一班儇薄子弟，无不狼狈为奸，作为他的爪牙。就是本城抚台大人，也要让他三分，虽然知道他在外面干了不法的事情，也只好装聋作哑，当个完全不知道的模样。

且说耀忠自从见了凤姑以后，他的灵魂竟好像是已脱离了臭皮囊一般，茫然地出了礼部侍郎的府门，踏着月色，嘴里连喊着美呀美呀！墨官跟在后面听了，心中好生奇怪，忍不住抢上一步，喊道："耀三爷，你说什么'美呀，美呀'，是不是紫兰花院里的香菜根美吗？"

耀忠听了，忍不住笑道："香菜根虽然美丽，但怎么及得来她、她……的美丽呢？"

墨官听不懂，瞅着他追问道："三爷说话有趣极了，她究竟是哪个她呀？"

耀忠道："我又不知道她叫什么名字，叫我喊什么好呢？"

墨官道："那么三爷是在什么地方瞧见的，我墨官不是夸海口，一定可以打听出来的。"

耀忠听了，灵机一动，因道："真的吗？花大爷的表妹叫什么，你可知道吗？"

墨官哈哈笑道："这事情说起来就巧，那日小的经过花大爷家门，见停着一乘轿子，里面坐着一个姑娘。这时花大爷的童儿书官匆匆出来，我们一见，便握手问好。小的因问轿中姑娘是谁，他说是他家表小姐房中的丫鬟菊儿。我问他表小姐姓什么叫什么，他告诉我说是姓向名凤姑，今天原到庙里进香去。我听了，果见后面又抬出一乘轿子，前面有湘帘下着，虽然瞧不清楚她整个面目，但隐约地尚可以辨出她的容貌，真个是美得无可形容了。三爷如爱她的话，何不把她娶了来呢？"

耀忠被他说得心头怪痒的，眼前又显出凤姑的玉容，口里不停地喊着凤姑的名字。墨官见他这样失魄落魂的神情，也忍不住好笑起来了。

耀忠那夜从紫兰院里回家，已是喝得酩酊大醉。到了他自己的卧房，只见他房中的丫鬟梅香笑盈盈迎着叫道："三爷，你怎么又喝得这个样儿回来了？刚才老爷着人来问，说三爷可在房里安睡了吗？我怕三爷被老爷责骂，给你谎说还在秉烛看书哩！我劝三爷以后千万别再深夜回来了，老爷知道了固然要不高兴，你自己身儿可也要紧呀！"

原来梅香本是方夫人的丫鬟，性情温柔，做事仔细。方夫人因爱耀忠，所以特地把她遣到耀忠房里服侍，现在已有四年多了。耀忠见梅香身儿窈窕，两颊如霞，便偷偷地爱上了她。梅香见三爷喜欢自己，便柔情蜜意地百般温存。耀忠也许她将来收作侧室，因此梅香把耀忠愈加关心爱护了。当时耀忠醉眼模糊，哪里听得到她的说话，走上前去，把她搂在怀里，嘻嘻地笑道："妹妹，妹妹，你真美丽呀！我实在想死你了。"说着，又捧了梅香的粉颊，连连吻香。

耀忠这个酒后举动，梅香是司空见惯，不足为奇，因任他吻了一会儿，柔声地叫道："三爷你醉得厉害呢！我倒杯茶给你喝，你快到床上去躺会儿吧！"说时，便把他扶到床边坐下，自己亲手倒给他一杯茶喝。

耀忠一面喝茶，一面抬了头望着她，笑道："你真美……你真美……"

梅香见他这个情景，心里倒不好意思起来，两颊盖上了一层红晕，秋波斜乜了他一眼，笑道："三爷，你竟醉得这样厉害哩！我瞧你还是早些睡吧！"

　　耀忠听了，迷糊地拉了她玉手，点头道："好的，你陪我睡。"梅香因给他宽衣解带，服侍他躺下。耀忠伸手将梅香拉倒，叫她并头睡下，梅香不敢违拗，只好依从了他。两人无限缠绵地恩爱了一会儿，忽然耀忠低头在梅香樱唇上狂吻了一阵，连声叫道："我的心肝，我的宝贝，你……真是我的灵魂……我是多么地想念你啊！今天果然给我想到了。哈哈！凤姑，凤姑！"

　　梅香被他这样轻怜蜜爱地温存，一颗芳心，本是又喜又羞，又得意又甜蜜。直听到他叫出凤姑名字，芳心顿时一惊，暗暗想道：这事情奇怪了，我还以为三爷是真的在爱我，谁知他将我的身子，聊以充凤姑吗？只是这个凤姑到底是谁呢？梅香想到这里，兴味顿时减了一半，附着他耳朵，悄悄地问道："三爷，你说的什么话呀？"

　　不料耀忠这时搂抱着梅香身子，已是鼻息鼾鼾地睡熟了。梅香暗想：三爷他今晚一定遇见了一个美人儿，这个美人儿一定叫凤姑，所以他又痴痴颠颠地发呆了。不晓得凤姑是怎么样人家的姑娘，假使门第相当的话，倒可以娶了来给我做新少奶呢！论理三爷是早可以娶亲了，也省得他在外面夜夜花天酒地地胡闹。梅香这样胡思乱想地忖了一会儿，方才也熄灯睡了。

　　次日早晨，梅香正睡得甜蜜，忽然被耀忠喊醒。揉眼一瞧，见耀忠眼儿尚闭，口中犹喃喃喊着："凤姑，我的亲爱……我的心肝。"梅香听了，方才知道他是在说梦话。连梦中都喊着凤姑，想凤姑的容貌美丽，也不说可知了。

　　正在这时，耀忠也醒来了，向她唇上唶唶吻了两口，笑道："我的好凤姑，你是凤来我是龙，昨夜里真是游龙戏……"那个"凤"字还没说出，却已瞥见自己搂着的并不是凤姑，一时糊糊涂涂地咦了一声，急急问道："梅香，这是怎么一回事呀？我的凤姑呢，你怎的把她赶出去了呢?"

梅香听了他这痴话,心里到底有些酸溜溜,便冷笑一声,说道:"什么地方来的凤姑鸡姑,三爷不要做梦吧!"

梅香这一句话不打紧,谁知听进耀忠的耳里,便呆了半晌,怔怔地说道:"奇怪!奇怪!昨天晚上凤姑明明陪着我睡觉,怎么你说我做梦呢?难道我真的在做梦吗?呜呜!是了,我真的在做梦。梅香,我爱凤姑,你给我把凤姑去请来吧!啊!凤姑,你真太美丽了啊!"耀忠说完了这两句话,把梅香身上乱摸乱揉,口里又不停地喊凤姑。

梅香看见他这个情景,分明是害了相思病,急得连忙起身,匆匆前去告诉方夫人。方夫人一听,心中焦急十分,慌忙三脚两步地到了书房间,走进床边,喊道:"儿啊!你患的什么病呀?"不料喊声未完,耀忠突然把方夫人抱住,说道:"我的凤姑,你来了吗?我真想死你了。"

方夫人瞧此情景,忙问:"凤姑是哪家的姑娘,儿说了出来,为娘的好给你作伐去。"

耀忠听了,却不说话,抱着方夫人不放,一定要她陪自己睡觉。梅香在旁边瞧了,真是又气又笑,因笑道:"三爷,这是老太太呀!你快别弄错了呢。"

耀忠一听,慌忙向方夫人仔细瞧去,果然是自己的妈,这一难为情,直把他无地自容,把头向被里一钻躲去了。方夫人见儿子患了相思病,真的十分厉害,遂问道:"你知道凤姑这人是谁呀?"

梅香微红了脸儿,冲口说道:"三爷昨夜在外面喝酒回来,就喊着凤姑名字,婢子当初并没理会,谁知今天早晨,三爷更痴痴癫癫起来了。"

方夫人咦了一声道:"昨天夜里我不是着人来问三爷可出去,你说没出去吗?"

梅香到此,自知失言,忙又道:"这个……婢子因恐老爷生气,所以代三爷圆个谎，预备待三爷回来了，好好劝他别再夜里出外了，不料他回家就患了这个怪病。”

方夫人原是溺爱儿子的，听了梅香的话，不但不责骂她，反而连连点头，梅香心中，这才放下一块大石。

过了一会儿，方夫人搓了搓手，皱眉说道：“但是凤姑究竟是怎样一个人呢？”

梅香凝眸沉思良久，忽然哦了一声，悄悄说道：“太太，有了，婢子想三爷出外的时候，终是墨官随着的，倒不是问一问墨官，他也许知道凤姑是怎样的人了。”方夫人点头称是，于是两人到了外间，把墨官喊进来，问道：“你天天跟在三爷身边，三爷接触的人，你定然知道。现在你三爷念念不忘地喊着凤姑，你知道凤姑到底是谁家的姑娘呀？”

墨官当时听太太要问话，心中倒是一跳，及至听了，方知三爷是患了相思病，因说道：“太太，这个凤姑姓向，是这里礼部侍郎花廷豪大人的外甥女儿，生得花容月貌，美丽非常。花大人的公子花如玉，和三爷是朋友，三爷昨夜曾到他家去玩过，想是和这位向凤姑小姐遇见过了。”

方夫人、梅香听了，这才恍然大悟，心中暗想：原来凤姑是花侍郎的外甥女儿，这也真可称门当户对了，因此忙又回进书房，对着耀忠安慰道：“儿呀！你快别东思西想了，你是不是爱上了凤姑小姐？娘今天立刻叫你爸着人作伐去，那你终可以安心了。”

耀忠听妈这样说，心头略为清楚，便频频点头，但心中又觉难为情，把脸回过床里边去了。方夫人安慰了几句，遂起身到上房里去了。耀忠待妈妈走后，回眸向梅香望了一眼，只见梅香倚在橱旁，纤手抿着嘴儿，秋波水盈盈地瞅着自己，只管憨憨地笑，因向她招手，叫她坐到床边。梅香把手指划到颊上羞他，耀忠抱着她娇躯，笑道：“好姐姐，你别瞎吃醋，我终不会忘你的。”梅香啐他一口，趁势倒入他怀里，便哧哧地笑起来了。不料正在这个快乐的当儿，突然屋顶上瓦片哗啦啦一阵乱响，接着院子里便听轰的一声，这把两人吓得几乎竭声喊了起来。

不知究竟为着何事，且听下回分解。

第二回

千里下山为筹千金饷
百计求婚用尽百种谋

广西省桂林县山脉绵延，古木参天，形势恶险，原为盗匪出没之区。单表其中有个长蛇岭，高峻十分，道路崎岖，人入其中，往往不知归路。上面设立着一个清龙寨，寨主马天王，年已六十四岁，生得面白如玉，眉鬓飘飘好像银丝一般，但精神百倍，武艺高强，使用一柄盘龙大刀，足有一百五十斤重。他招兵买马，日夜操演，果然给他练就七八千啰兵。其中除了数百个小头目外，尚有四个大头目。第一个姓王名文龙，年纪四十左右，生得面如重枣，使用一条银枪。第二个姓魏名成虎，生得浓眉环眼，短髭血口，容貌怕人，使用两柄阔背板斧。第三个姓杨名梦豹，生得唇红齿白，好像一个书生模样，使用的是柄长剑。第四个姓程名金彪，生得精悍矮小，獐头鼠目，使用的是两条九节钢鞭。四人个个本领非常，因此清龙寨声势浩大，连官兵都有些惧怕。看他意思，仿佛有叛反之举，只等时机到来的模样。

且说这日天王与四大头目在聚义厅上会议："谓兵精粮足，首在金钱。现在本寨人才不少，只是缺乏金钱一项，不知四位贤弟有何良策？"当时程金彪应声答道："大哥的话不错，凡事最要紧的是财源。小弟承大哥厚爱，入寨后并无寸功，今欲离寨外出，限期一月之内，定携千金归寨，献于大哥之前如何？"天王一听之下，心中大喜，当下赏纹银十两，即日束装动身，离寨而去。

13

且说金彪一路之上，昼行夜宿，探听有无大户人家，便可下手进行。这日到了广西省城邕宁县，路过一家门第，气象巍峨，看似有钱人家，因此便暗暗存下了心，认明了地址，先到客栈借宿。当夜吃过饭，穿上夜行衣，结束停当，待三更敲过，遂即飞身跳出。这时夜阑人静，街上冷清。金彪到了那家门口，跳上屋顶，只见东首屋子里仍有灯光亮着，因此把两脚钩在屋檐上，做个燕儿入巢之势，两眼向窗缝中望将进去，却是一间空房，并没一个人影。房中家具十分考究，瞧似小姐妆楼模样，心中暗想：今夜说不定人财两得，艳福无穷呢。遂撬开窗户，纵身跳入。不料才站定，就见一个丫鬟，移步走入房来，突然发现房内有个男子，心中大吃一惊，停步不前，倒是呆了一呆。金彪见这个丫鬟，身段婀娜，面目清秀，一时也不管她是主是仆，心中就动了欲念，遂笑嘻嘻地轻声儿说道："小妹妹，你别害怕，咱是个好人，今夜特地来陪伴你的。"

　　那丫鬟听了，气得两条柳眉倒竖了起来，娇声喝道："放你的狗屁，你这贼子好大的胆子，敢闯咱小姐的闺房，莫不是活不耐烦了吗？"

　　金彪听她小小的年纪，倒说得好大的口气，便涎皮嬉脸地走上前来，伸手来搂她的身子，笑道："你这小妮子真太不知好歹了，咱身上有很好的东西送给你受用，你怎么倒骂起咱来了？莫怪咱不客气，就自己动手了。"说时，早已伸过双手。

　　那丫鬟见他竟敢动手，不觉冷笑一声，伸出纤纤玉掌，向他臂儿一推。谁知金彪却倒退了一步，心中顿时吃了一惊，暗想：这丫头倒是个有功夫的人了。一不做二不休，咱老子既到了这里，实在非玩她一玩不可了。想定主意，便照定她的胁下一指。只听那丫鬟大叫一声"小姐快来"，便呆若木鸡一般地失去知觉了。原来金彪使用的是一种点穴方法，使人能够失去神智。

　　当时金彪见她果然哑声儿不能开口，不觉乐得心花怒放，把她拥入怀里，先任意摸玩了一会儿，便抱到床上，正欲上去行事。不料后面便有一阵凉气，直逼到他的背脊里去。金彪叫声"不好"，立刻跃身避过，又听娇滴滴的女子声音骂道："大胆恶贼，敢淫咱婢子，姑娘不取汝狗命，定不罢休。"

金彪回头一瞧，那女子早又一剑劈来，因慌忙跳出窗子，喊道："小蹄子，有本事的敢上来与爷战三百回合吗?"

那女子冷笑一声，方欲追纵跃出，说时迟，那时快，忽然窗外嗖嗖地飞进三支镖来。那女子眼尖，叫声"不好"，急忙把手中宝剑挡去。只听叮当一阵响亮，那三支镖早已掉落在地。待她再跳上屋顶，见前面一个黑影，已不知去向了。那女子心里因记挂丫头，也不追赶，提剑而回。

作者趁此，便把那女子和阅者介绍一下。原来那女子姓项名银瓶，年纪十七岁，爸爸项大成，原是开设镖局的镖师，纵横了天下三十余年。后来在山东道上失了一回风，他自觉年老力衰，遂解散镖局，度清闲生活。好在他手下已很有几个钱，自然颇觉逍遥自在。银瓶自幼随父学习武艺，七八岁时早能飞檐走壁，十分了得。这年来了一个和尚，和大成在陕西道上曾见过一面，大成全亏了他，方才保留镖银，此刻相逢，自然殷勤招待。大成叩问之下，方知他是太空和尚的徒儿，名曰一尘子，因和女儿有师徒之分，故而特地前来。大成听了，心中大喜，立刻叫银瓶出来叩拜，从此银瓶便跟随一尘子而去。十年后父女两人在山东道上相逢，正是大成失风那年。幸而银瓶相救，方才保了性命，所以银瓶劝老父还是安居在家，不要再过那冒险的生活了。

且说银瓶回到卧房，见婢子小娥，犹沉迷床上。她的衣纽，早已解散，雪白酥胸，尚露着大红肚兜。银瓶心中又怜又爱，遂把她扶起，伸手在她肩头一拍。说也奇怪，小娥竟悠悠醒来，微睁星眸，一见自己这个模样，躺在小姐的怀中，一时娇羞欲绝，慌忙自行穿好衣服，嗫嚅着问道："小姐，这贼子到哪儿去了，婢子真恨不得把他碎尸万段哩!"

银瓶听了，抿嘴笑道："你也知道贼子进来的吗？若没有咱赶到，怕你这小妮子……"说到这里，觉得以下的话很难为情，便把秋波脉脉地瞟她一眼，竟是哧地笑了。

小娥被小姐这么一来，那两颊顿时愈加红晕，噘了嘴儿，气愤愤道："婢子走进房时，这恶贼已在里面了。婢子正想拿剑把他结果，不料他却使用点穴法把婢子迷倒。若不是小姐救得快，婢子真要吃他的亏了。"

银瓶道："这贼子真也吃了豹子胆，怎么到咱家里来盗东西，不是自寻死路吗？"

小娥道："不知道这贼子可有离开这儿，要不去向老爷告诉一声。"

银瓶摇头道："不用惊动他老人家，想他早已逃去，咱们晚上睡得小心一些是了。"小娥点头称是，主婢两人，遂熄灯就寝。

金彪为什么不肯和银瓶见个高低呢？一则贼胆心虚，二则她的婢子尚且有这一份儿力量，那小姐的本领可知，三十六着，自然走为上着了。金彪一连蹿了几个屋顶，不见后面有人追来，心中略为放心。暗想：好好两个美人，偏偏是个有本领的，否则今天夜里，咱左拥右抱，不是要乐得不可开交了吗？想到这儿，连喊倒霉，一路不敢停留，自回客栈去安睡了。次日起身，匆匆出了广西省城，走上了广东地界。

这天经过两广总督衙门，心中灵机一动，于是便想问总督去借一千两纹银，只要把钢鞭放在他的脖子上，就不怕他不答应。想定主意，遂飞身上屋，只见院子里走着一个童儿，他便跳了下来，走在背后，喝声停步。这童儿正是墨官，一听这话，早已吓得面无人色，跪下求道："好汉爷饶命。"

金彪二目一瞪，问道："咱不杀你，你且告诉总督住在哪个房间，若有半句虚言，爷可真要你性命了。"

墨官不敢隐瞒，伸手向东面一指，说道："离此五十步的那间高房子就是，你……你千万不要杀我，咱年纪小哩！可还想做几年人，爷就饶了咱吧！"

金彪笑道："咱和你无冤无仇，饶了你也好，但是此刻不得不叫你做一回木人。"说着，伸手在他的头顶一拍，那墨官就像树生根一般地呆住了。

金彪丢过墨官，找到了上房。只见总督屠自强和太太方夫人，正在说儿子患病，原因是为了花侍郎的甥女向凤姑小姐。自强说道："这事容易，咱回头就叫张师爷作伐去是了，像咱们这样门户，难道还有个不答应的道理吗？"方夫人点头称是。不料正在这个当儿，忽然窗户开处，从外面跳进一个汉子，手执九节钢鞭，大声喝道："不许声张，要活命的借大爷千两纹银，万事全休，不然，哼！"说到这里，伸手把钢鞭一扬。

自强瞧此情景，不慌不忙，把桌边的机关一按，他自己座椅和太太座椅一并早已降下地去了，霎时不见。金彪大惊，知事不好，方欲回身退出。不料房外奔进两个大汉，手执大刀，高声喝到："何方来的毛贼！敢到太岁头上动土，真是自投罗网矣！"

金彪慌忙飞身上屋，两人亦早已追踪飞出，三人便在屋顶上大战起来。这时总督衙门大鸣警钟，守备军都出兵捉拿。金彪心慌意乱，不敢恋战，回身卖个破绽，夺路而逃。两人怎肯放松，紧紧追随，金彪没法，只好回头又战，未及三合，被那人一腿，早已踢了下去。

耀忠和梅香在房中听到的声音，原来就是这个。当时耀忠紧紧抱住梅香，吓得大喊救命。梅香到底细心，连忙安慰他道："别怕！别怕！你不听见院子里说话声音，正是保镖朱明光和李得胜的口吻吗？想是捉到了强盗了。"

耀忠一听，果然不错，方才安心。梅香笑道："我去瞧瞧，好报于三爷知道，到底是怎么一回事呢。"说着，便姗姗走出房来。经过院子，忽然瞥见墨官站在面前，一动也不动，好像沉思的模样，因

17

叫道："墨官，你在做什么？快给我去探听探听，究竟捉到了一个什么人了？"谁知道喊了数声，不见答应。梅香以为他故意放刁，遂狠狠走上前去，把他推了一下，嗔道："好小子！"说到这里，谁知两手推在他身上，好像推着壁儿一般的动也不动。梅香心中奇怪，绕到他的面前，只见他的两眼定住，嘴儿微开，两手合在一起，好像一个石刻木雕的童子拜观音模样。一时又惊又奇，连连又喊了两声，墨官却依然不答。梅香瞧此情景，心里倒又害怕起来，正欲回身去告诉耀忠，忽听墨官哟了一声，他的手脚便活动起来。

梅香笑道："你这小子，我喊你这么多声，你装死倒装得像呀！"

墨官连连打了两个呵欠，说道："好姐姐，你别冤枉咱了吧！咱真险些丧了小性命哩！"说着，便把刚才的事情向她告诉了一遍，梅香这才恍然道："是了，现在这强盗一定被他们捉住了，你快给我去探听一个仔细，三爷等着回话呢！"墨官一听，便拔步向堂上直奔了。原来这点穴的方法，是只有半个时辰内才有效验，时候多了，便可恢复原有的知觉。

梅香见墨官去了，便一路哧哧地笑回房来。耀忠问道："什么事情，这样好笑呀！"梅香遂悄悄告诉了。耀忠说："这强盗倒也是个有功夫的人，不知真的捉到了没有？"正说时，忽见墨官匆匆走来报道："强盗名叫程金彪，果然被老爷的保镖捉到了。问他为什么要行刺老爷，他说并没此意，只不过想要一些钱罢了。现在老爷审过口供，已关到牢狱里去了。"

耀忠点头说知道了，便挥挥手叫他退出。一面把梅香搂在怀里，捧着她的两颊，啧啧吻个不住。梅香着急道："青天白日的，这算什么意思呢，被太太撞见，那婢子不是要给太太责骂了吗？"

耀忠笑道："你又胆小了，只要爷爱你喜欢你，那你怕什么呀？"说着，便把手伸到梅香胯下去摸索。梅香一面躲藏，一面便咯咯浪笑起来了。两人在房中调笑一会儿，耀忠便披衣起床，梅香服侍他用过点心，早已午时将近，耀忠遂到上房里来。只见爸和妈坐在椅上，脸儿都绷得紧紧的，显出很不快乐的样子，因一面请了安，一面问道："爸和妈为何不高兴，莫不是为了那个强盗行刺吗？"

自强并不答话，只管抽烟。方夫人道："一半固然为了强盗，一半还是为了儿的婚事哩！说起来真也气人，张师爷到花府去作伐，不料他们却不答应。张师爷因下不了这个面子，自然要问他为什么不答应，还是我家三爷才貌不扬呢？抑是门第高攀不上？花如玉听了，支吾了一会儿，方才说凤姑自小已许了人的。你想，这不是明明推托之辞吗？孩子，你要想得明白些，天下多美貌女子，难道你一定要这个凤丫头吗？"

耀忠听到这里，心中又气又急，大喊一声"如玉这小子"，身儿竟跌倒在地，昏了过去。这一来把自强夫妇直吓得面无人色，房中仆妇连忙将他扶到床上。方夫人亲自给他揉擦胸，一面灌茶，一面犹连声喊耀忠醒来。不多一会儿，耀忠方才悠悠睁开眼睛，口中尚喃喃地叫着凤姑的名字。方夫人爱儿心切，只得又安慰他道："孩子！你切勿急坏了，娘给你再去说亲吧！无论如何终把凤姑去娶了来给你的，那你终可以安心了。"耀忠听妈这样说，方才含笑点头。

这里方夫人和自强暗暗商量道："老爷，你瞧这事情可怎样好呢？"

自强气道："这真是冤家，咱做到了这个官儿，还在人家面前丢脸，那不是要气死人了吗？"

方夫人沉思一会儿，说道："花如玉他一定也爱上了表妹，所以便一口拒绝了。但耀儿这样痴心，万一凤姑弄不到手，他真丢了咱俩去了，这……叫咱怎样做人呢？咱问你和花廷豪可有交情吗？否则就直接向廷豪求婚去，他难道敢拒绝老爷吗？"

自强皱眉道："咱和廷豪并无一些交情的，况且前儿为了政治上关系，曾和他还发生了一些意见。"

方夫人道："那么你难道眼瞧着自己儿子死吗？"

自强听了沉吟半晌，说道："要自己儿子活命，那除非把良心问题抹杀了。"

方夫人道："你有什么好方法，你就说出来，只要我们有利，便什么都不管。"

自强遂附耳向她低低说了一阵，方夫人不停地点头道："这样很好，也好出一出老爷的心头怨气呢！"

于是，自强把两个心腹保镖朱明光和李得胜叫到秘密室中，对他们如此这般说了一个详细，问他们可有胆量干吗。明光、得胜把胸部一挺，说道："咱们受老爷厚待，虽赴汤蹈火，亦在所不辞，这一些小事，哪有不干的道理。"自强听了，心中大喜，当下便发给五十两盘费，并嘱事成之后，定有重赏。朱明光、李得胜二人带了防身利器，即日动身，到京都而去。这里自强一面安慰耀忠，一面静待朱、李二人的好消息到来。

且说如玉这天自张师爷来作伐后，心里便闷闷不乐。李夫人这时病已痊愈，便对他说道："都是你自己不好，喜欢和这种人交友，现在既回绝他了，你又何必闷闷不快乐呢？菊儿告诉我，说表小姐得知这个消息，也急得淌眼泪呢！"如玉听了，知道凤妹的心坎里除了我一个人外，恐怕也再无第二个人了，心里倒又喜欢起来，遂含笑答道："我也没有什么不快乐，妈妈今天可完全好了？"

李夫人点头道："我好了。你也到花园里去散一会儿步吧！"

如玉答应出来，穿过了两个月洞门，走入花园，慢步地踱了过去，不知不觉到了疑雨楼。只见走廊下放着几盆秋海棠，菊儿坐在太阳下干活计，脚旁站着一头玉狸奴，见到如玉到来，便含笑应着道："大爷打哪儿来？凤小姐正睡午觉哩！请里面坐吧！"

如玉听凤姑睡着，便忙摇手道："不用，不用，我在这站一会儿得了，别惊醒她了。"

菊儿眸珠一转，抿嘴笑道："那么大爷就在廊下坐一会儿，婢子去倒杯茶来。"说着，便姗姗进去。不多一会儿，菊儿双手捧了一杯香茗出来，如玉接过，望着她笑道："你干的什么活，给我瞧瞧。"

菊儿把身子一扭，憨憨笑道："婢子干得不好，怕瞧坏了爷的眼睛，还是别瞧吧。"

如玉不依，一定要了过来瞧，只见是个鸳鸯戏水的枕儿，绣得非常精细，想是凤妹教她的了，便抬头望她一眼，哧地笑道："菊儿，你怎么绣这个花样，敢是你要……"

菊儿听到这里，两颊顿时浮现了一朵桃花，跳脚急道："爷你胡说，婢子可不答应你了！"

如玉笑了一笑，便不说下去了，把那活计仍旧递还了她。菊儿低头干了一会儿，凝眸沉思良久，忽然抬头望着如玉，悄声儿问道："大爷，屠家来说亲的事儿，到底怎么样了？"

如玉道："表小姐的意思怎样呢？"

菊儿听了瞅他一眼，生气道："大爷问这一句话，幸亏表小姐没听见，否则她真要心灰哩！"

如玉见她这样说，心中暗想：菊儿真不愧是凤妹的知心婢子，无怪凤妹要疼爱她了，因忙赔笑说道："我原说错了，屠家的亲事，早给我回绝了。"

菊儿这才满脸含笑地说道："这就好了，可怜表小姐昨夜没有睡着，大爷真是糊涂人，昨儿也不来安慰表小姐，倒叫表小姐担了一夜心事哩！"

如玉笑道："凤妹妹和咱自小一块儿长大，咱肯舍得她离开吗？那真是要了我的心了。"菊儿听了，把纤指在自己颊上一划，笑道："哦，原来表小姐是爷之心哩！"

菊儿正说到这里，忽听房里有凤姑咳嗽之声，因忙停住了说话，回身走进房内，问小姐可要喝茶。凤姑原早听见二人的话，便故作不知，说道："拿杯我漱口，你和哪个说话？"

菊儿笑道："大爷来了好一会儿了，因听小姐睡着，所以没进里面来坐，怕吵醒了小姐。"说着，便端了开水，给她漱了口。这时如玉也走进房来，微微笑道："妹妹醒了吗？怎么又睡着了？"

凤姑脸儿一红，说道："心头烦闷得很，躺会儿，原没有什么不舒服。"说时，便要从床上坐起来。如玉连忙摇手，说道："妹妹别起来，咱可不是客人，难道还要你起来招待我不成？"

凤姑嫣然一笑，也就仍躺下了。这时菊儿走出房去，如玉便轻轻地坐到床边，无限温柔地抚着她丰腴的玉手，低声问道："凤妹妹，你说心头烦闷得很，不知是为什么事情，能够告诉我一些知道吗？"

凤姑听他这时问出这个话来，心中猛可记得刚才自己无意说了这一句话，如玉要待菊儿走后，方才向自己这样问，他一定误会我有什么意思了，一时两颊羞得绯红，秋波水盈盈地瞟他一眼，摇头说道："其实咱根本没有什么事情，只不过觉得身子懒懒的，所以躺会儿。"

如玉笑道："那么咱和妹妹谈一会儿天怎么样？"凤姑含笑点头。

如玉道："昨天屠家来给妹妹说亲，你可知道吗？"

凤姑芳心忐忑一跳，急忙问道："我不知道，舅妈怎样说呢？"

如玉见她娇羞万状，而且又无限焦急的神情，因忙安慰她道："妹妹，你不用着急的，咱怎舍得你嫁到外面去呢？咱是情愿一辈子跟妹妹生活下去，只要妹妹不憎厌咱是了。"

凤姑听他说出这话，无限地喜悦和羞涩，渗入了她处女怕难为情的心房，立刻又回过脸儿去了。如玉知道她害羞，便故意用手扳着他的肩儿，笑道："妹妹又怕难为情了，你回答我呀。"

凤姑拗他不过，只得回转脸儿，微笑道："你叫我回答什么呀？"

如玉见她粉脸是娇红得可爱，眼儿水汪汪的十分灵活，一时心里爱到之极点，情不自禁地低下头去，偎着她的粉颊儿，柔声地道："我情愿和你过一辈子，那么你情不情愿呢？"

凤姑频频地点了一下头，轻声地说道："我自幼就没了妈爸，全靠舅父母抚养长大，况且哥哥又待我像亲妹妹一样好，我怎么会不情愿呢，只怕妹子……"

凤姑说到这里，如玉急忙把手向她樱嘴扪住，嗔她道："妹妹，你不许说下去，我不愿听你以下的话。"

　　凤姑见他这个情景，一颗芳心，自然是非常地感激，明眸里含了无限的柔情蜜意，默默地凝望着他。良久，忽然眼角旁涌出一颗晶莹莹的泪水来。这意态瞧在如玉的眼里，倒吃了一惊，急忙问道："咦！妹妹，你这个做什么啦？好好干吗又伤心，咱可没有得罪你吧！"

　　凤姑听了，慌着把手帕揉擦了一下眼皮，瞟他一眼，嫣然一笑道："哥哥又瞎说妹妹了，谁伤心？"

　　如玉见她这样稚气可爱，便情不禁地在她红润润的嘴唇上吻了一个香去。凤姑冷不防被他亲了一个嘴，觉得自己太吃亏了，狠狠地啐他一口，嗔道："你欺负我，我可告诉舅母去。"慌得如玉连连作揖道："妹妹，我下次再也不敢了，你就饶我这一遭儿吧！"

　　凤姑白他一眼，心里虽然要笑出来，但粉脸犹绷得紧紧的，生气着道："谁和你涎脸，你这人和你好不得的，真是一块顽……"说到这里，又害羞起来，把身儿转了一个侧，脸就向床里去了。如玉坐到床边，伸手按着他的纤腰儿，笑道："妹妹，你恨我吻你吧！要不我给你吻一个还，那你终不算吃亏了。"

　　凤姑听他这样说，真是又好气又好笑，却依然不理他。如玉见她耸着肩儿，身子不住地颤抖，虽然没有听到她的笑声，但也可想她是笑得这一份儿有劲了，心里不免荡漾了一下，拉住她的玉手，凑到鼻上又去闻香。凤姑摔脱了他手，一骨碌翻身坐起，娇靥含了薄怒，嗔道："你再胡闹，我可捶你。"说着，举手向他一扬。谁知如玉反而凑过身子来挨打，这叫凤姑再也忍不住又抿嘴嫣然笑了。

　　正在这时，忽听有人咳嗽了一声，菊儿匆匆进来，向如玉扮了一个兔子脸。凤姑含羞向如玉白了一眼，如玉会意，只得起身推事出去了。

　　光阴匆匆，不知不觉地已过去了半月。这天如玉、凤姑都在上房里和李夫人闲谈，突然见丫鬟小红脸色慌张地奔进来，口里大叫道："太太，啊哟，不好了，总督衙门派来大队兵士，将我们大门前后都围住了。"

欲知究竟为了何事，且听下回分解。

第三回

诬盗种赃九龙杯被窃
移花接木向凤姑出难

诸位，你道屠自强嘱两个镖师朱明光和李得胜到京都做什么去？原来自强因花家不肯允亲，心中欲吐一口怨气，所以想出一条陷害花家的毒计。自强知道明光和得胜是崆峒派的门下，本领非常，所以把他们特地招来作为镖师。这次自强叫他们进京，是去盗取皇上宝物九龙白玉杯，故意放在花家的藏经楼上，待京中有旨到来，吩咐各省查缉时，他便一面买通程金彪，叫他咬定是花廷豪父子叫他盗取，现在赃物在花家，一面便即派兵到花家搜抄。这样阴谋，真也可谓心毒极了。

不料过了七天，明光和得胜果然把九龙白玉杯盗取而来。当时自强暗地向金彪说道："汝敢行刺本大人，今已定下了死罪。但汝要活命亦可，非依本大人一件事情不能。"说着，便把叫他承认盗取白玉杯，陷害花廷豪父子的事情告诉一遍，并婉言对他说道："假使事成之后，汝的性命，本大人一定可以设法营救，同时而且还有重赏。"

金彪听了这话，心中暗想：横竖自己性命终是难保了，咱答应了他，也许尚有一线生路的希望，因此也不管自己和花廷豪是无冤无仇，就一口答应了他。自强心中大喜，当时便叫狱官优待金彪，一面单等京中有缉拿圣旨到来。过了八天，京中圣旨果然来了。自强见计划成功，遂故意行一角文书，叫各县捉拿盗取九龙白玉杯的要犯，一面虚张声势，把金彪捉获审问，录了口供，说是花廷豪父子指使，九龙白玉杯现在花家藏经楼上。自强遂立刻派兵，到花府来搜寻了。

且说李夫人和如玉、凤姑三人骤然听到总督衙门派兵围困的消息，不觉大吃一惊，吓得面无人色。如玉忙道："妈妈和凤妹切勿害怕，想咱们安分守己，又没有在外面闯祸，绝没有犯法的事情。除非爸爸在朝廷触怒皇上，但对于咱们家里难道也会累及吗？且待孩儿出去瞧个仔细再说。"

如玉说着，三脚两步，早已走出厅来，只见提督赵星坡正吩咐众兵到各处去搜抄。如玉忙道："赵大人忽然驾临敝舍，不知究系何故？"

赵星坡见了如玉，便拱手说道："公子请勿害怕，皇上失去九龙白玉杯一只，传旨到各省，吩咐破获盗犯。屠大人近日捉获一盗，谓九龙白玉杯乃是花大人指使嘱他盗取，现在赃物藏在公子府上，故而鄙职奉屠大人之命，前来搜查。"

如玉一听，大惊失色道："啊哟！这事从哪儿说起？"

赵星坡微笑道："公子若果没有这一回事，想他们一定搜抄不着什么白玉杯，那与公子便无关系了。"

如玉听了，暗想：咱真没有干此勾当，那又有什么害怕，遂点头答应。不料过了一会儿，有四五个兵士，匆匆从藏经楼上奔了下来，为首的一个手捧九龙白玉杯，向赵星坡说道："禀大人，赃物果然在藏经楼上。"

如玉一见，顿时冷水浇头，又惊又奇。赵星坡接过白玉杯，回眸向如玉冷笑一声，说道："公子现在尚有何说，恕鄙职无礼。"说着，向众士卒吩咐一声缚起，于是众人便把如玉押向总督衙门而去了。

那时老仓头花林站在旁边，一见公子被捉，便急奔入内室，向李夫人详细报告。李夫人听了，浑身乱抖，连说了两声这是哪儿说起，眼睛一阵昏花，身子倒在地上早已厥了过去。凤姑听如玉被捉，方寸已乱，今见舅妈昏厥，无限伤心，冲上鼻端，抱着李夫人的身儿，早已呜呜咽咽哭了起来。这时丫鬟小红、菊儿两人，一个倒茶，一个拧面巾，忙个不了。良久，李夫人方哇的一声哭出来，叫声苦吓。

花林淌泪说道："太太，千万别太伤心，小人瞧这情景，一定是为了前儿不允亲事，所以记恨加害。想咱们老爷，一生清廉，岂是做此勾当之辈，事到如今，还是早些想法先逃走了，然后再营救公子吧！"

凤姑听了这话，更加心头哀痛，拉住李夫人泣道："为了咱的事，累苦了舅妈，叫甥女如何对得住？"说到这里，泪如雨下。

李夫人道："这事与凤儿无关，你千万不用说这些话。咱也急糊涂了，花林的话不错，咱们且先避一避再说，但此刻叫咱们避到什么地方去好呢？"

小红忙道："太太不必着急，婢子的家，就在出城十里的月儿溪的月儿村，太太如不嫌地方小，就准定到那边去避一避吧！"

李夫人道："事到如此，还管什么地方小不小，那么准定如此好了。"说着，遂吩咐众人整理细软什物。正待动身，谁知总督衙门又抬来一乘轿子，后面跟着张师爷和墨官两人，向李夫人说道："你家公子已招了口供，承认九龙白玉杯确系他指使盗取，现在就要提解进京，请皇上发落。花公子因欲和他表妹凤姑做最后一面，所以小的特地前来相接。"

李夫人和凤姑一听这话，心儿粉碎，呜咽不止。凤姑向李夫人跪倒哭道："舅妈，表哥这次进京，甥女决定跟随前去，若到了京中，甥女必替舅爸和表哥释冤，万一不幸，甥女今生也不回来了。"李夫人听到这里，心头悲伤极了，抱着凤姑哭泣不停。张师爷连连相催，凤姑方才和李夫人挥泪而别。这里李夫人带着小红、菊儿、花林等，也匆匆坐轿到月儿村避难去了。

张师爷和墨官来接凤姑，果然是如玉遣来的吗？并不是，自强所以用这个毒计，他的目的，原是要医好他儿子的相思病。那么凤姑这次被哄骗进去，自然是给耀忠成亲去的了。

且说凤姑到了总督衙门，轿子却在另一个院子里停下。当凤姑跳下轿子，就见前面站着一个十六七的婢子，容貌也很俏丽，笑盈盈地招呼道："这位姑娘可不就是向凤姑小姐吗？"

凤姑打量四周，好像是个内院落模样，因点头说道："这位姐姐怎知咱的姓名？咱的如玉表哥在哪里？请姐姐陪了咱去和他见一见吧！"

那丫鬟微笑道："咱的名儿叫作梅香。咱们太太因为知道花大爷是冤枉的，所以请小姐到来，大家商量办法，把花大爷救了出来。向小姐，婢子伴你快见咱们的太太去吧。"梅香一面说着话，一面便来搀了凤姑的手，姗姗地向内房走去了。穿过了几重院子，到了一间卧房，里面布置得富丽堂皇，十分美观，但里面却并没一人，凤姑奇怪道："你家的太太呢？"

梅香笑道："太太想在套房里，小姐且坐会儿，婢子立刻去请好了。"说着，请凤姑坐下，亲自倒了一杯热气腾腾的玫瑰茶，凤姑道了谢，梅香便笑盈盈地掩着门儿出去了。

不多一会儿，凤姑只见房门开处，走进一个华服少年来，定睛仔细一瞧，不是别人，正是那夜花园里见过的屠耀忠，一时心中又惊又害羞，只好低着头装作瞧不见。谁知耀忠笑嘻嘻地走近身边来，说道："向小姐，咱们差不多有二十天不见了吧！咱是天天想念着你，不知你的心里，也同样地想念我吗？"耀忠说时，竟伸手去拉凤姑的手儿。

凤姑慌忙站起身子，避过一旁，粉颊上含了薄怒，微蹙了蛾眉，娇声叱道："你这人好生无礼，咱与你素不相识，你胆敢调戏咱吗？"

耀忠听她这样说，以为凤姑真的不认识自己，因笑着道："凤姑，你真贵人多忘，咱是屠耀忠，那夜在花如玉家里不是曾你和碰见过了吗？咱因花如玉犯了重罪，向小姐不免要连累在内，所以特地叫人把你接了进来。咱完全是一片好意，向小姐怎么倒反怪咱调戏你呀？"

凤姑听了这话，方才知道自己是中了他们的计谋，一时气得粉脸变色，圆睁了杏眼，说道："原来你们为了一个女孩儿家，竟丧尽天良，谋害人家的性命，这你们真是狼心狗肺。你们是个官家子弟，做出这种狠毒手段，那不是等于强盗一样了吗？你以为把咱哄骗到这儿，咱就会依从你了吗？哼！你别梦想吧！咱是情愿死在你的手里的。"

凤姑说到这里，便把头向壁上撞去，急得耀忠慌忙将她抱住，说道："你别冤枉好人了吧！咱哪里谋害如玉吗？如玉私盗皇上宝物，他自己犯法，死不足惜。咱因可怜你，所以救你到此，你若自寻了，岂不是辜负了我待你的一片真情了吗？好妹妹，你千万死不得的。"耀忠说到这里，把嘴便凑到凤姑的颊上去。

凤姑红晕了娇靥，死命地用手抵住了他，骂道："你胆敢如此无礼，难道不怕犯法的吗？"耀忠只得放下了手，但身儿犹拦在她的面前，生恐她又要撞壁自寻，赔着笑脸，温和地说道："咱怎敢调戏妹妹，只要妹妹不自寻，咱会抱住你吗？"

凤姑啐他一口，嗔道："谁是你的妹妹，好不要脸的东西，咱自己欢喜死，难道死活都由你管的吗？"

耀忠笑道："这是咱的卧房，你若在这儿死了，咱不是要被你害了吗？"

凤姑忙道："那么你快放咱回去，咱死活就不管你的事了，要不然咱一定死在你的卧房里。你以为你爸做了总督，就可以欺侮我了吗？哼！要知道过头三尺有神明，虽然给你逃过了法网，但冥冥中的报应，是无论如何逃不过的。我劝你还是快放我回去，万事全休，否则我是情愿死在这儿的。"

耀忠笑道："你要回去也可以，但是你当初为什么要到我房中来呢？"

凤姑怒道："放你的屁，你自己哄骗咱进来的，怎么反问起咱来了呢？咱原是见如玉表哥来的，你快领我去吧！"

耀忠望着她鼓起了的小腮子，忍不住得意地憨憨笑道："向小姐，你倒说得好容易，花如玉已是犯了重罪，怎么可以再和你见面呢？咱劝你还是快快死了这一条心吧！咱的年纪也不大，而且又不曾娶过亲，论脸蛋儿也不能算丑，和妹妹郎才女貌，真是天生成的一对。你若依了咱，咱一定可以想法把如玉救出来，不然恐怕如玉的性命是难保了。如玉死了，你要爱他也无从爱起了呀！好妹妹，我是真心地爱你，那夜我自遇到了你，我的一颗心儿上，就深深地印上了妹妹的倩影，并且我的茶饭也不想吃了，现在妹妹能坐在我的房中，那我是多么欢喜。好妹妹，你千万要救救我，答应了我吧！"

耀忠说到这里，扑通一声，竟在凤姑的面前跪了下来。两眼含了柔和的目光，向凤姑无限柔情蜜意地呆望。凤姑背过身子，脸儿只管向窗外呆望，心里暗想：这人真也痴得可怜，但咱和如玉表哥自小一块儿长大，心心相印，又怎能负情他呢？即使这次表哥进京，遭了不幸，那咱也绝不变节的。况且这次表哥犯罪，究竟是不是耀忠陷害，还是一个问题。假使真的是耀忠陷害，那耀忠就是咱的仇人，咱岂能嫁给仇人做妻子吗？想到这里，真是万分痛恨。

耀忠抬头见她一声儿不言语，以为她心里已是愿意，只不过女孩儿家心里害羞罢了，遂伸手拉着她的衣袖，又苦苦哀求道："咱的好妹妹，你可怜咱的一片痴心，你就允许我了吧！"凤姑欲把他的手摔去，偏耀忠拉得紧紧的不肯放松。两个人一个要她脸儿转回来，一个不答应。纠缠了一会儿，忽听一声门响，梅香端着一盘点心进来，见了这个情景，忍不住抿着嘴儿扑哧的一声笑出来道："啊哟！三爷，你这个做什么啦！还不曾结过婚哩，怎么就怕到这样的地步哩！"凤姑听她这样说，直羞得连耳根子都红了起来，狠命地把他手摔脱，自逃到窗边去了。

耀忠慌忙站起，向梅香瞪了一眼，笑道："你这丫头别胡说乱道的，凤姑娘听了，不是要生气的吗？"

梅香微微一笑，把点心放在桌上，叫声"向小姐请用点心吧"，凤姑不理睬她。梅香对耀忠丢个眼色，说道："三爷，咱知道向小姐是要怕难为情的，三爷此刻还是到外面去一会儿，待婢子来劝劝向小姐，她自然会心里快乐了。"

耀忠听了，十分欢喜，笑道："那么咱就拜托了你，请你好好侍候着她，爷往后一定谢你很鲜美的东西吃哩！"梅香红晕了脸儿，啐他一口，忍不住抿着嘴儿笑起来。耀忠这才很得意地出去。

梅香待他走后，便悄悄拉着凤姑的衣袖，到桌旁坐下，把筷子塞到凤姑的手里，十分柔和地叫道："向小姐，你来了好一会儿时候了，就请用一些点心吧！"

凤姑把筷子依旧放在桌上，摇了摇头，就道："谢谢你，我真的不想吃，你自己吃吧！"

梅香见凤姑粉颊白是白，红是红，虽然尚沾着丝丝泪痕，但这并不损她的美，而且是更增她妩媚的意态。心中这就暗想：这样一个花朵儿似的美人，无怪三爷见了，要失魂落魄的，就是我瞧了，心里也爱她。可惜我不是一个男人，没福享受她这样的艳色。假使她果然能依从三爷，这三爷的福气也不知是修了几世才得来的呢？梅香一面这样想，一面乜着秋波，笑盈盈地对凤姑劝道："向小姐，你是一个明亮的人，自然知道一个人的终身利害关系。你和花大爷虽然很好，但花大爷已是犯了国法，万一皇上大发雷霆，说不定花大爷全家性命就要完了，那时候向小姐不是也要连累在内了吗？现在我家三爷完全是真心爱你，所以不管一切，冒险地把小姐救到这里，而且愿意和小姐结为美满姻缘。这样小姐既脱了横祸，又得了乘龙快婿，这是多么一件幸福的事呀！论品貌，我家三爷也是一个风流倜傥的少年；论门第，我家老爷是两广总督，名震四海，哪个不晓，所以也不能算辱没了小姐的好模样儿。婢子想，小姐也不用闷闷不乐，况且三爷的性情又是一个极温柔的，并不是那些村夫俗子，一些不晓得怜香惜玉。将来小姐若嫁了我家三爷，保你两小口子鹣鹣鲽鲽，恩爱缠绵得了不得呢！向小姐，婢子劝你还是答应了吧！"

梅香的口才，的确是很伶俐，说得委婉体贴，有情有意。但是听进在凤姑的耳中，好像等于一阵风过一样，任你说得天花乱坠，终不能摇动凤姑一丝一毫的芳心。本想还要抢白她一顿，但转念一忖，自己此刻一个人在这儿，好像是身入盗窟一般。万一他们存了不良的心，说不定要受他们苦楚，还是随机应变的好。

凤姑既打定了主意，把一腔要发泄出来的怒火，只得竭力又压制下去，也柔声地答道："梅香姐姐的话虽然不错，但咱和如玉已有婚约，一女不事二夫，叫我怎可以再嫁给你三爷。就是花大爷不幸死了，咱也情愿从死于地下。况且花大爷的犯法，原是冤枉的，皇上乃贤明之主，冤枉伸清，若知咱变节嫁人，咱还有脸儿再来见世人吗？咱瞧梅姊也是一个好模样的女孩儿家，女孩儿家首重贞节，这你当然也知道，所以咱恳求你还得向你三爷婉言劝告才好，就放咱回去吧！"

梅香听了凤姑这一段话，不觉两颊绯红，也自知羞惭，再要劝她嫁给耀忠的话，这就始终也说不出来了。凤姑见她垂下头，好像很难为情的样子，遂又软语探问道："梅姐姐，咱答应你原也可以，但咱心中尚有一个疑问，且到现在还没有明白，不知道梅姐姐能够告诉我吗？"

梅香正在不好意思，忽然又听她这样说了，心中暗想：原来你心里已早答应，只不过表面上还要做假惺惺作态罢了。遂又抬起头来，秋波瞅她一眼，笑道："向小姐真会装腔作势，既然答应的，还为难咱女孩儿家干什么？咱做婢子的，所以来殷殷劝你，原也为你和咱三爷真是一对玉人儿，成人之美，是咱平生最喜欢的事情。现在向小姐既答应了，婢子倒先要向小姐恭喜了。"

凤姑见她说完，便盈盈拜将下去，慌忙伸手把她扶住，急道："且慢，且慢！咱的疑问还没有明白，终不能嫁给你三爷的。"

梅香望她一眼，笑道："那么向小姐就告诉我吧，究竟是什么疑问？假使我晓得的，是没有不说给你知道的。"

凤姑眼球一转，沉着粉脸说道："咱素知花大爷品行端正，而且平日也绝不交结低三下四的朋友，所以对于他指使金彪盗取皇上九龙白玉杯的事情，咱始终不相信是花大爷干的。但你们老爷偏把花大爷定罪，提解进京，这其中一定有许多曲折情节，所以咱很疑心，最好请姐姐告诉咱，这事情是不是你家三爷有意设计害他的？"

梅香听了这话，倒是吃了一惊，但是又不能显形于色，只好竭力镇静态度，假作不知说道："向小姐问婢子这个事情，婢子委实不知道底细。但那九龙白玉杯果然在花大爷府中搜出，想来花大爷的确是指使的了。"

凤姑冷笑一声，说道："你也不用瞒咱，咱心中不明白，终不答应嫁给你家三爷的。"

梅香道："明白了怎么样呢？"

凤姑强作笑颜，低声儿答道："明白了，也好叫咱死了这条心，就情情愿愿地嫁给三爷了。"

梅香瞧她意态，好像很羞涩又很喜悦的模样，一时还当她是实话，遂悄悄地说道："向小姐，婢子老实告诉你原可以，但你要明白，这是因为三爷太爱你了的缘故。三爷自从那夜在花园里无意中见到了你，回家后就患起相思病来，太太没法，只好来府上作伐，不料花大爷又一口拒绝了。因此老爷很不快活，就想出这条计策。婢子想小姐反正终有一个好夫婿，花大爷也好，我家三爷也好，不是终能享受闺房里甜蜜的生活吗？"

凤姑一听果然被自己哄骗出真情来，芳心中这一痛恨，真是恨不得把耀忠碎尸万段，把那雪白的牙齿，微咬着嘴唇，频频地点了一下头，哈哈地笑道："原来如此，原来如此，那你三爷真也太爱咱了。"凤姑说完了这两句话，竟伏在桌上，狂笑不止。

梅香原不知她内心是痛愤到了极点，所以有这样发疯似的举动，还以为凤姑心里是感到非常的快乐，遂也含笑凑趣说道："向小姐，你现在终可以明白了，咱的三爷是多么真心的爱你呀！"

凤姑沉思了良久，方才抬起粉颊，秋波盈盈地同她瞟了一眼，笑道："真的，你三爷确实可称是咱的知心人了，咱情愿嫁给他了。"

梅香听了这话，心中直乐得跳了起来，拉住了凤姑的纤手，笑叫道："向小姐，向小姐！你这话可真的吗？真的吗？"

凤姑见她这样惊喜欲狂的神情，一时倒不禁为之愕然，忙问着道："咦！姐姐，你干吗这样高兴呀？"

梅香眉儿一扬，脸上笑容始终不曾平复，娇媚地说道："向小姐既然是婢子的奶奶了，婢子当然什么事情都要告诉奶奶的。三爷他对婢子说，假使婢子能劝从小姐嫁给三爷，三爷将来便把婢子收房。现在小姐果然允了，那不是叫婢子要快活煞人吗？婢子知道奶奶是个贤德大度的人，将来对待婢子，一定像自己女儿一样爱护，所以婢子是万分的快乐，此刻婢子在奶奶面前，先见个礼吧！"梅香说完了这两句话，身子已是盈盈拜下去。

凤姑这才明白，心里又是气又是笑，也只好故作很亲热的模样，把她扶起说道："你不必多礼，往后咱们就是一家人了。但咱现在要问你一声，花大爷到底什么日子提解进京呀？"

梅香见凤姑这样说法，真个把心花儿都乐得朵朵开了，满面春风地说道："多谢奶奶这样恩待于咱，真使咱终身感激极了。听说花大爷今日午后就提解进京，想此刻已离开广州地界了。"

凤姑听了这话，心里真是无限悲酸，眼泪几乎夺眶而出，只好竭力忍住，拿手帕拭去了泪痕，低头不语。梅香亲自又倒上一杯热茶，口喊："奶奶，点心请多少用些，千万别饿坏了身子。"

凤姑哪儿吃得了，只握杯喝了一口茶，摇头说不饿。这时日影已斜，黄昏已笼罩了整个的房中，梅香遂上了灯火。凤姑姗姗走到床边躺下，向梅香说道："咱要休息一会儿，你去告诉三爷叫他别来缠绕我，反正我已答应他了。"

梅香连连答应，心里十分欢喜，遂悄悄退出房来。齐巧和耀忠撞个满怀，耀忠伸手把她纳入怀里，捧着她的粉颊儿，啧啧吻了两个香，笑道："我的好心肝，事情给爷办得怎样了？"

梅香连忙摇了摇手，叫他别声张，悄悄拉到外间，把凤姑已答应了的话，向耀忠告诉了一遍。并说道："爷此刻且不要进去缠她，快吩咐张灯结彩办酒去，今天夜里，爷就好享受温柔滋味了呢！"

耀忠被她说得心里痒痒的，咧开了嘴儿，回身笑嘻嘻地向外便奔。梅香却又一把拖住，瞅他一眼，噘着嘴儿，说道："三爷，婢子好容易把凤姑娘说得允许了，你可别忘记咱的好处呢！"

耀忠听了，遂又回过身子，把她抱在怀里，对准了她的小嘴，甜甜蜜蜜地吮了一个吻，笑道："咱的心肝儿，咱的香肉儿，你待爷这样好，给爷这样出力，爷哪里肯忘记你吗？你放心是了，将来你终是爷的人了。"说着，便紧紧地把她又搂抱了一会儿，热吻了一会儿，方才十分兴奋而又十分得意地走出去吩咐办酒了。

诸位，你道凤姑真的甘心嫁给耀忠了吗？原来她是个将计就计的方法。凤姑知道如玉确实是被耀忠陷害的，她便决心欲替如玉报仇，以出她胸口一股冤气。所以待梅香走出房去后，她又从床上坐起，凝眸沉思了一会儿，便在房中寻出一把剪刀，藏在怀中，预备耀忠醉回房来睡时，将他刺死，然后自己也自寻了，这样觉得心里是很对得起表哥如玉和舅爸的。这时天色已晚，凤姑想着不多一会儿，房中就要发生惨剧，虽然死了，原不足惜，但回忆和表哥如玉种种恩爱，心里又感到万分伤心，忍不住眼皮儿一红，泪水滚滚而下。

不料正在这个时候，忽然从窗外飞进一个年轻的男子，只见他身穿一袭天蓝缎的大氅，脚下一双抓地虎头鞋，头上天蓝缎布勒额，旁边缀着一朵桃红的花结。唇红齿白，眉清目秀，好像和如玉表哥一样的秀丽。凤姑心中好生惊讶，正欲动问，那少年已到面前，对凤姑低声问道："这位姑娘，为何伤心？莫不是被这儿的人抢进来的吗？若果然如此，咱可以救你出去。"

凤姑听了这话，心中暗喜，连连点头道："咱正是被他们抢来的，请问壮士贵姓大名？咱不特要请壮士把咱救了出去，而且还要恳求壮士救救咱的表哥花如玉呢！"

那少年听了，便忙答道："咱姓何名叫志飞是也。你表哥花如玉究竟是怎么一回事，请姑娘快快告诉咱吧！"凤姑遂把屠耀忠如何陷害的事情，向他说了一遍。

志飞听完了她的告诉，不觉大怒道："淫贼如此可恶，杀不可救，痛恨老贼溺爱劣子，竟做出这样丧尽天良的阴谋，如何能够做地方上的父母官？今咱不杀此辈，岂不累苦了地方上的老百姓了吗？请姑娘稍等片刻，待咱去结果了他们，再来相救姑娘吧！"

志飞说毕，拔剑在手，便仍飞身上屋，并没一些声息地到了大厅。只见下面灯火通明，照耀得如同白昼，正在大摆酒筵，文武官员，齐来贺喜。志飞暗想：咱只有一个人，若此刻下手，定不是他们的对手，众寡不敌，难免要吃他们的亏，倒不是先把这位向凤姑姑娘救出来，再做道理。志飞想定主意，遂仍飞身回到房中，不料房里凤姑早不在，回眸向窗外一望，瞥见一个黑影，蹿越而去。志飞知凤姑定被歹人所劫，遂也纵身上屋，追踪而去。

欲知这个黑影究系何人，再待下回分解。

第四回

星月依然双雄争救女
门庭如旧老父祸来临

　　且说何志飞手执宝剑，追踪上去。只见那黑影蹿越的速度甚快，想来绝非寻常之辈。这时碧天如洗，万里无云，月明星稀，志飞紧紧赶了一阵，在月光依稀之下，还可辨清楚那黑影是个娇小的女子，一时心中好生奇怪，便在后面大声喝道："前面那个小女子，快快把背上的姑娘留下，万事全休，否则小爷动起手来，汝可别怪小爷无情了。"

　　那个黑影听了志飞的话，不特不停住了步，反而加快了步伐，拼命向前狂奔。志飞瞧此情景，愈加疑心那女子不是好人，自然也愈加不肯放松，在后面紧紧追随。两人一逃一追，约奔了三四十里路程，那女子因背上负了人，到底慢慢要被志飞追上了，心中一急，遂蹿入林中。待志飞赶到面前，只见林中闪出一道寒光，早见一个姑娘，挥剑而出，口中尚娇声叱道："好大胆的贼子，敢在姑奶奶的面前撒野吗？看剑！"她说完了这两句话，把宝剑舞动得雪花一般地直向志飞上、中、下三路刺来。

　　志飞见她虽然是个小小的女子，那剑法却是十分纯熟，一时也不敢大意，挥动宝剑，一面抵敌，一面进攻。两剑相击，火星直冒，叮当乱响。那女子觉得纤手有些被他震得虎口隐隐作痛，可想那男子的力量，也是不小的了，这就把她那双盈盈秋波，向志飞瞟了过来。谁知事有凑巧，志飞的两眼，也在凝望着她，因此成了一个四目相对。这时月色如昼，志飞当然瞧了一个仔细，不免暗暗喝了一声彩。你道为什么？原来这位姑娘的模样儿实在生得动人。只见她身穿一件绯红软缎的上袄儿，头上裹看一方绯红软缎的巾儿，上面缀着一个鸳鸯结。耳鬓旁尚显露出螺旋形的青丝发，旁边插着一朵鲜美的花朵。长着一个鹅蛋的脸儿，两颊如出水芙蓉，白里透红。弯弯细长的柳眉下，配着两只滴溜乌圆的眸珠，显出聪敏活泼的神情。一张鲜红的樱桃小嘴，微露着一排雪白整齐的牙齿，真是娇小玲珑，十分艳丽。

志飞瞧得出了神，手儿一松，那柄宝剑竟被她击落在地，心中这一吃惊，几乎吓出了一身冷汗。待要俯身去拾，那女子早已抢步上前，挥剑向志飞头顶上直劈。志飞慌忙就地一滚，把身子直滚到她的脚根前，猛可站起来，伸手将她的手腕握住。志飞这一握力量不小，她"啊呀"了一声，那手中的一柄宝剑，也早掉落在地。志飞见大家手中都没有兵器，心里就安了大半，伸出左手，向她的纤腰一把环住，两人到此，竟撞了一个满怀。那少女的脸儿，直向志飞颊上贴了过来，志飞眸珠凝望着她笑道："咱与你无冤无仇，你何苦要伤咱的性命呢？"

那女子一手被他握住着，细腰儿又被他搂住着，要想挣扎，谁知竟动弹不得，一时又羞又急，倒竖了柳眉，圆睁了杏眼，恨声不绝地娇嗔道："你这贼子，还说这话哩，既然姑奶奶与你无冤无仇，你干吗紧紧地追随咱呀？"

志飞说道："那么咱叫你放下背上的姑娘，你为什么不听从咱呀！"

那女子气道："咱救人与你何干？你要把这个姑娘抢去，意欲何为？"

志飞想她这样说，方知那女子实在是个好人，自己不能无礼，因慌忙放下了手，向那女子深深一揖，赔罪道："原来姑娘也是救她的，那是咱误会了。刚才多有得罪，还请姑娘恕咱冒昧了吧！"

那女子做梦也想不到志飞忽然会以礼相待，一时倒也弄得有些不好意思了，红晕了脸儿，只得弯了腰肢，向他也福了一个万福，抿嘴嫣然笑道："既然大家都是出于误会的，那真成了不打不相识的一句话了。请问英雄尊姓大名，和这一位姑娘可识得的吗？"

　　志飞遂告诉了自己的姓名，并说道："咱倒并非和她素来相识，原是路过总督街门，见了情形，疑心被他们抢来的，一问之下方知果然如此。咱因心中气愤，意欲先去结果了这些王八狗官，不料回来时，那位姑娘就被你先救去了。"

　　那女子听了，哦了一声，笑道："原来如此。"说着，回头向林中高喊道："这位姑娘，请你快出来吧！"谁知连喊了数声，却不见答应。当时两人都吃了一惊，连忙奔入林中，四处找寻，果然已不见了凤姑的踪影。

　　志飞急道："啊哟！难道又被哪位英雄背去了不成？"那少女也急得连喊"姑娘快出来"。正在在这个当儿，忽见天空中一道白光似电闪一般地过去，同时又见掉下一张雪白的纸来。志飞连忙俯身拾起，只见上面写着寥寥几行字道："志飞吾徒收目，凤姑娘与咱有师徒之缘，今已由为师的携带上山，请花姑娘与吾徒切勿误会，是为至要。一尘子留字。"

　　志飞瞧完了这两行字，心里这才放下一块大石，不觉哈哈笑起来道："原来凤姑娘已被咱的师父带上山去了。"

　　那少女听了，慌忙也凑过头来瞧，一见了"一尘子"三字，便哦了两声，秋波滴溜乌圆地向志飞瞟了一眼，笑道："原来何爷是一尘子老伯的高徒，无怪他知道咱的姓了。"

　　志飞听了，眸珠一转，笑道："这样说来，姑娘定是姓花的了，不知姑娘的芳名是什么，令师尊何人，与咱师父怎么相识的？"两人说着话，已是走出林来，大家把地上的各人宝剑拾起，依然插入剑匣内。花姑娘方才答道："咱的名儿叫爱卿，师父法名叫凡尘师太，和一尘子老伯原是很要好的道友，那年咱曾和令师见过一面，所以令师就知道咱的姓名了。"

志飞笑道："那么咱们彼此都是自己人了，凡尘师叔咱也拜见过了好多次，但是却并不曾听她老人家说有徒儿收着哩？"

爱卿微微一笑，说道："咱师父共收三个徒儿，咱尚有一个师姐和师弟，这次原和师姐一同下山，回家来省亲。不料经过总督衙门，只见里面十分热闹，灯火通明，车马盈门，但是又不像做喜事模样，咱因要探听个仔细，便飞身上屋。经过一个卧房，见里面坐着一个姑娘，独自儿正在淌泪，好像十分伤心的模样。咱正欲下去问她，忽见房外又走进一个丫鬟，手捧一盘酒菜，放在桌上，见了那姑娘，便笑盈盈说道：'咱的好奶奶，才儿说得好好的，此刻怎么又伤心起来了？今天是奶奶的吉日，应该快乐才是，千万不可以伤心的。况且咱的三爷是个极温文的风流公子，他不但才貌好，对待女孩儿家的功夫更好，新奶奶若不相信，晚上和三爷睡了后，那你一定知道咱的话儿不错哩！'那丫鬟说到了这儿，又望着那姑娘哧哧笑个不停。那姑娘把脸儿涨得血红，恨恨地啐了她一口，嗔道：'别胡说乱道的，你不快给姑娘停止了嘴。'丫鬟舌儿一伸，故作涎皮笑脸的神情，说道：'那么奶奶就用饭吧！最好多喝几杯酒，回头和三爷玩起来不是兴味更浓吗？'咱站在屋顶，听那丫鬟一味地只说那些歪话儿，意思是打动那姑娘春情模样。咱就明白那姑娘定是被他们强抢来的，心里好生着恼，遂不管一切地跳进卧房，拿了一团棉花，向丫鬟口中一塞，把她迷住了知觉，就向床上一丢，拿了一条被儿，紧紧将她盖上。这时那个姑娘，便向咱哀求道：'这位姑娘，请你快救救咱出去吧！'咱听了这话，也不及问她姓名，就负了她飞身上屋。不料才跑了一箭之路，何爷从后面就追上来了。当初咱以为是总督衙门里的人，所以不敢停留。不料咱们较量了许久，那位姑娘倒叫师伯趁现成地带上山去了。"

爱卿说完了前事，猛可想起自己被他抱住的情形，心里又好生难为情，那粉嫩的两颊上，顿时又盖了一层红晕，秋波盈盈地向他一瞬，忍不住低头抿嘴嫣然笑了。志飞瞧她这样娇媚不胜情的意态，在柔软的月光笼映之下，更显得妩媚可爱，忍不住心里荡漾了一下，微笑道："可不是？咱的师父真也是个惯会开玩笑的人，假使他早已在林中的话，为什么不来和咱们说明，却站在旁边瞧咱们厮杀哩！"

志飞说完了这话，两人都忍不住又笑了。志飞又问道："请问花姑娘的师姐和师弟叫什么名儿，往后假使咱们遇见，也就再不会发生意外的误会了。"

爱卿频频点了一下头，说道："何爷这话不错，咱的师弟叫周美臣，师姐叫何玉蓝，长咱一岁，同何爷五百年前恐怕是一家人吧！"

志飞听了"何玉蓝"三字，不禁跳起来，连声问道："什么，叫何玉蓝吗？啊哟！那真是踏破铁鞋无觅处，得来全不费工夫。一向消息沉沉的咱妹子，原来竟被凡尘师叔收去做徒儿呢！"

爱卿听玉蓝就是志飞的妹子，也不觉惊喜欲狂，凝眸沉思了一会儿，哦哦响了两声，笑道："前儿咱曾听玉姊说起，她有一个哥哥，可是却不曾告诉咱叫什么名儿，咱也并没有问她，原来何爷就是玉蓝的哥哥呢，这真正是凑巧极了。"

志飞笑道："咱和妹妹算来有整整十二个年头不见了。妹妹四岁那年，咱正七岁，因为妹妹生得娇小玲珑，活泼可爱，所以咱非常喜欢她。不料这天丫鬟抱着她在门口游玩，便来了一个老尼，向丫鬟化缘，并赞这位小姐生得好模样儿。丫鬟年轻不懂事，把妹妹在地上一放，谁知老尼和妹妹便不知去向，影踪全无了。想来这老尼一定是凡尘师叔了。那时爸妈得知这个消息，心里非常悲伤，整整哭了好几夜。咱心里也很记挂妹妹，所以独个儿常到外面偷偷地去找寻。有一天，咱又遇见了一个鹤发童颜的老者，对咱笑嘻嘻地问道：'小哥儿，你一个人在外面瞎跑，不要被歹人骗去吗？'咱回答道：'咱因为妹妹被人骗了，咱正要找寻那个歹人和他拼命哩！'他听了咱的话，便笑道：'原来你是在找寻你的妹子，咱倒瞧见过，你且跟随咱来，咱一定使你们兄妹相逢哩！'当时咱信以为真，心里万分喜悦，因此也不考虑地随他走了。不料这个老者就是现在咱的师父一尘子，他因和咱有师徒之缘分，所以故意哄咱上山的。咱在东岳泰山金霞洞中一住十年，便即下山前来省亲，师父嘱咱多干有益之事，咱连连答应。当时回到家里，父子相逢，自然十分欢喜。后来咱想，妹子被那个老尼骗去，一定也是和咱一样，所以便劝爸妈不用伤心，妹子将来自然也会回来的。爸妈说但愿如此才好。咱在家里住了一年，很想到外面去走走，同时一路可以找妹子下落，谁知妹妹虽然不曾找着，无意中却碰见了妹妹的师妹，这不是等于已见了妹妹一样的吗？"

原来何志飞父亲何德林，原籍河北省宛平县人，娶妻朱氏，生一男一女，就是志飞和玉蓝。兄妹相差三岁，颇为亲热。不料没有一年工夫，兄妹两人都相继失踪，德林大妇未知底细，自然十分悲伤，同时心灰意懒，杜门谢客，终身长斋。好在德林为人俭朴，平日颇有积蓄，倒也清度了过去。直到志飞回里，骨肉团聚，德林夫妇疑在梦中，经志飞详细告诉，方才欣喜万分，从此以后，愈加相信念佛。

且说爱卿听说志飞，果然是玉蓝的哥哥，芳心这一快乐，忍不住扬着眉儿，那颊上的笑容这就始终不曾平复过。志飞瞧她这一笑，虽在月光依稀之下，早就发现爱卿的颊上还印有一个深深的小酒窝儿，愈加显出无限的娇憨可爱，心里因此也就深深地嵌上了她一个情影。两人因为在无意中遇到彼此相识的人，心中都感到说不出的快乐。也许是太喜悦了的缘故，彼此倒反而呆呆地说不出话来了。但是这样老呆站着，究竟也不成样儿。所以志飞又搭讪问道："花姑娘，咱的妹妹现在长得怎么样了？身子好吗？"

爱卿点头笑道："玉姊长得很漂亮，何爷往后瞧见了，一定要不认识哩！"

志飞听了，望着她粉颊儿，咻咻一笑，说道："花姑娘，你称呼咱这个爷字，咱实在可不敢当啊。"

爱卿暗想：你这人也有趣，自己称呼咱姑娘，那么咱不叫你爷叫什么呢？想到这里，一个女孩儿到底有些害羞，那两颊便愈加红晕起来，秋波瞟他一眼，抿嘴嫣然笑道："咱不喊何爷，依你说喊什么？这咱倒也要问问你了。"

志飞见她意态，并不曾有不快乐的神气，因悄声儿笑道："你和咱的妹妹是师姐妹，那么咱厚着脸皮，算虚长了你几岁，你就喊一声师兄吧。"

爱卿笑道："本来咱的师父和你的师父很知己，彼此原像师兄妹一般，那么咱和你也可算是师兄妹了。"

志飞乐得耸着肩儿，笑道："爱妹说得不错，那么咱就老实不客气喊你一声妹妹了。"

爱卿道："那么咱也喊你一声志哥。"说到这儿，不觉又害起羞来，红着双颊，别过头去。志飞虽没见她在做什么，但只瞧她微颤的身儿，也很可以晓得她一定是在笑哩。两人暗自笑了一会儿，爱卿忽然回过身子，雪白的牙齿微咬着殷红的嘴唇皮子，望着他哧的一声，笑道："你瞧我这人糊涂吗？和志哥说了这许多的话，还没问你到广东做什么来呢？"

志飞忙道："咱从宛平县动身，原无一定目的，一则出外散心，二则找寻妹妹下落。说起你糊涂，那咱就更糊涂了，咱到现在连爱妹是哪省哪县人，还不曾问一声哩！"

爱卿道："咱就是这儿广东番禺县人，家就在城里，离此不远，那么志哥该先和咱一同回家去吧！"

志飞听了，心里虽然万分喜悦，但表面上犹迟疑了一会儿，说道："天色已夜，咱冒昧前去，不知老伯和伯母会不会见怪吗？"

爱卿听他这样说，脸上显出很不高兴的神气，睃他一眼，说道："咱的爸爸是在朝中做官，没有在家里。妈妈是个慈爱的人，对于无论什么人，都非常亲热。再说咱还有一个哥哥，你们见了，大家不是也可以交一个好朋友吗？"

志飞这就不敢再违拗，连连点头笑道："爱妹既然这样说，咱也就老实不客气地到府上去惊扰了。"说着，两人于是并肩行，一路走，一路谈，颇觉情投意合，大有相见恨晚，盖此时一对儿女英雄，都早已心心相印了呢！

　　且说两人到了兴隆街，找到了花府大门，两人定睛一瞧，顿时都大吃一惊。你道什么？原来花府大门上不但是架了大铁锁，而且还上了封条。爱卿花容失色，芳心暗想：啊哟！咱家竟是犯了法吗？志飞亦觉惊奇十分，连忙说道："爱卿妹妹，咱们飞身到里面去瞧一个仔细吧！究竟是怎么一回事呢？"爱卿一听，点头称是。

　　于是两人纵身一跃，早已跳上三丈高的墙头，复又轻轻地跳下。先到上房，见门儿开着，衣箱都摆得七歪八斜，十分凌乱，好像已整理细软逃走了的模样，又好像盗匪抢劫过似的。但大门上的封条，明明是官府里的，那么咱家一定是犯了什么重罪了。爱卿这样一想，心中急得痛苦非常，几乎要哭出声来。忙着又到大厅，忽然在地上发现了一块羊脂白般的宝玉，上面坠着绿穗。爱卿拾起一瞧，凝眸沉思半晌，猛可记得，一时高声叫起来道："咦咦！这是咱哥如玉的东西呀！怎么竟掉在这儿呢！"

　　志飞在旁一听，觉如玉名字，好生耳熟，呆了一会儿，忽然也哟了一声，说道："你的哥哥就是叫花如玉吗？那么向凤姑你可认识吗？"

　　爱卿听他说出"向凤姑"三字，芳心更加稀奇，便忍不住笑道："什么，向凤姑是咱的表姊呀！怎么会不认识吗？"

　　志飞听了不觉哈给笑道："你明明不认识，为什么偏说认识的呢！"

　　爱卿听他这样说，弄得目瞪口呆，怔了好一会儿，方啐他一口道："你别给咱信着嘴胡说吧！咱自己的表姊，你为什么要硬说咱不认识呀？你这人真太岂有此理了。"

　　志飞见她薄怒含嗔，骂起自己来了，忍不住又气又好笑，反问她说道："爱妹既认识向凤姑，那你为什么当面也不招呼她？"

爱卿忙道："咱又没有碰见她，叫咱到哪儿去招呼她呀！"

志飞笑道："爱妹抢着救出来的那个姑娘，不就是向凤姑小姐吗？你既然是认识她，你为什么不喊她表姊呢？"

爱卿听了这话，顿时红晕了脸儿，急得跳脚道："啊呀！这位姑娘真是咱的表姊吗？咱虽然和她自小青梅竹马，十分亲热，但是隔别了十年，咱竟不认识她了。"

志飞笑道："这可是你自己说的了，现在咱问你，究竟是谁岂有此理呀！"

爱卿被他这样一问，只得向志飞福了一个万福，笑盈盈地赔不是道："这是咱错怪了你，请志哥原谅咱年轻不知吧！"

志飞见了这个情景，心里真是爱到极点，慌忙笑着说道："咱原和你说着玩，你当什么真？自己兄妹，哪里用得到这些虚伪的客气吗？咱倒喜欢爱妹天真爽直，要说什么话，就说什么哩！"

爱卿抿嘴咻咻笑道："那么咱说你岂有此理，你又问咱到底谁岂有此理，这就可见你心里不服，现在咱说自己岂有此理，那你心里终好乐意了。"说到这里，秋波瞟他一眼，忽又转口说道，"这些废话不要说它了，咱现在问你，你怎么知道那位姑娘叫向凤姑呀？"

志飞说道："是她告诉咱的，她说她叫向凤姑，尚有一个表哥叫花如玉，被总督公子屠耀忠设计谋害，原因是为了耀忠爱上凤姑，求婚被拒，所以结了怨仇。"

爱卿听了这话，还以为哥哥和妈妈已被害死，一时气塞胸膛，大叫一声，竟昏厥过去。志飞急得连忙把她扶住，连声喊道："爱妹！爱妹！你怎么啦？快不要这样，咱们慢慢地想法去把你哥哥救出来是了。"过了一会儿，爱卿方才哇的一声哭出来，骂道："好大胆的贼子，真是杀不可赦，咱若不报此仇，誓不为人。"

志飞劝道："你且息怒，咱们且问了左近邻人，知道了详细情形，再做道理，你瞧如何？"爱卿把那块如意白玉藏在怀中，点头说好，于是两人又飞身跃出花府，齐巧遇到一个老者，爱卿遂上前探问花府情形。那老者说道："京中皇上失掉九龙白玉杯一只，下旨到各省，吩咐查缉盗犯，总督衙门前日捉到一个大盗，名叫程金彪，他承认九龙白玉杯是他所盗，但咬定是花廷豪父子指使，并说赃物藏在花府藏经楼上。因此总督便即派提督前去搜抄，果然搜出，因此花大爷被押进京，花老太太和丫鬟、仆童等都偷偷逃避了。这事情究竟真相如何，一时也无从知道。不过想花大人为人正直无私，岂肯做这等勾当吗？"

那老者说完了这些话，便叹息了几声，自管走开了。爱卿、志飞这才完全明白，大家咬牙切齿，恨声不绝地道："这贼如此可恶，若不把他们杀死，怎消咱心头的怨气呢？"

志飞道："那么现在咱们且先去结果了这两个狗官，然后再追上去救你的哥哥脱险吧！"爱卿只得含泪点头，两人便直向总督衙门而去了。

且说耀忠那夜满心欢喜，一脸春风得意，殷殷招待来宾，呼五喝六，七巧八马，喝了一个酩酊大醉。众宾见公子已醉，便都奉承他早些安寝，去享受温柔滋味。耀忠心里奇痒难抓，涎皮嬉脸地告了一个失陪的罪，便悄悄地自回到卧房里来了。跨进房门，只见桌上那对花烛，正融融地燃烧着。耀忠掩上门儿，轻轻走到床前，掀起纱帐，醉眼模糊地见床上睡着一个美人儿，心中暗想：凤姑这可人儿真有意思，她预先躺在床上候着咱呢？想到这里，心里不住地荡漾，一时情不自制，伸手掀去绣被，把她的衣衫脱去，褪下衬裤。只见圆圆的两条粉嫩玉腿，好像粉雕玉琢一般的可爱。中间芳草鲜美，早已隐约露出桃花源来。耀忠垂涎欲滴，迫不及待，遂腾身而上，轻怜蜜爱地温存起来。

诸位，前面早已表过，爱卿把梅香的嘴儿塞住，用点穴之法，把她失去知觉，放在床上。此刻耀忠竟把梅香又当作了凤姑，这真是癞蛤蟆想吃天鹅肉，但是吃来吃去，还是自己家里备着的现成货，那不是要笑煞人了吗？

　　且说梅香当时被爱卿点住了穴眼，知觉自然全无。此刻时候也到了，点穴的效验也正要完了，同时而且被耀忠一阵暴风雨似的掀动，因此倒恢复她原有的知觉起来了。她微睁俏眼，一见自己全身赤裸，上面伏着一个三爷，正在干那风流的勾当，嘴里犹拼命喊着"凤姑肉哩！心肝儿呀"，一时心头模模糊糊的，好生奇怪。仔细一想，方才记起那个凤姑是被一个少女救去了，自己原被那少女捉弄在床上的。不料三爷醉眼模糊，把咱又当作凤姑看待了，心里忍不住好笑，要想开口说明，无奈口中塞着一团布儿，要想用手去取，却又被耀忠紧紧压着，也只好任他狂了一回。谁知自己心花儿正被他乐开了的时候，忽然窗户外飞进一男一女，手执宝剑，向床前直奔。梅香知道不好，急忙伸手在床栏旁的一个机关上一按，只听一声响亮，耀忠和梅香早已滚下地道安全室去了。

　　且说这一男一女当然就是爱卿和志飞，两人正欲举剑直劈，不料人已不见。爱卿心中愈加气愤，便对志飞说道："一不做，二不休，咱们既到这里，且杀进去，把屠自强老贼杀死了再说。"

　　志飞答应，两人遂杀将进去，这时总督衙门里早已大鸣警钟，朱明光和李得胜领兵前来捉拿刺客，在大院子里齐巧相遇，彼此便即大战起来。爱卿、志飞舞动宝剑，只见两团银光，在人丛里滚来滚去，兵士被着，人头落地，血肉横飞。但兵士们愈杀愈多，把两人围得铁桶一般的牢实。志飞见此情形，料想难以取胜，因叫声："爱妹，咱们不吃眼前亏，还是走了再说。"于是两人收住剑光，纵身一跃，早已跳上屋顶，一连几蹿，不知去向了。待朱明光、李得胜追跟上屋，哪里还有两人的影子，也只好下来，自去复命。

　　且说爱卿、志飞逃出了总督衙门，先落一家小客栈住下，爱卿因仇人既没杀死，父兄生死未卜，心中非常烦闷。志飞劝道："如玉兄既被解进京，想来定在途中，明日一早，咱们赶上去救了下来，也就是了。"

爱卿收束泪痕，点头答应，一宿无话。到了次日，二人乔装改扮，悄悄地离了广州城，直向京都而去。

欲知如玉果然被救出否，且待下回分解。

第五回

屈打成招衔冤奔长途
以强欺弱恃蛮压书生

且说花如玉被捉到总督衙门，当由屠自强亲自审问，并喊出程金彪前来对质。如玉原是个公子哥儿，当时气得两颊发青，向金彪戟指骂道："好大胆的狗强盗，咱父子俩与你无冤无仇，你敢诬害于咱。"说着，便走上前去，伸手要打。

自强早已大声喝住，说道："在公堂之上，汝敢胡为。现在贼物是在汝家，汝尚敢抵赖吗？要知道皇子犯法，庶民同罪。"说罢，吩咐用刑。皂班一声答应，早将如玉掀倒上拶。可怜如玉好像一个女孩儿那样柔弱的身子，怎吃得消如此重刑，不觉昏厥过去。自强又吩咐用水喷醒，如玉叫声"苦啊"，便呜呜咽咽哭了起来。金彪跪在旁边，瞧此惨状，心有未忍，暗想：咱和他真个无冤无仇，又何苦要诬害他呢？但事既如此，懊悔也来不及，只好算他晦气了。这时自强又逼如玉招认，如玉熬不住痛苦，心想不招也是死，因此也只得委屈承认。

自强既得口供，欢喜十分，当遣差官黄庆押了如玉、金彪两辆囚车，并带了九龙白玉杯，即刻解送京都而去。一路上昼行夜宿，栉风沐雨，受尽了许多苦楚。

这天到了离宛平县五十里一个地方，时已黄昏将近，但四郊寂寂，却并无一个小市镇或一个小村庄，黄庆和二十四名差役都颇为焦急，急急赶路，预备找个宿处。约莫赶了十余里路程，依然一片荒野，而天色倒已黑了下来。黄庆见前面有个树林，一时不敢前进，心中暗想：前面这树林不要是盗匪出没之区，这咱们可不是要大触霉头了吗？但是不前进，又将怎样是好呢？因只得壮着胆量，一面吩咐差役，拔刀在手，预先提防。

谁知还没有到树林面前，就听一阵风声，从树林中飞出一支袖箭，直向黄庆门面射来。黄庆叫声"不好"，亟待躲避，哪里还来得及，这支袖箭，不偏不倚，却齐巧刺中他的喉管。只听黄庆大喊一声，早已翻身掉下马来。

这时林中又蹿出一个女子，仗剑赶来，先劈死了数个差役，余者见差官已死，那女子又锐不可当，料想万难取胜，倒不是三十六着，走为上着的好，于是众人抱头鼠窜，各自逃命。那女子走近囚车旁边，对如玉盈盈一笑，便即把剑劈开，两手扶着如玉出来。如玉自被屈打成招后，身子略有微伤，且久坐囚车，一时哪里走得动路，只觉酸麻异常，连站起来都支撑不住。那女子见他颦蹙双眉，好像十分苦楚的神情，心中也理会他的意思，便把如玉两臂环在自己脖子上，负在背上，拔步就奔。

金彪见有人来救，心中大喜，以为她先把如玉囚车打开，再把自己囚车也劈开了。谁知道她只救如玉一人，对于自己好像瞧都没有瞧见一样，心中这一急，忍不住大声叫道："哟！这位女英雄，你救人救到底，怎么让咱在这儿一个人饿死不成？"

那女子听了，方又回过身子，对他笑了一笑，竟飞起一脚，把那辆囚车好像当作球儿一般，直踢出了三丈以外。那辆囚车也早滚得粉碎，待金彪站起出来，那女子早已无影无踪了。金彪摸着额上的青块，心里气恼十分，恨恨骂道："入她的娘，这小妮子只要小白脸，连救老子都有些冤枉似的，真正气人极了。"

金彪咕噜了一会儿，心中暗想：咱现在终算是脱险了，但咱下山时候，曾大吹牛皮，说限期一月，可以拿千金回寨去见大哥。现在差不多时已两月，两手依然空空，那且不要说它，而且还险做了刀下之鬼呢。金彪想了一会儿，忽然被他想着了一件事情，心里倒又喜欢起来，慌忙三脚并作两步，找到了差官黄庆的尸体身旁，伸手在他的怀里摸索了一会儿，果然给他摸出那只九龙白玉杯来。拿在手中，心里真有说不出的快乐，暗自想道：这真是天助咱得一宝物，这样咱虽没得到千金，也是可以回寨去见大哥的了。想大哥见了此宝，一定比得了千金更要满意万分哩！金彪想着，便把九龙白玉杯好好藏在怀中，跳上黄庆那骑马匹，扬了一鞭，便一路自回广西清龙寨去献宝了。

这且丢过不提，再说那个女子究竟是谁呢？原来这女子姓潘名莲贞，是人家女儿，被后母从小卖给了田主人潘芝山为婢子。莲贞在潘家一住五年，虽然还只有十三岁的女孩子，但已出落得十分美貌，同时因她发育得早，乳部隆起，臀儿肥圆，确实已变成一个成熟的少女了。那时田主人潘芝山虽已五十左右，但却是非常好色，见莲贞长得这样婀娜动人，心里爱得了不得，意欲把她收作小妾。偏芝山又是一个惧内的人，生恐太太不答应，而且反要大受责骂，因此迟迟终未敢恳求。不过自己家里现成地放着这样一块鲜美的肉儿，只能瞧而不能吃，这岂不是要急煞馋猫了吗？这天合该有事，芝山的太太因娘家有事，到乡下去住几天。在芝山太太的心里想，以为丈夫虽然好色，终不至于就看中一个十三岁的婢子。就是要爱莲贞，最少也要再过两年了，所以她也不携着莲贞一块儿去，却很放心地把莲贞留在家里。谁知芝山是个色鬼，单等太太坐轿走了，便迫不及待地悄悄走入莲贞的房中，把莲贞大胆地抱住，先对准了她小嘴甜甜蜜蜜地接了一个长吻，伸手在她身上又一阵乱摸。笑着叫道："咱的肉儿心肝儿，你知道老爷心中爱着你吗？"

莲贞为了发育已全，人事也懂，平日老爷待自己这样好，想来定有意思，所以此刻躲避在芝山怀中，任他吻摸了一会儿，却并不抵抗，同时还咪咪地浪笑。芝山瞧了她这一副淫浪的骚态，一时再也忍耐不住，便把她抱到床上，压在她的身儿上面，笑道："爷给你

51

美味吃好吗？"

莲贞抿嘴笑道："老爷这样穷凶极恶的神气，婢子实在有些怕哩！"

芝山听了，哈哈笑道："傻妮子，别说呆话了。你千万不用害怕，回头保险你还要爱煞哩！"

莲贞不答应，一定翻身要坐起来。你想，已到口边的肉，芝山怎肯轻易放松？因乘她不备，把她手儿摔开，猛可地把身子压了下去。芝山这举动好像迅雷不及掩耳那样的快速，莲贞万万也躲避不及。莲贞究竟是个十三岁的处子，哪里受得住这样痛苦，忍不住竭声地大喊起来。芝山一面安慰，一面又百般地温存，莲贞早已双蛾紧锁，眼泪直流，嗔着道："老爷，你花言巧语的真要咱的性命了。"

芝山笑道："没有痛苦，哪里来甜蜜呢！明后天你一定会快乐了。"

莲贞啐他一口，把他身儿推开，低头见下面被单上竟染了一片鲜红，芳心顿时大吃一惊，哟了一声，说道："怪不得婢子现在还有些隐隐作痛哩！原来这……许多血……老爷这个东西，竟和小刀一样的厉害了。假使下次也是这样痛苦，就是杀了咱的头，咱也情愿不要干了。"莲贞说到这里，恨恨地白了他一眼。芝山见她稚气可爱，忍不住得意地笑起来了。

不料正在这个当儿，潘太太忽然又回来了，原因是没有带几套换身的衣衫裤。当时她走进上房，见静悄悄地并没一人，心中灵机一动，便三脚两步地急急赶到莲贞房中来。一脚跨进，果然瞥见床上两个赤裸裸的男女，正在抱着接吻吮嘴。潘太太瞧此情景，醋意勃发，大吼一声，早已奔到床边，伸手先把芝山胡须一把抓住，向床下直拖。芝山冷不防太太会回来，听了这一声狮吼，顿时心胆俱碎，跪在地上，哀求不已。潘太太且不搭话，回头先向床上望去，只见莲贞身子好像米粉般地缩作一圈，犹瑟瑟地乱抖，被单上犹染着红水点点。潘太太知道两人已搭上了手，一时心中怒不可遏，把莲贞头发拉来，伸手在她颊上，啪啪地先是两下耳刮子，高声骂道："你这不要脸的贱货，今天你可吃到好东西了，快乐的时候是你，痛苦的时候也是你。"说到这里，拿过桌上一管裁衣的尺子，向她身上一阵痛打。

莲贞心中真冤枉极了，自己被老爷已是弄得疼痛非常，不料太太还偏说自己快乐，拼命乱打，这种苦楚真是没处申诉，一时悲伤已极，呜咽哭了起来。潘太太见她哭了，心中更是火上添油，这就愈加狠抽狠打。芝山跪在旁边，眼瞧着莲贞雪白的肉体上，着了一条青一条红的伤痕，心里实在肉疼万分，但是却不敢说一句饶了她的话。这时莲贞痛得昏厥过去，潘太太方才住手，一面把芝山拉到自己卧房，叫他向自己跪下，恶狠狠地骂道："你这个老不死的，我人活着呀！你要跟别人家玩，你不会来跟咱玩吗？咱难道不是女人，没有下面这个宝货吗？你倒给咱说出一个理由来。否则，哼！咱索性要了你的狗命。"

芝山听了这话，吓得面无人色，忙赔笑说道："太太！你千万别气坏了身子，咱该死，咱完全错了。太太请饶了咱这一遭儿，咱下次再也不敢了。"

潘太太听了，怒气稍平，便冷笑一声道："今天咱也不回娘家去了，你给咱跪一整天，若动一动，咱老娘定不饶你。"芝山连声称是。潘太太遂又到莲贞的房中，只见莲贞已穿上衣服，见了太太，便忙跪倒在地，叩头哀求道："太太，请饶了婢子吧！实在是老爷强逼的，婢子原不肯依从呀！"

潘太太见她说着，眼泪又像雨点一般滚下来，一时倒也可怜起来，便对她说道："咱平日常常关照你，说老爷是个馋猫儿，你千万不许依他，若给咱知道了，当要你的小性命，这是你自己讨死，不是咱待你凶呀！现在这儿用不到你，你把你的衣服整理了，立刻给咱滚出去，咱就不会来打你了。"

莲贞听了，因为心中实在又伤心又冤气，便愤愤地出了潘家。

一步挨一步地走着，一面暗想：老爷说性交是人生最快乐有趣的事，谁料到竟有这样痛苦，早知如此，咱真悔不该听从老爷的话了。那么太太也不会毒打咱赶出咱，现在咱是无家可归的人了，到哪里去安身好呢？唉！还不如死了干净吗？"莲贞想到这里，便存了厌世之念。抬头见前面是一条大河，于是把心一横，遂飞步直向河边奔过去了。谁知正欲纵身投入水中，忽被后面一人拖住。莲贞回头一瞧，见是一个四十左右的妇人，尼姑装束，向自己问道："你这孩子，小小的年纪，为什么好好的要寻死了呀！"

莲贞听了，凝眸沉思半晌，忽然向那女尼跪下叩头道："师父若不叫咱死，那么就请你收咱做了徒弟，咱情愿终身皈依佛门，否则，咱是再也不要做人了。"说罢，泪下如雨。

那女尼瞧此情形，心中好生奇怪，因把莲贞搀起，说道："这是为什么缘故，你倒给咱说出一个原因来，假使果然有不得已的苦衷，咱就决定收你做徒儿好了。"

莲贞听了，只得圆一个谎道："咱是潘家的婢子，因受不住太太的毒打，所以逃出来寻死了。"

女尼见莲贞生得讨人喜欢，一时起了爱怜之心，便问她姓名，问她年岁，莲贞一一告诉了她，于是那女尼便带她回山去了。

诸位，你道这个尼姑是叫什么？原来法号叫智了师太，她本是凡尘师太的师妹，自从师父悟空师太物化以后，两人便发生了意见，因此分开了手，各走一路。

且说莲贞随智了师太到山上，知尚有一个师姐先在，名叫马梨影。虽然是自己师姐，年龄却小了四年，已学习得一身惊人本领。从此以后，莲贞天天跟着梨影学艺。如此光阴匆匆，一住八年，莲贞便别师下山，心中还恨着当年的潘太太，意欲前去报仇。因此，遂匆匆赶路而来。

待到了故乡，时已近晚，莲贞先在一家客店住下，用过饭餐。约莫三更时候，她便带了利剑，直向潘家而来。纵身跳进院子，蹑脚步进草堂，只见堂上赫然供着一座灵位，上书"故夫潘芝山之灵座"，心中暗想：原来老爷是已经死了。一时想起芝山待自己种种好处，以及那日被太太撞见毒打情形，心里亦颇感悲伤，挥了几点眼泪。一面便悄悄地到了上房，在窗外先站住了。只见房中尚明着灯火，同时且发出一阵咻咻的笑声。莲贞心中好生奇怪，遂把纸窗挖了一个小孔，望将进去，这一瞧正是应着了不瞧犹可的两句话，顿时把莲贞羞得两颊绯红。

你道干什么？原来房中床上正躺着两个赤身的男女，一起一伏地打着架。女的正是太太，男的却不知是谁。莲贞暗骂了一声"这老淫妇，不许老爷娶妾，倒情愿自己偷汉子。这种淫毒的女人，咱不杀死她，怎消咱心头之恨，同时也替老爷在天之灵，出一口冤气"。想定主意，便即破窗而入，娇声喝道："好大胆的狗男女，汝等敢是不要活命了吗？"

且说淫妇奸夫正在心肝肉儿拼命地乱喊，骤然见窗外跳进一个人来，大家都直吓得跪在地上，叩头求饶。莲贞见赤条条的两个身儿，跪在自己面前，真有些不好意思，遂把剑搁在潘太太的项上，啐她一口，骂道："你这老淫妇，好个不要脸，可还识得姑奶奶吗？"

潘太太向莲贞望了一会儿，一时也记不起来，只管双手合十，哀求道："小妇人实在不认识姑奶奶，姑奶奶要什么，尽管拿什么，但千万不要伤了咱的狗命才好哩！"

莲贞冷笑一声，说道："姑奶奶什么都不要，只要你的性命。咱老实告诉你，你且睁开了眼睛瞧瞧，咱就是当年被你赶出的莲贞姑奶奶呀！"莲贞说完了这几句话，便把她一脚踢倒，踏在地上。潘太太方欲求饶，莲贞手起剑落，只见血花飞溅，早已一命呜呼了。

那男子瞧此情景，便高喊"莲贞姑奶奶饶命"。莲贞回眸见那男子，年纪约莫二十六，倒生得一副白净的脸儿，因问他道："你这人年纪轻轻，怎么倒瞧中一个老贱妇呀？"

那男子说道："姑奶奶贵人多忘，咱是当年老爷的小厮潘安，你忘记了吗?"

莲贞仔细一瞧,果然有些相像,因说道:"你既是潘安,怎敢奸污太太,你如何对得住老爷啊!"

潘安道:"为了要吃饭,没有办法呀。太太自老爷死后,便叫咱服侍她。若不答应,便把咱赶出去……"

莲贞不等他说完,便啐他一口,嗔道:"放你狗屁,你到外面不好去干事情吗?咱问你,老爷死了几年了?"

潘安道:"老爷才死了一年不到哩!"

莲贞听了,低下头去,忽然瞥见潘安胯下那个活儿,一时又想起当年老爷的,觉得潘安比老爷更要雄伟,心中这就暗想:当年老爷说,性交是最最快乐的,谁知不但不快乐,把咱血也弄出了,终痛得了不得。虽然老爷说下次便有甜蜜的滋味,但是咱直到现在还没有尝试过。刚才瞧了太太和潘安打架的情景,是多么的有劲,并且心肝肉儿都喊了出来,可见这事情一定很够味儿的,不过咱为什么要这样的疼痛呢!意欲此刻和潘安检验下,又怕潘安比老爷更厉害,万一又弄出许多血,而得不到一些好处,那不是自寻苦楚吗?想到这里,踌躇不决。

潘安见她低了头,只管出神,因又求道:"好姑奶奶,你就饶了咱吧!假使你有用得到咱的地方,咱是没有不效劳的。"

莲贞听他这样说,便微红了脸儿,秋波盈盈地斜乜他一眼,说道:"你且起来,咱不杀你。但咱要问你一声,你和太太玩得这样起劲,到底快活还是痛苦啊!"

潘安瞧此情形,听此说话,知道她也情动,一时胆子便大了起来,涎皮嘻脸地说道:"不瞒姑奶奶说,自然是万分的快乐,假使不有趣,太太怎么抱着咱喊心肝肉儿呢?但是口说无凭,姑奶奶若不相信,不妨实地试验一下,咱是没有不竭力奉敬的。"莲贞听了,嫣然一笑,于是两人便携手到床上去了。自从经潘安柔情蜜意的温存了后,莲贞这才尝到了甜蜜的滋味,一时乐得心花怒放,淫声浪气,丑态百出。两人直玩到东方发白，方才兴尽。潘安笑道："其味如何？"莲贞咻咻笑道："美不可言。"说着，两人又笑了一阵，方欲交颈睡去。

莲贞忽然想起房中尚有一个尸体，万一被人发觉，潘安不免要从实供出，自己就难逃法网，倒不是把潘安也一剑结果来得干净吗？横竖天下多美貌男子，咱既然知道个中美味，往后自可物色人才，对于潘安，原不过做试验品而已。莲贞既存了不良之心，便从床上坐起，也不说话，拿起剑来，就向潘安一剑刺去。潘安叫声"啊哟"，早已鲜血直流，呜呼哀哉了。可怜潘安做梦也想不到莲贞此刻忽然会杀死他，这真所谓做鬼他还不明白哩！

且说莲贞见潘安已死，便把自己衣裤结束停当，插上宝剑，飞身出了潘家，悄悄地回到宿店，向床上一躺，倒头便睡。这一睡直到午时才醒，店小二进来笑道："姑娘真好睡，小的急死了人，以为姑娘被人迷药迷住了呢！"

莲贞听了，想起昨夜欢情，忍不住嫣然好笑，一面叫拿上酒饭，一面便得意地吃喝起来了。从此以后，莲贞开始对于性交有了新的认识，仗着自己一身本领，到处引诱男子，若不称心，还要一剑结果，因此莲贞慢慢地便成一个十足道地的淫毒女子了。这是莲贞的一些历史，且表过不提。

再说莲贞当时负着如玉，向前奔了一程，只见前面有一个村落，几间茅屋里，发射出闪闪烁烁的灯火来。莲贞知前面有了住家，便到了茅屋面前，伸手敲了两下，只听里面有人问道："是谁呀？"

莲贞答道："是过路客人，借一个宿，明天重谢是了。"话声未完，吱呀的一声，门儿开处，就见一个年纪五十多岁的老媪，手拿油灯，走了出来。一见莲贞是个女子，心里很为放心，但瞥眼又见背上负着一个年轻少年，心中不免又有些迟疑，因问背上男子是谁。莲贞只得圆个谎道："这是咱的哥哥，老太太请放心，咱们并不是什么歹人哩！"

那老媪听了，遂请她进内。到了一间卧房，莲贞把如玉放下，扶到椅上坐着。老媪道："这是咱的卧房，今夜就让给你们兄妹睡吧！"

莲贞听了满心欢喜，取出一锭银子，交给那老媪手里，说道："老太太，这锭银子谢了你，但请你给咱拿些饭菜来，因为咱们还没有吃过饭哩！"

老媪见了白花花的银子，自然眉开眼笑，一面伸手接过，一面点头连连答应出去。这里如玉见老媪走了，便离开椅子，向莲贞跪了下去，叩谢道："请问姑娘贵姓大名，鄙人多蒙相救，此恩此德，终身不敢有忘，这真是咱的再生父母了。"

莲贞秋波脉脉含情地瞟他一眼，慌忙伸手把他扶起，盈盈笑道："言重言重，那不是活活地要折杀咱了吗？快起来吧！咱们有话坐着谈是了。咱姓潘名莲贞，敢问相公尊姓大名。"

如玉忙歉让道："敝姓花，草字如玉，这次被囚进京，原被奸人所害。"说着，便把被害情形，约略告诉一遍。

莲贞听了，假意装作非常同情的神气，说道："这真岂有此理，将来咱一定可以助相公一臂之力，以报相公被害的冤仇。"

如玉听了，感激得又要叩下头去。莲贞慌忙阻止，笑道："花相公，你这样多礼，那可真叫咱不好意思了。"如玉听了，也就罢了。

这时那老媪端着饭餐进来，放在桌上，说到："乡村中没有什么好菜，两位只好胡乱用一些吧。"

莲贞说道："没有好菜，那倒不成问题，不知可有美酒，最好请你拿四五斤出来。"

老媪笑道："美酒倒有，咱立刻去取。"说着，便匆匆出去。不多一会儿，果然烫来一壶热酒，莲贞伸手拿过，亲自给如玉斟了一杯，说道："请喝。"

如玉道："多谢你，咱酒不十分会喝的。"

莲贞："你一路上栉风沐雨，辛苦万分，稍许喝几杯，可以避去风寒的侵袭。"如玉听了这话，颇觉有理，遂连喝数杯。莲贞一面喝酒，一面问老媪姓氏，家里还有何人。老媪道："咱娘家姓林，丈夫朱三，原是在市镇上木匠店里做事，要数月回家一次，这儿是只有咱一个人住的，此外再没第三个人了。"

莲贞听了这话，心中大喜，便连连欢饮，约有五六分醉意，方才用饭。饭毕，林氏收拾出去，并道了晚安，自去安睡。如玉见莲贞娇靥绯红，秋波盈盈地动荡，似有醉意，因说道："姑娘疲乏了，请自安息，咱在椅上坐一夜，也就是了。"

莲贞听了，暗想：这傻子倒傻得可怜，遂微微一笑，并不回答，一面把那双俏眼儿，只管向如玉瞟来。只见如玉的脸蛋儿红白分明，娇嫩非常，一时心中奇痒难当，想这样美男子，其味之鲜美，可想而知。因此便再也忍不住地走到如玉身旁，用手拍着他的肩儿，憨憨地笑道："花相公，咱们今日相逢，真是前生奇缘，咱也不要你报什么大恩，今夜就伴姑娘睡一夜吧！"

如玉忽然听她说出这话，心中不觉引起了恶感，暗想：什么？这个女子竟如此不知廉耻，那岂非丢尽女孩儿家的颜面吗？因正了脸色，说道："姑娘这话错了，你虽是咱的恩人，但眼前要咱干苟且之事，这……怎么可以？万万不能从命。"

莲贞听他拒绝，一时恼羞成怒，不觉倒竖了柳眉，圆睁了杏眼，大骂道："你这小子好不识抬举，姑娘哪一样生得不好，今日爱上了你，你偏假惺惺地不答应。要知道你的性命是咱救出的，死活由姑娘做主，你敢是不要性命了吗？"

如玉哼了一声道："咱情愿死的，不情愿受你侮辱而偷生，你要杀只管杀好了。"莲贞见他倔强到如此，心中这一气，把两颊涨得紫红，拿起剑来，向他就斩。

欲知如玉性命究竟怎样，且待下回再详。

第六回

神出鬼没收服虎头剑
风狂雨骤病磨何玉蓝

潘莲贞恼羞成怒，拿起剑来，就向如玉脖子斩去。但瞧着如玉俊美的脸蛋儿，一时又哪里杀得下手。只得把举起了的宝剑又懒懒地放了下来，叹了一口气，叫道："冤家，叫我如何忍心杀你呢！姑娘这样心爱你，你这冤家难道还不肯答应姑娘吗？"

如玉以为自己终被她杀，怎知她又放下了宝剑，把那双含了无限哀怨的目光，向自己恨恨地凝望。因依然正了脸色，说道："你到底要咱依你什么呀？"

莲贞白他一眼，抿嘴笑道："傻孩子，姑娘此刻需要你，你快伴咱到床上去吧！"

如玉听了这话，心里实在很鄙视，暗想：你虽然是咱的恩人，但你的人格实在太没有了。假使你很知廉耻，同时又真心爱上了咱，那咱也许无法脱身了。现在你不是情之圣，竟是欲之魔了。淫妇是咱心中所最痛恨的，咱岂肯和你胡调呢。想到这里，便对她正色道："你别说这些不顾廉耻的废话了吧！小爷头可断，血可流，此志不可辱的。"

莲贞笑道："你倒要做起咱的小爷来了，但是你小爷只顾做，姑娘的要求，你可要依咱的呢！"说着，便伸手去拉如玉的衣袖。

如玉道："咱因为你是咱的恩人，所以咱不忍骂你，请姑娘还是放稳重一些吧！"

莲贞听他这样说，不觉又生气道："姑娘这样迁就你，你却一味地执拗。咱问你，你到底是不是人类，难道一些不懂情义的吗？"

如玉说道："姑娘这话好没道理，咱就是因为咱是大地上的人类，所以终应该要些脸面的了。"

莲贞嗔道："照你说来，姑娘是不要脸面的了？好，好！咱也横竖被你看轻了，今夜索性出一出丑了。"说着，竟把自己衣纽解开，露出雪白的酥胸和那两只高高的奶峰来。

如玉见她竟放浪到如此地步，也不禁大怒，厉声骂道："淫妇如此可恶，真杀不可赦矣！"

莲贞听了，也不恼怒，也不回答，却把身子向他怀里直扑了过去，把两臂紧紧环住如玉的脖子，在他的脸颊上拼命狂吻。如玉瞧此情景，心中痛恨已极，用尽了九牛二虎之力，狠命地把她身儿推开。如玉虽然是个文弱的书生，这回差不多把他连吃乳的气力也拿出来了，所以倒也有一些力量。因为这是冷不防之间，莲贞站脚不住，竟向后仰天跌了一跤。这一下莲贞真个动了怒，立刻飞身跃起，向他娇声叱道："孺子如此无情，姑娘没有了你，难道真的不能做人了吗？哼！算老娘白费了一些心思和气力，还是成了你的愿望，叫你去见阎王吧！"莲贞说完了这几句话，心中也是恨到极点，咬紧牙关，拔起宝剑，向如玉狠命地一剑劈去。

如玉也自料这次必死，遂闭眼待毙。不料这时忽然窗户开处，飞进一个少女，把手中宝剑向上一格，二剑相碰，只听咻的一声，莲贞那柄宝剑，竟是一折为两段了。当时莲贞握着剑柄，芳心大吃一惊，纵身一跃，早已飞出窗外去了。那少女一面正待追出，一面也娇声骂道："姑娘不杀汝女界败类，怎消咱心头之恨。"话声未完，忽然从窗外黑影里早又飞来三支银镖。那时如玉也瞧见有个姑娘前来相救，把莲贞杀败赶出去了，心里十分欢喜，今见窗外又来三支银镖，向那姑娘面门射来，一时直急得大叫道："姑娘且别追呀！她用暗器伤人哩！"说时迟，那时快，那个姑娘何等灵活，早把身子略为一偏，伸出双手，叫声"来得好"，只听叮当两响，原来这三支银镖，已被她接在手里了。

如玉瞧此情形，不禁暗暗吐舌。那姑娘却没理会，娇躯亦已追踪上屋去了。不多一会儿，仍又飞进屋来，对如玉盈盈一笑，说道："便宜了这贱人，竟给她逃走了。"如玉忙站起施礼，说道："多承姑娘相救，得以保全性命，此恩此德，真叫咱终身感激的了。"说完了这话，竟又叩下头来，慌得那个姑娘把身儿让过一旁，连连摇手道："起来起来，不必客气，路见不平，拔刀相助，这原是咱们应尽的义务。况且为人之道，首在诚实，咱见相公坐怀不乱，真不愧是个正直君子，所以前来相救。你能够不死于贱人手中，你实在谢谢你自己的人格好了。"

如玉这才明白，她在窗外已窃听许久了，可见一个人断断不能干恶事，冥冥中终有人会知道的。遂起身站起，又向那姑娘问道："姑娘既救了咱的性命，那姑娘就是咱的恩人了，请姑娘留一个姓名给咱知道吧！"

那姑娘微笑道："咱叫何玉蓝，相公好像不是这儿本地人，不知为何到此？"

如玉把手向她一摆，请她坐下道："咱果然不是本地人，原是广东番禺县人，只因为被人谋害，所以到异乡客地来了。"如玉说着，便把过去的事情，又向玉蓝告诉一遍。

玉蓝听他名叫花如玉，一时颇觉耳熟，好像什么地方听见过。凝眸深思半晌，忽然理会过来了，哟了一声，笑道："相公有一个妹子，可是叫花爱卿吗？"

如玉猛可听她说出自己妹妹的名字，心中这一喜欢，不觉乐得跳起来，说道："不错，咱有一个妹妹果然叫花爱卿，她在五岁那年，是被一个老尼拐去了，何姑娘可是知道咱妹妹的下落吗？"

玉蓝一听果然是的，芳心也颇为喜悦，扬着眉儿，笑道："花相公，咱告诉你吧！爱卿就是咱的师妹啦。"说着，便把自己和爱卿都是凡尘师太徒儿的话告诉了他，并说这次和爱卿一同下山，回家省亲去的。

如玉听妹妹已回家去了，心中又喜又悲，喜的妹妹果然还在人世间，悲的自己这次被害，受尽了诸多苦楚，在此异乡客地，却不能和隔离了十年的妹妹相见，心中一阵酸楚，险些滚下泪来。因忙笑道："原来何姑娘就是咱妹妹的师姐，那咱们也可算是自己人了。"说着，彼此又重新见礼。

玉蓝见他脸现愁容，好像非常烦闷的神气，因劝他说道："花相公，请你不用伤心，咱原是这儿宛平县人，且到了明天，你先到咱家暂时耽搁几天，咱再给你向京中探听，若皇上果然把老伯治了罪，咱一定可以设法把老伯救出来的。"

如玉听她这样说，直感到心头，便又要离座叩谢，急得玉蓝连连摇手道："彼此既是自己人了，花相公快请你不要再来这一套了吧。"

玉蓝说到这里，秋波盈盈地向他一瞟，忍不住娇媚地嫣然笑了。如玉见她这一笑，那玫瑰花儿般的两颊上，又深深印出一个酒窝来，真是非常的美丽，心中暗想：咱以为凤妹是要算世界上最美的人了，谁知美丽的姑娘，可多着哩！这时玉蓝的俏眼儿，也正向如玉偷偷打量，芳心暗想：花相公这样一表人才，而又这样笃实君子，实在是一个绝好的丈夫，那真不愧是爱卿的哥哥了。二人暗暗羡慕，偶然四目相窥，彼此都感到不好意思。如玉微红了脸，因搭讪着笑道："何姑娘，咱妹妹不知也有和你一样好的本领吗？"

玉蓝笑道："怎的没有呢？爱卿妹妹的本领，也许比咱更强哩！"

如玉道："那是你客气了，咱瞧何姑娘这样的本领，实在已经是了不得呢！"

玉蓝摇头道："哪里说得上'了不得'三字，像咱们这一些本领，真不算一回事。天下之大，异人也不知有多少哩。"

如玉笑道："你这话虽然不错，但像咱手无缚鸡之力，那真苦死

63

了。假使咱有像何姑娘那样的本领，咱还会吃刚才这个不要脸的女人亏了吗？"

玉蓝听他这样说，忍不住抿着嘴儿哧哧地笑。如玉倒被她笑得不好意思，遂红着脸儿，笑问道："何姑娘你老笑干什么？"

玉蓝被他一问，两臂伏在案上，更笑得厉害。如玉暗想：刚才莲贞对咱的一副淫贱相，何姑娘一定全瞧见的，所以她此刻想着了便好笑起来。一时自己也就愈加感到难为情，只好装作不知道模样，笑道："何姑娘一定想着一件什么得意的事了，不然怎么这样的高兴呀！"

玉蓝这才停止了笑，秋波望着他一眼，说道："花相公说咱想着一件得意的事，倒真被你一猜便中了。"

如玉忙问道："不知什么事情，可否告给咱听听吗？"

玉蓝点头道："有什么不可以，你听着吧！"如玉因静悄悄地听她说出一件惊人的奇事来。

原来玉蓝和爱卿在半途分手，各自回家。这天到了一个飞虎岭，只见山路崎岖，怪石突兀，形势非常险恶。玉蓝知道这里必是盗匪出没之区，遂暗暗留神。约走了一箭之路，只见前面挡着一棵大树，上面贴着一张告命，玉蓝遂念着道："前有虎头碑出现，伤人性命，申牌之后，路人千万小心。"

玉蓝念罢，心中暗想：原来这儿倒没有什么盗匪，是有虎头碑出现。但这虎头碑究竟是什么东西？莫非也是盗匪弄的玄虚吗？不然这虎头碑哪得如此厉害，竟会伤性命。咱不到这里倒也罢了，既到这里，咱非瞧个仔细不可。玉蓝打定主意，依然向前而走。只见前面古木参天，鸟飞兽走，流泉淙淙，实在是一个很幽美的境地。

这时日影已斜，暮色已将降临大地。前面便有三两樵夫，急急走来，见了玉蓝，便忙说道："姑娘，你切勿前进了，时候已将申刻，虎头碑就要出来寻食了，你不见连这些小动物都在乱窜乱逃吗？"

玉蓝听他这样说，方知虎头碑一定也是个怪兽，因忙问道："那么请问这虎头碑究竟是个怎样的动物呀？"

另一个樵夫道："据几个猎人告诉咱们，说虎头碑原不是什么动物，乃是一块虎头形的石碑。它来的时候，先有万道金光，照得满天血红，然后空中飞行着一块石碑，石碑前后都有猛兽随着，人若触着它的光，在二十四个时辰之内，便要死的。姑娘还是快跟咱们下山去吧！不然你的性命是定然不保了。"

玉蓝听了，疑心沉思，暗想：天下还有这一种怪事，咱偏不相信，非瞧一个仔细不可，因说道："多谢诸位美意，咱自理会得，请各位自便吧！"众樵夫见她有疑惑之意，遂也不再陈说，各自奔下山去了。

玉蓝站在一株大树下，瞧着天空的晚霞，十分美丽，心中暗想：天下本无事，庸人自扰之。什么叫作虎头碑，咱猜一定是盗匪弄的玄虚哩！正在这个时候，忽然听得一声霹雳，接着就有隆隆之声，不绝于耳。玉蓝到此，方知真有这个奇事，芳心不免暗吃一惊，遂纵身跳上大树，微昂了粉脸儿，向天空望着。只见天空中果然呈现着万道金光，而且那隆隆的声音，也愈加响亮起来，几乎震耳欲聋。同时阴风惨惨，吹到身上，令人毛骨悚然。玉蓝瞧此情形，心中也有一些害怕起来了。不多一会儿，果然由东面天空中，慢慢驶来一块石碑，头尖形似老虎。碑前后随着许多猛兽，好像是被石碑吞食的样子。玉蓝瞧得目瞪口呆，真不相信这事竟是事实。

待石碑过去了后，玉蓝正欲下树，忽然又听一阵呼呼的风声，向东而来。玉蓝忙定睛瞧去，只见半空中竟飞行着一柄虎头宝剑，剑的前后，冒着一道金光，紧紧随着石碑而去。玉蓝心想，此剑定然厉害非凡，咱若能够把它得着，这真是和咱有缘了。想到这里，竟不管一切，运足内功，飞身追了上去。看看已到宝剑旁边，玉蓝不知厉害，遂伸手去拿，当她捏着剑柄的时候，那手心里顿时好像有股电流一般，向她全身直灌，那全身竟麻木起来。玉蓝知事不好，慌忙用尽她生平所有的功夫，在她口里吐出一道剑光，抵住那柄虎头剑前进。就在这个时候，又听得一声响亮，好像排山倒海一般的声势，前面那块石碑，竟直跌下去了。

说也奇怪，这时玉蓝手儿一些也不麻木了，很轻便地把那柄虎头剑拿着，飞身下来。细细瞧了一会儿，果然是柄好剑。玉蓝见旁边有块大石，当有五尺左右，遂挥剑斩去，作为试验，不料那块大石，竟好像木头一般，早已一劈为二。玉蓝心中万分欢喜，抬头见前面林中，冒出一片红光。玉蓝虽然暗吃一惊，但仗着这把宝剑，遂大胆前进。谁知到了林中，红光没有，在一株大树旁边，却放着一个剑鞘，不觉心中大喜，拿起一瞧，鞘的头儿也是虎形，正是虎头剑的剑匣。玉蓝暗想：这真是天赐咱一件宝物，满心欢喜地把它瞧了又瞧，看了又看，经过好一会儿，方才拴在身旁。此时天空早已漆黑，一轮皓月，悬挂高空，照耀得如同白昼。玉蓝因借着月光，找路下山。赶了一程路，约有二更时分，方才发现前面那间茅屋中，射出灯光来。就是潘莲贞和花如玉正在缠绕呢。

如玉听玉蓝说完所遇的事情，心中也暗暗称奇，因笑着说道："怪不得姑娘这柄剑有如此厉害！竟将她的剑儿一削为二，可见那柄虎头剑真是宝物的了。何姑娘，不知你能不能拿出来给咱瞧一瞧吗？"

玉蓝听了，含笑点头，遂把那柄虎头剑解下，递给如玉。如玉接在手里，颇觉沉重，拿出剑匣，只见眼前一亮，寒光逼人，心里不免有些害怕，连忙交还玉蓝，口里笑道："好剑，好剑！但何姑娘的胆量，也真可算大极了。"

玉蓝听他这样说，乐得眉儿一扬，掀着笑窝，说道："可不是？胆量不大，怎么能够得着如此好剑呢！"

两人谈了一会儿，时已五更将近，天色微明。如玉正欲请玉蓝休息一会儿，忽然玉蓝的身子，竟跌倒地下去。这一下真把如玉大吃一惊，急问道："何姑娘！哟！你，你怎么啦？"

66

玉蓝自己也好生奇怪，意欲爬起身来，谁知此刻全身发烧，四肢无力，竟一些也动弹不得，不觉红着脸儿，嗫嚅着说道："不知怎的，咱竟患起病来了，奇怪奇怪。"

　　如玉一听玉蓝说患病了，也弄得稀奇十分，忙走近她的身边，蹲下来，问道："何姑娘，那么你自己能不能起来呀？要不咱扶你到床上去躺会儿？"

　　玉蓝心想，刚才还能仗剑杀贼哩！怎么此刻竟连起来的气力都没有了。就是有病来了，也没有这样快呀！这在如玉心中想着，不是无疑心咱装出来的吗？因此死命地把纤手撑在地上，自己要爬起身子。如玉站在旁边，瞧她意态，实在是非常的吃力。因也管不了男女授受不亲的礼节，伸手把她身儿扶起。谁知玉蓝站脚不住，她的娇躯竟直向如玉的怀中扑过去。因为是骤然之间，两人的脸儿竟贴在一起了。如玉待要躲避，亦早已来不及了，只觉玉蓝的粉颊，果然热得厉害，遂一面略偏了脸，一面说道："何姑娘果然有病来了，快快到床上去休息吧！想是受了风寒了。"

　　玉蓝颇亦觉难为情，一面点头，一面意欲步近床边去。谁知这时自己靠在如玉的怀里，只觉头晕目眩，两脚软绵，竟一步也动不得。芳心暗想：这是怎么一回事啦，咱的全身本领到什么地方去了呢？唉！真所谓英雄只怕病来磨了。一时又羞又急，把两颊涨得血红。但气力用不出，急也没有用，两脚站在地上，竟是生了根一般的了。

　　如玉见她颦蹙双蛾，不走也不说话，瞧她神情好像有万不得已的苦楚，一时也理会了她的意思，柔声儿说道："何姑娘，你可是一步也不能走吗？那么恕咱无礼，只得抱你一下了。"如玉说着，一手挽了她的脖子，一手挽了她的曲膝处，用了许多力气，把玉蓝抱了起来。

　　诸位，你道如玉为什么要用了许多力气呢？说起来也好笑，他以为玉蓝有这样大的本领，身子一定也非常重的，自己若不用些气力出来，恐怕抱她不动。谁知玉蓝的本领虽然高强，她的娇躯却是非常的轻盈，真好像燕儿一般。如玉既把她抱了起来一试验，自己心里也不免暗暗好笑起来了，因慌忙把她放在床上，给她盖上了被儿。低头瞧玉蓝，只见她犹微闭了星眸，鼻息微微，吹气如兰，这意态当然是为了怕羞的缘故。如玉既知道她芳心中的意思，遂悄声儿安慰她道："事到万急，不得不破礼从权，只要彼此心地光明，那是无愧于青天的，所以何姑娘千万别挂在心上。你既病得这样厉害，终要好好地休养才是。"

玉蓝听他这样说，遂微开明眸，对他盈盈瞟了一眼，红晕了脸儿，点头说道："花相公这一分儿好意，咱感激也来不及，怎么还会挂在心上呢？可是咱再也想不到，竟会病到如此地步哩！"

如玉瞧她不胜娇媚而又不胜哀怨的意态，心里也颇代为忧急。但是病人心里既已在愁苦，自己若在旁边也跟着焦急，那不是更要加重她的病吗？如玉这样想着，脸上便微含了笑容，望着她娇艳的脸颊，柔和地又安慰道："一个人终有病的时候，病了自然气力也没有了，这是没有什么稀奇的。常言说得好，'花无百日红，人无千日好'，况且姑娘是受一些感冒，原不妨事，只要睡一天，也就好了。"

玉蓝听他这样委婉体贴地安慰，芳心十分感动，频频点了一下头，但又叹了一声，说道："你原说得不错，但咱这个病是来得太快了，真叫人有些气哩！"

如玉听她这样说，显然是孩气未脱，忍不住笑道："病来的时候，自然是出于人的不防备，假使它预先能通知人，人便要想法去补救，那么每个人还会再生病吗？你别说孩子话了，那有什么气呢？"

玉蓝听他说自己是孩子话，一时更加不好意思，秋波瞟他一眼，也忍不住嫣然笑了。如玉瞧她虽在病中，但这一笑，实是千娇百媚，无限可爱，心里不免荡漾了一下，因问她道："你可曾口渴，要不咱倒杯茶给你喝。"玉蓝点了点头，如玉便到桌边去了。玉蓝待如玉走开了，芳心倒又难为情起来，懊悔自己不该太随便，怎么谢也不谢一声儿。

正在这时，如玉已把茶端来，玉蓝乌圆眸珠在长睫毛里一转，娇媚地谢道："真对不起，咱怎敢劳相公服侍呢？"

如玉忙摇头说道："何姑娘，你千万别说这些话，咱的性命也全是你救的，现在咱稍尽了一些义务，你心中就不安，那不是叫咱心里惶恐吗？"

玉蓝听他说得恳切，遂也不客气了，凑过鲜红的嘴去，就在如玉手中拿着的杯子里，喝了一口茶。一颗芳心，不免暗想：人生的聚合，真不可捉摸，咱怎想得到在这里会和一个陌生的男子有这样亲密的举动呢？咱病了，他伴在床边这样殷勤地服侍，这情景真有些像两小口子似的。想到这里，两颊愈加红晕，暗自啐了一口，心想：一个女孩儿家，怎么想到这个上面上去，那不是太不害羞了吗？玉蓝自己责着自己，秋波瞟他一眼，因为自己感到太难为情，遂点了一下头，意思是谢谢他，便很快地回过脸儿去。如玉瞧她这意态，以为她是要睡了，因把茶杯放在桌上，自己坐在桌边的椅上，也悄悄地打了一会儿盹。

待如玉一觉醒来，天色大明，只听耳中有呻吟之声，不觉吃了一惊，连忙走到床边，急问道："何姑娘，你怎么啦？咱倒睡了一会儿，你可曾合过眼吗？"

玉蓝摇头道："咱没有睡熟过，此刻头疼得厉害呢！"

如玉听了，脸现忧愁的颜色，搓了搓手，说道："这可怎么好呢？待咱去问问这儿屋主人，不知可有大夫请吗？"

正说时，忽听有人敲门，如玉忙去开了，原来正是林氏。如玉忙问道："林妈妈，请问这儿可有大夫请吗？"

林氏见他十分惊慌模样，因也急道："怎么啦，你的妹妹生了病吗？"

如玉听她说你的妹妹，起初倒是一怔，后来仔细一想，方才理会，遂说道："正是呀！咱的妹妹病了。"

林氏道："这儿乡下地方，哪里来大夫，就是到市镇去请，来回也要费一天工夫哩！"

说时，两人已走进房中床边，林氏向玉蓝粉颊儿呆望了一会儿，伸手在她额上一摸，果然烫手得厉害，便问道："姑娘你可要喝些薄粥，待咱去给你烧些来吧！"说着，也不等她回答，就急匆匆走了。

玉蓝见林氏走了，便悄声儿问如玉道："花相公，这老太太是哪个，她怎么说咱是你的妹妹呀？"玉蓝说到这里，已是不胜娇羞。

如玉哦了一声，说道："何姑娘，你还记得昨夜这个不要脸女人吗？咱在囚车里，原是被她救出的。咱们便到这儿来借宿，那个老太太问咱们是什么关系，她回答说兄妹，所以那老太太才答应我们住一宵的。这个老太太原不知道昨夜咱们已闹了许多事情，她以为何姑娘就是这个姓潘的女子，所以便对咱说妹妹了。"

玉蓝听了这话，方才恍然大悟，点头说道："原来如此，这位老太太究竟年纪大了，怎么连人儿已换了一个，她都瞧不出吗？"

如玉笑道："可不是？现在何姑娘的头疼可有好些了吗？"

玉蓝道："和相公说着话，也就忘记了。"

如玉听她这样说，不觉笑道："咱倒很喜欢和姑娘谈谈，只是怕劳乏了姑娘的精神。现在姑娘既说谈谈能够头不疼，那么咱就不妨和你聊一会儿天吧！"玉蓝听他这样说，一时倒又害起羞来，秋波脉脉含情地向他一瞟，忍不住抿嘴嫣然笑了。

这时林氏已把早粥端上，如玉接过，要扶玉蓝起来。玉蓝身子被他抱着，真有些羞人答答。如玉遂附着她耳朵，低声儿说道："何姑娘，你和咱的妹子是个师姐妹，那咱们也等于兄妹一样了。咱知道你是一个要避嫌疑的人，但你已病到这个样儿，避嫌疑也避不了许多，现在咱们真的认个亲兄妹吧！不知你的意思怎样？"

玉蓝听他想得如此仔细，心里十分感动，明眸中含了无限的柔情蜜意，向如玉凝望着点头道："承相公不弃，咱敢不从命吗？那你就是咱的哥哥了。"

如玉听了，心里万分喜悦，笑着道："那你也就是咱的妹妹了，兄妹之间，原不用避什么嫌疑。妹妹，那么你就喝些粥润润喉咙吧！"如玉说着，一手端了碗，一手递着羹匙，送到玉蓝的口边去。

玉蓝见他这样深情，芳心自然颇觉欣喜，掀着酒窝儿，便开了小嘴，把那匙粥喝了下去。如玉喂她吃了几羹匙，玉蓝已坐不住了，便又躺了下来，摇头道："咱吃不下了，玉哥自己用些吧！"

如玉见她连一小盅的粥都吃不下，心里十分忧愁，因抚着她的纤手儿，说道："妹妹，你现在究竟有怎样的不舒服呀？好好地竟会病得这个样儿呢！"

玉蓝叹了一口气，说道："妹子只觉全身火烧一般，头脑像刀劈一样的痛，这病也真来得奇怪呢！"

如玉皱了眉毛，说道："这儿又没有大夫可请，这事情怎么办呢？"

林氏在旁听了，心里也很着急，暗想：不要死在这儿了，那我每天一个人住着，是多么的害怕呢。遂插嘴说道："相公可要请大夫，咱就给你走一趟好了。这儿到市镇，没有车子，来的时候可以坐骡车，只要多给几个车资，傍晚时候，也可以赶到这里了。咱想一个人生了病，终要医治才会好，若医治得慢，万一有了不幸，那可怎么好呢？"

如玉听了，很觉不错。但自己身边又没有分文，打哪儿来医金呢？意欲把自己衣服脱下来去押典，但一时又到哪儿去找典当！这事情真糟糕透了，怎么样办好呢？如玉这样想着，直急得像热锅上的蚂蚁一般。玉蓝瞧此情形，心里自然亦很难受，因说道："玉哥，你千万不用忧愁，妹子好好的，哪儿就会死了吗？"

如玉听她说出死字时，更急得连连摇手道："妹妹，咱一些不忧愁，你又何苦说死呢！"

玉蓝笑道："说死就会死吗？哥哥，妹子身边尚有两锭银子，一锭给老太太做车资，一锭作为医费，那么就请老太太劳驾一次吧！"如玉听了，伸手在她怀内取出银子，交给林氏。林氏拿了银子，便很快地请医生去了。

玉蓝见如玉愁眉不展的神气，反而劝慰他道："你别急吧！老太太给你盛出的粥，你可以吃些了，不要你愁出病来，那可不是玩的呢！"

如玉听了，为了要逗她高兴，自然不能过分忧形于色，遂含笑点头，拿起碗来，就喝了一匙，忽听玉蓝叫道："玉哥，你吃错了，这一碗是妹妹刚才喝过的，你还是换那边桌上放着的一碗吧！"

如玉低头一瞧，果然自己拿着一碗，正是玉蓝吃过的，遂微笑道："妹妹吃过了，咱吃也不要紧，不是一样的粥吗？"

玉蓝瞟他一眼，说道："咱是有病的人，怕脏了哥哥哩！"

如玉道："妹妹又不是患什么大病，那真不要紧的，你且静静地躺会儿。回头大夫来了，可以给他诊治哩！"玉蓝听了，点头答应，微闭了眼睛，养了一会儿神。如玉见她很安静，心里略为放心。

不料正在这时，玉蓝忽然睁开眼来，向如玉叫道："玉哥，妹子这病怕不中用了，大夫请来，也没用的了。"说到这里，泪如雨下。如玉骤然听她说出这话，心中大吃一惊，不觉也呆呆地怔住了。

欲知玉蓝的性命到底如何，且待下回再行分解。

第七回

野店荒村姑娘染奇疾
胡说八道医士落圍缸

话说如玉忽然听玉蓝说出这个话来，心中大吃一惊，急急追问道："妹妹，你这是打哪儿说起的呀？刚才你自己不是还安慰咱说不要紧吗？怎么你此刻又这样说了呢？"

玉蓝叹了一口气，说道："唉！妹子想起一件事来，方才晓得咱的性命，今天夜里都不能逃过了呢！"

如玉听她这样说，不觉急得双泪直流，说道："妹妹，你快告诉咱，这到底是为了什么缘故呢？"

玉蓝见如玉也淌泪，心里更觉得悲酸，遂指着桌上那柄宝剑，说道："都是为了得这柄虎头剑，不想咱的性命就没有了。当咱经过飞虎岭时候，有樵夫告诉咱，说虎头碑来的时候，天空便先发出万道金光，人触着它的光，在二十四个时辰之内，便要死的。现在咱无端地竟全身火烧一般，好好地患起病来，这不是为了咱触着虎头碑的光芒吗？"说到这里，那眼泪又扑簌簌地滚下来了。

如玉听了，心如刀割，抚着她的纤手，竟像火炭一般，一时焦急得拼命乱抓头发道："那么这……这怎么办好呢？"

玉蓝低声道："还有什么办法呢？咱是等死了。咱死虽然没有关系，但咱和爱妹一同下山，原是回家探亲，谁料还没有见到爸妈的脸，就做了他乡亡魂，那真叫咱心有未甘哩！"

如玉听到这里，已是伤心得失声哭了。玉蓝见他这个情景，心里也是刀割一般的悲痛，泪像泉水一样的涌出，纷纷沾上了满颊，叹息道："玉哥，你千万别伤心，生死有数，妹妹如果没有命的，那自然不会活了。假使有命的话，也许不会死哩！"

如玉道："但愿妹妹好起来，咱情愿替妹妹代受一半苦的。"

玉蓝听他这样多情，虽然满颊挂着泪水，却含了一丝笑意，说道："咱遇哥哥，也可谓死无遗憾的了。"玉蓝说到此，泪水又夺眶而出。

如玉哭道："妹妹，你千万别再说死了吧！咱的心要为你粉碎了。"

玉蓝点头道："妹妹就不再说死了，其实妹妹哪儿愿意死哩！"

如玉听她这样说，觉得十分悲酸，泪眼凝望着她的粉颊，好像火一般的通红，呼吸十分的急促，柳眉紧紧地锁在一起，雪白的牙齿，微咬着血红的嘴唇，这意态显然是内心感到十二分的痛苦，忙问道："妹妹，你可要喝杯茶？"

玉蓝听了，点头道："好的，玉哥，请你倒冷的给咱喝吧，因为咱的腹中好像火烧的一般，妹妹实在热死了呢！"

如玉听了，急急奔出房去，在厨下各处找寻冷开水，但却是找不出一碗，心中直急得十分，满头的汗像雨点一般滚下来。好容易给他找到了一碗，连忙拿进房来，交给玉蓝。玉蓝微仰着脖子，一口气地早已喝完，连说道："哥哥，还有吗？快给咱多去拿几碗来吧！"

如玉听了，急到："冷开水实在没有了，那可怎么办啦？"

玉蓝道："冷开水没有，冷水也不要紧，你快去拿吧！越多越好，最好去端一缸来"

如玉听她这样说，可见她的腹内，实在是发烧得厉害了，因搓着手道："你是有病的人，如何再能够喝冷水呢？妹妹，你还是忍耐一下吧！回头大夫到了，就有办法可想了。"

玉蓝愁苦着脸儿道："咱的好哥哥，妹子实在忍耐不住了，反正

74

不喝冷水，也是要被烧死的，倒不如喝了冷水死好吗？玉哥哥，咱实在热死了，你救救咱吧！快去快去。"

如玉听她这样说，一时没了主意，遂急急奔到外面，端着一樽冷水来。玉蓝一见，好像得了珍宝一般，竟低下头去，把脸儿浸在水中狂喝，直把一樽冷水喝完，方才略觉凉爽。如玉问道："妹妹，现在觉得怎么样了？"

玉蓝凝眸想了一会儿，忽然哭起来道："玉哥，咱自知这病不中用了，恐怕死后，连尸骨都化灰了呢！"

如玉忽然听她又说出这话，忍不住亦哭道："玉妹，你这又是什么话呀？"

玉蓝道："咱腹中的发热，那五脏六肺，都好像在烧一般的痛苦，咱猜想虎头碑的光，一定在咱腹内种下了火毒，在二十四个时辰之内，一定要被火烧死的。这种死法，实在是痛苦异常，妹妹想，反正终是逃不了一个死，尤其死得这样惨苦，倒不是早些脱离人间好吗？所以哥哥你千万发一个慈悲，把桌上的宝剑拿起，将妹妹杀死了吧！免得妹妹在活地狱里受苦啊！"

如玉听了这话，心中这一阵剧痛，仿佛有千万支箭在射一样的痛，忍不住大哭道："妹妹，这这……叫咱如何下得了手啊！"

玉蓝道："你下不了手，就拿给咱自己自刎了，因为咱实在受不住苦呢！"

如玉哪里肯依，拉着她手儿，只是哭泣。玉蓝瞧此情形，也不禁呜咽而哭。两人哭了一会儿，看看日已正午，玉蓝不但脸颊绯红，而且那手儿也微赤起来。如玉瞧了，暗想：难道她的腹中果然有火毒吗？假使真实的话，那叫咱眼瞧着一个可爱的女孩儿，立刻就要化灰而死，这咱心中是多么的悲伤啊！想到这里，那泪更像断线珍珠似的掉了下来。玉蓝的明眸，此刻已变成了绿的颜色，她把手儿紧紧握着如玉的手，叫着道："玉哥，咱死后，你千万把咱的尸灰，送回咱的家里去。咱的家里，是在宛平县何家村，你问何德林就知道了，他是咱的爸爸。你告诉她女儿是死了，但千万叫他们老人家不要伤心，好在咱还有一个哥哥，名叫志飞。你见了他，对他说咱死了，两位老人家终要哥哥好好服侍的……"说到这里，喉间早已哽住，便再也说不下去了。

如玉伤心已极，一时也不顾什么，把脸儿紧紧偎着她的粉颊，哭道："妹妹，咱心碎了，咱真不相信妹妹竟会这样的不寿呀！"

玉蓝的脸儿被他偎着，颇感凉爽，一时也顾不得羞涩，紧紧地贴着如玉。淌泪道："唉！这也没有办法的事情呀！玉哥，这把虎头剑妹妹就赠给了哥哥，算作为纪念。哥哥见了这剑，就好像见了妹妹一样。"如玉听到这里，不觉失声哭泣，玉蓝亦哭。

如玉道："咱和妹妹虽然相聚不到两天，但咱的性命是妹妹相救，此恩此德，终身难忘。谁料咱脱险境，而妹妹自己却就要幻灭，这叫咱如何不痛心啊！"

玉蓝叹道："虽然人生百年，如白驹过隙，纵然活到一百岁，也是要死的。但咱自别师父下山，还没有到家，就遭横祸而死，那的确叫咱心里悲痛哩！"

如玉哭道："士为知己者死，今妹妹实在是咱的一个知己，妹妹若果然不救，咱绝不忍心独生。"说到这里，两手紧抱玉蓝身子，呜咽不止。

玉蓝听了这话，芳心欣慰十分，虽然有心似火烧一般的痛苦，但犹微笑道："玉哥，你这人痴了，咱又不是为你而死，你为什么不忍独生呢！哥哥，你千万别说这个话吧！但妹子死后，只要哥哥心中有妹子一人，也就是了。"说到这里，两眼只管凝望如玉。

如玉心中早已明了他的意思，便对她恳切地说道："妹妹，咱和表妹向凤姑是早订婚约，但咱受妹妹救命大恩，刻骨难忘。倘若妹妹万一不幸，咱必把你尸灰带在身旁，将来回乡之日，择地安葬，凤姑若得生子，便立在妹妹的名下，岁时奉祭，绝不使你做无祀之鬼，不知妹妹的意思如何？"

玉蓝听他这样说，不觉感到心头，连连在枕边颔首，泣道："承哥哥如此美意，妹子死亦瞑目了。"说罢，泪下如雨。

　　如玉心痛万分，偎着玉蓝默默地温存了一会儿。忽然玉蓝竭声叫道："哟！哥哥，妹子实在热死了，你快给咱再去端冷水来吧！"

　　如玉一听，只得又急急奔到外面，淘了一樽冷水来。玉蓝两手捧着，低头便喝，这样一连喝了四五樽，方才稍觉凉。这时日影已斜，如玉见大夫依然不曾到来，心中的焦急，真像热锅上的蚂蚁一般，遂忙到门外来探望。只见四野寂寂，秋风吹着树叶，瑟瑟作响。听进在如玉的耳中，倍觉凄凉。一面既急着林氏不回家，一面心里又记挂着玉蓝，望着斜阳中扬起的尘沙，心里更有说不出的悲酸，忍不住那泪又滚滚落了下来。

　　正在这个当儿，忽听一阵歌声，随风吹送过来。如玉心中好生奇怪，拭了泪水，慌忙停止哽泣，仔细向前望去。只见那面树梢蓬中，慢步地踱出一个老者来，道帽道袍，手拿一块牌子，上写专治一切病，药到病除。如玉心里这一欢喜，真好像遇了救星一般，立刻飞步奔了上去，向那位老者跪下叩头道："老伯，老伯！请你救救咱的妹子吧！可怜咱妹子病得危险呢！"

　　那老者把手抚着他飘在胸前的长髯，笑呵呵地说道："起来，起来，咱本是医人家病的，你妹妹既然病了，那咱就跟你去医治吧！"如玉一听，心中大喜，便立刻伴他到了屋子里。那老者向床上的玉蓝望了一会儿，很随便地说道："这一些小病，有什么要紧。不是咱夸一声口，只要给她吃一粒药丸，她的病立刻就没有了。"

　　如玉听了，忙恳求着道："那么就请老伯快给她吃药丸吧，若能把咱妹妹救活，那你真是咱的重生父母了。"

　　那老者听了如玉的话，便呵呵笑道："贫道替人家医病，最要紧的就是十两银子，你要把她医好也不难，只要十两银子拿出来，天大的事情都能没有了。"

　　如玉急道："救病似救火，你先把咱妹子病医好了，咱难道会少你半分不成。"

那老者笑道："咱可不相信你，非得见了十两银子，不肯动手医病的。"

如玉听了，急得双泪交流，跪在地上，苦苦哀求。那老者遂把他扶起，在袖子管里取出一条小蛇，颜色红绿，交给如玉，笑道："不要十两银子也可以，但是这一条蛇，你要给咱吞下去的。"如玉仔细一瞧，认得是最毒的赤练蛇。心中暗想：咱若吞下那条赤练蛇，那咱的性命一定没有了。但是咱假使不答应，他一定不肯医病，那么玉蓝的病自然是没有救了。唉！咱何不牺牲了自己，而救了妹妹的性命呢！如玉打定主意，便下了一个决心，遂伸手把蛇大胆接来，就向口里送去。

玉蓝瞧此情景，早已急得大声喊起来道："啊哟！玉哥！你千万别吞下去，咱情愿死的，绝不愿哥哥为了咱而受苦的。"

那老者瞧了两人的意态，忍不住哈哈笑道："可敬可敬！你们两人真可谓是有血性的儿女了。"

那老者的话还未完，如玉手中拿着的那条赤练蛇，早已不知去向了，知道那老者必是异人，便忙又跪下叩头泣道："大师，请你老人家发个慈悲，千万救了咱的妹子吧！"

那老者一面把他扶起，一面在背上取下一只葫芦，在里面倒下一粒药丸，塞到玉蓝的口里，又给她一口开水吞下。约莫半个时辰，玉蓝腹中只觉一阵雷鸣，好像有什么东西涌上来似的，忍不住把口一张，哇的一声，早已吐出一大堆鲜红的血块来。如玉见了，倒吃了一惊，暗想：一个女孩儿竟吐出这许多血来，那还了得。谁知玉蓝吐了血后，脸儿便慢慢地复原了，心头也一些不发烧了，同时四肢气力也有了。

玉蓝忽然跳下床来，向那老者跪倒，诚恳地说道："请问大师法号，仙乡何处，怎样知道小女子有难在此，特来相救？此恩此德，真使小女子没齿不忘了。"

那老者笑道："起来，起来，姑娘可不是叫作何玉蓝吗？咱是玄贞子是也，和你师父凡尘师太原是彼此好友。今天早晨，她来咱这儿，说你有难，叫咱代为救一救。咱屈指一算，知道和一个姓花的尚有师徒之缘，所以赶了来了。"

如玉听了这话，心中早已明白，不觉大喜，立刻向玄贞子跪倒，拜了八拜，口叫："师父在上，徒儿花如玉在这儿叩见了。"

玄贞子见如玉聪敏伶俐，心里亦频得意，便忙扶起，笑道："贤徒起来，不必多礼。"

玉蓝瞧此情形，心中这一快乐，她那苹果般的两颊上笑窝儿，这就始终没有平复过，盈盈向玄贞子笑道："原来是玄师伯，小侄前儿曾听一尘子老伯说起过师伯，今日方得叩见尊颜，那真是小侄的幸福了。"

原来昆仑派祖师太空和尚的徒儿，就是玄贞子和一尘子，两人练得金刚不坏之身，本领非常，并能知过去未来。玄贞子较一尘子更是厉害，一尘子共收三徒，第一个便是何志飞，第二个是项银瓶，第三个就是向凤姑。玄贞子性好清静，平日轻易不肯收徒，今日突然前来收如玉，可知两人足是真的有缘了。峨眉祖师悟空师太，生前原和太空和尚非常要好，自从她物化后，只剩下了凡尘师太和智了师太。她们师姐妹又发生了意见，因此凡尘师太倾向于昆仑派，和昆仑派中人交友。而智了师太却倾向于崆峒派。崆峒派祖师天方道人，收了许多徒儿，都是无恶不作的坏蛋。其中本领最高强的，一个叫山野僧，一个叫无法道人。山野僧现在北京城中皇觉寺里做当家，和京中官阉通同一气，势力浩大，因此作威作福，品级低些的官员，都要奉承着他哩！无法道人在广西普照道院里做当家，门下徒儿甚众，也是无恶不作，专和昆仑、峨眉两派的人作对，因此彼此的冤仇，也愈结愈深了。

且说当时如玉见玉蓝完全好了，心里真快乐得什么似的，两人想起互相紧偎的情形，大家都又觉得说不出地难为情，四目相对，忍不住会心哧的一声笑出来了。如玉笑道："现在妹妹好了，这柄虎头剑你仍自己带着作防身之物吧！咱是要跟师父上山去了呢！"玉蓝红晕了脸儿，含笑点头。

玄贞子道："那么咱们走吧！"

如玉听师父说要走了，一时倒又觉有些恋恋不舍起来了，两眼脉脉地向玉蓝凝望了一会儿，玉蓝似乎也有些依依惜别，真所谓英雄气短，逃不过的正是儿女情长哩！两人呆了一会儿，如玉忽然想起了一件事情，走上一步，握住了玉蓝的纤手，叫道："妹妹，咱有一件要紧的事情拜托你，就是你到北京后，千万要设法把咱父亲救出来的。"

玉蓝听了，点头道："哥哥放心，这些事妹妹自理会得，你的爸就是咱的爸，咱肯忘记吗！"说到这里，秋波脉脉含情地瞟了他一眼。如玉知道她这一瞟之中，定然是包含着无限的情意，遂凑过嘴去，悄声儿说到："妹妹，你也放心，咱不是个口是心非的人，绝不会忘记你的恩情。"

玉蓝听他这样说，眉毛一扬，乌圆的眸珠一转，掀着酒窝儿笑道："但愿哥哥言而有信，那妹妹就终身感激不尽了。"说到这里，两颊立刻又浮现了朵朵桃花，低下头，似有不胜羞涩之意态。

玄贞子见这一对小儿女缠绵的神情，站在旁边，抿了嘴唇上的长髯，只是哧哧地笑。良久，良久，方才说道："怎么啦？可以走了吗？"

两人听了这话，都觉无限不好意思，如玉转过身来，笑着道："走了，走了。"

于是玄贞子和如玉在前，玉蓝从后面跟着送到门外。这时一钩新月，已从云堆里掩映而出，暮色已笼罩了大地，夜风吹在身上，颇感有些寒意。

玉蓝向玄贞子说道："师伯若见了咱师父，说玉蓝问候他老人家。"玄贞子含笑点头。玉蓝方欲再和如玉说话，忽然一阵风过，那玄贞子和如玉两人，竟早已不如去向了。

玉蓝暗暗惊叹，正欲回身进内，忽然瞥见前面的树蓬里，远远地驶来一辆骡车。那骡车在屋门前停了下来，从里面跳下一男一女，女的正是林氏。林氏忽然瞧见玉蓝站在门口，心中好生惊讶，忍不住急急问道："什么，这位姑娘可不是患着重病吗，怎的竟起来了呢？"

玉蓝抿嘴笑道："咱已被一个仙人医治好了，多谢老太太，可是叫你白跑一趟了。"

林氏听了这话，弄得目瞪口呆，心中将信将疑，难道世间上果然有仙人的吗？但是人家姑娘已经好起来了，当然是没有病了，也就只好对医生说道："病人的病已痊愈了，对不起得很，请你回去了吧！"

那医生"咦"了一声，说道："你这人不是和咱开玩笑吗？你说一个姑娘，病得如何厉害、如何凶险，请咱立刻动身，谁知既到这里，却说病人好了，叫咱回去，那不是有意作弄咱吗？真正岂有此理，病好了也没有这样快速的呀！"

玉蓝见医生和林氏为难，心里很觉抱歉，便走上前去，向那医生说道："这位老太太并没有和你开玩笑，事情原是真的，现在咱的病既然好了，当然不用再请你诊治了。现在就照样给你诊金，并代为给你付好车资，送你回去，那终好了。"

医生听玉蓝这样说，把他那双贼眼，向玉蓝粉脸儿凝望了一会儿，憨憨地笑道："这位姑娘想就是患病的人了，咱倒并不是一定要和你们计较诊金，一个人终要一个吉利，你想，咱老远地费了一整日工夫，跑到这里，却是跑了一场空，那是多么地触霉头啊！"

玉蓝听他说出这话，心里觉得好生不受用，暗自想道：这人的良心，一定是生在肋下的了。医生原是救治病家痛苦的慈悲人，照理人家病已好了，他只有代人家欢喜，才是正理。不料他反说自己触霉头，难道他倒喜欢人家病生得一个半死吗？因沉了脸色，微蹙了蛾眉，显出很不高兴的样子，说道："你这人说话就奇怪，那么照你意思，你现在要怎么样办呢？"

医生笑道："大姑娘，你别误会咱的意思，咱说姑娘的病虽然好了，但到底还要吃药调理。所以咱的意思，最好再把姑娘诊一回脉，开一张方子。这是咱们医家对你们病家一番好心，对于诊金倒不成问题的。"

玉蓝听他这样说，心里不觉肃然起敬，遂微笑道："既然如此，姑娘就给你诊一回脉也不要紧。"医生听了，心中大喜，于是三个人便走进屋子里来。

诸位，你道这个医生果然是一片好心吗？不是的。原来这人姓张名建三，祖上原是业医的，积蓄很有几个钱。到了建三手里，却喜欢舞枪弄棒，倒也练就几路拳法。建三好色如命的，名义上是个医生，背地里无恶不作，凡有妇女到他那里去求医，他仗着自己有本领，便千方百计地把她们搭上了手，有的都用麻药麻醉了妇女，等妇女们惊觉，木已成舟，为了顾全自己颜面，大都忍辱偷生。所以他得意万分，一心地干那丧害天理的工作。今日林氏到了镇上，齐巧走上他的医所求医。建三先问生病的是什么样人，一听是个年轻的姑娘，他便欣然前往。谁知到了家里，姑娘的病却好了，叫他回去。建三一腔热望，便成了泡影，心里自然十分着恼。后来一见玉蓝生得如此貌美，便愈加不肯放松，花言巧语，说得玉蓝果然信他是个好人。建三见目的已达，心里不是要喜欢煞人了吗？

且说三人到了房中，林氏亮上了油灯。建三叫玉蓝坐在桌边，伸出纤手来，给她诊断。诊了一会儿，便问她起先患的什么病，发的时候怎样情形。玉蓝道："患的是头痛病，腹内发烧得厉害，可是现在全都好了。"

建三沉思了一会儿，摇头道："眼前虽然暂时好了，但还没有断根哩！"

玉蓝吃了一惊，颦蹙了蛾眉，急忙问道："难道往后还要发的吗？那么用什么方法，可以使它永远断根呢？"

建三见她已渐入圈套，心中大喜，便徐徐说道："方法当然有的，咱祖上传下来有一种药膏，能医百种怪病，使它永不复发。"

玉蓝凝眸瞅着他道："那么这药膏如何使用呢？"

建三听了，故意迟疑了一会儿，凑过头来，低声儿说道："姑娘你听了，且不要怕难为情。因为你腹中像火烧一般的难受，显然是里面有了火毒。要消除这火毒，实非贴这药膏不可。但这药膏贴在什么地方呢？却要贴在乳头上、肚脐眼上和女孩儿家的私处上。大约一个时辰后，便立见效验的。"

玉蓝听到这里，顿时羞得两颊通红，暗想道：哪有这种医法，岂不是有意调戏咱吗？想毕，不禁柳眉倒竖，摇了一下头，说道："请你自便，姑娘可不愿你这种医法。"

建三也装作正经道："姑娘，你切勿误会，这是医病呀！若不治它断根，将来复发的时候，不是又要累苦了你吗？"

玉蓝见他不像是假，因想了一会儿，说道："那么你且把这药膏交给咱，咱自己贴好了。"

建三听她刁得厉害，因摇头说道："姑娘这个你又不明白了，这药膏是咱一手秘制的，最要紧的就是切忌女手拿取，否则就要失效。所以非咱亲手给姑娘贴好不可。姑娘，你千万不用害羞，要医好病根，这一些小事，当然也管不得了。况且房内只有咱们两人，别人又不知道，那怕什么呢？来，来，来，咱给你动手医病吧！"

建三说到这里，便从小皮箱取出四个药膏，走到玉蓝身旁，意欲拉她手儿走到床上去。玉蓝见他这个举动，明知他存心不良，有意侮辱，遂也预备暗中捉弄他一下，毫不抵触地躺到床上去。建三见她两颊如霞，仰天而卧，这一种好机会，哪肯错失，遂伸手前去松她衣裤。不料手还未触及她的衣服，就觉有股凉气，从她身上发出，直射向自己手上，颇觉像针扎一般的疼痛，一时心中好生奇怪，立刻缩回手来。回眸见玉蓝，妖媚把水盈盈的秋波，向建三脉脉含情地瞟着,同时她还掀着酒窝儿,唏唏地笑哩!建三瞧了她这一副娇憨妩媚的意态,真是心中奇痒难抓,馋涎欲滴,哪里还忍熬得住。一时色胆如天,不管一切,腾身跳了上去。不料还没有碰着玉蓝身子,建三早已一个跟斗,跌了下来。他的头恰巧撞在一只磁瓦的痰盂里,只听乒乓一声,痰盂打碎,他的脑门也早鲜血直流了。

玉蓝这才跳下床来,望着他憨笑道:"咦!你不是给姑娘医病吗?这是怎么一回事呀?"

建三方才晓得这位姑娘不是常人,吓得跳起身子,向外便逃。玉蓝伸手一把抓住,好像是老鹰捉小鸡似的提到面前,冷笑一声,说道:"逃到哪里去,这假仁假义的狗贼,竟欺侮到姑娘头上来,这你真自寻死路了。"说着,把他身在肋下一挟,跳出窗外,飞起一腿,早把建三踢出了数丈以外。说也凑巧,建三身子,不偏不倚,齐巧落在茅坑里。只听"扑通"一声,粪花四溅,建三也永远溺毙在里面用粪了。这也是他作恶多端,今日撞在玉蓝手里,故而有此下场,这且表过不提。

再说玉蓝回到房中,心里想想,真是又好气又好笑。这时林氏端着晚饭进来,见了玉蓝,便问大夫去了吗。玉蓝笑道:"回老家去了,多谢你为咱奔来奔去,咱心中好过意不去哩!"

林氏道:"姑娘别客气,咱不过帮一些忙,哪要什么紧。啊哟!姑娘一个哥哥到什么地方去了呀,咱年纪老了,几乎把他忘了。"

玉蓝听了只得说个谎道:"咱哥哥因有事在身,所以早一步走了。咱想着这儿再耽搁一夜,只是麻烦了太太哩!"林氏连说不要紧,玉蓝遂匆匆用过了饭。

林氏道了晚安出去,玉蓝这夜躺在床上,芳心中想着自己和如玉这一头婚姻,真是非常的稀奇。同时又喜又羞,暗暗思忖,咱能嫁一个像如玉那样的夫婿,终算也没有辱没了咱的好模样儿。但他已和向凤姑订有婚约,不知凤姑是怎么样的女子,假使也是个温柔多情的,那咱们效女英、娥皇之嫁舜帝,不也是千古佳话?想到这

84

里，只觉全身怪热臊的，脸儿红红的，独自也忍不住害起羞来了，因自怨着道："一个女孩子家，为这一种事情而操心，不怕难为情吗？"

玉蓝说到此，忍不住又哧哧一笑，方才合眼睡去了。次日起来，别过了林氏，先赶到京中，在一家客店住下，预备探听花廷豪的消息。这时用过了饭，凭在窗栏上眺望，只见碧天如洗，万里无云，一轮皓月，悬挂高空，放发出她柔软的光芒。玉蓝见了明月，正在想着家里的爸妈和哥哥，忽然瞥见前面一个黑影，背上负着一人，蹿越而去。玉蓝知此人定非善良之辈，遂拿了虎头剑，纵身跳上屋顶，追踪上去，预备看个仔细。

只见那黑影蹿越甚快，霎时不见。玉蓝见前面是个寺院模样，心中灵机一动，正欲下去探个明白。忽然背后走来一个少年，把玉蓝身子抱住，口中叫道："原来爱妹却在这儿，倒把咱唬了一跳哩！"

欲知这个少年是谁，且听下回再行分解。

第八回

和尚淫恶化缘访美色
妮子风流茅屋动春情

话说志飞和爱卿离了广州地界，一路向京中进发。在途中探问如玉下落，却是消息沉沉。爱卿自然十分不快乐，志飞瞧她时时叹息，因劝慰她道："爱妹，你且不要烦恼，咱们且赶到京中，再作道理。"爱卿听了，也只好如此。

两人披星戴月，栉风沐雨，这日到了河北省大兴县离宛平县尚有百余里路程。爱卿腹中颇觉饥饿，问这儿可有市镇，志飞望着她笑道："妹妹可是饿了吗？"爱卿含笑点头。两人又赶了一程，果然到了一个小市镇，但却是十分热闹，想是过路客商必经之处，所以环境造成它一个热闹场所。志飞遥远地瞧见一个"酒"字的牌子，便向爱卿笑道："妹妹且不必性急，你不见酒儿就在面前了吗？"爱卿听了，抿嘴嫣然一笑，于是两人加快几步，早到店门前了。

只见里面吃客甚多，酒保忙碌十分地奔来奔去。志飞、爱卿也不要他来招待，就在一张空桌上坐了下来。谁知等了许久，却不见店小二走过来问要什么。志飞生气道："咱们不出钱的？他敢冷待咱。"说着，便要发作。

爱卿连忙阻止，说道："志哥，你不见店小二只有一个人吗？那也怪不了人家，咱们且等会儿也不要紧。"

正说着话，只见里面走出一少妇来，全身素缟，怀中尚抱着一个孩子，正给他哺乳。她慢步到柜旁坐下，一面拍着孩子，一面望着店中的许多吃客出神。爱卿瞧了，向志飞悄声儿说道："志哥，那妇人想是店主人了，不知她死了哪个，竟穿着这样重孝哩！"

志飞听了，遂也向那妇人打量过去，摇头说道："爱妹，咱不是咒骂她，咱猜想她一定是死了丈夫。不然她一个女人家，怎么会坐到柜上来了呢？"

爱卿听了，叹了一口气，说道："可不是？妹子也这样猜想。你瞧她年纪轻轻，而且生得这一副好模样儿，那真是代她可怜呢。"

志飞听爱卿这样说，倒忍不住扑哧一声笑出来道："这真是吹皱一池春水，干卿底事呀！"

爱卿红晕了脸儿，啐他一口，说道："咱老实告诉你，因为腹中实在饿，若不是这样闲谈着，咱的肚子更要饿得受不了呢！"

志飞笑道："那么咱要发作几句，你又不答应。这王八羔子，瞧他一辈子也不走过来了。"志飞说到这里，故意把桌子一拍。

那妇人慌忙回过头来，一见两人座桌上连一壶茶还没有泡，遂亲自走了过来，拿了一壶茶和两只杯子，放在桌上，向两人赔笑说道："大爷和姑娘真对不起！小店人手很少，以致招待不周，还请两位特别原谅才好。"

爱卿见她这样说，因此忙说道："不要紧，不要紧，这位大娘可不是这儿店主人吗？你的丈夫出去了吗？店里生意既然这样好，为什么不多添两个伙计呢？"

那妇人听爱卿问起她的大夫，她的眼皮儿便红起来了，说道："不瞒两位说，咱的丈夫如不死的话，咱家会抛头露脸地坐到外面来了吗？"说到这里，她那眼泪已是扑簌簌地滚了满颊。

志飞、爱卿暗想：果然不出咱们所料，一时也代她颇觉伤感。爱卿沉着粉颊，又问着她道："那么你夫家还有什么别人吗？"

妇人摇了一下头道："没有什么人了，只有一个小叔，在外面经商未回。"

爱卿道："那你丈夫恐怕还只有最近死的吧？手中抱着的孩子是

87

男孩还是女孩呀？"

妇人道："死了还没到半年哩！可怜这孩子统共也只有八个月呢！"说着，又淌泪不已。一面又问两人吃什么，酒喝吗。志飞道："先拿一盘烤牛肉、一盘烤羊肉、十斤陈酒，吃不够再添吧！"

妇人答应，一面向店小二招手，一面便对他告诉，她自己遂仍坐到柜上去了。不多一会儿，酒菜端上，志飞遂给爱卿满斟一杯，望着她笑道："趁热的快喝酒，怎么呆呆地坐着，敢是还在替这个妇人可惜吗？"

爱卿听了，方才对他盈盈一笑，一面道谢，一面拿起杯子，两人便吃喝起来。过了一会儿，忽然听得一阵笃笃的木鱼声，从远处走来一个头陀，见了柜上那个少妇，他便停止了脚步，就在店门口盘膝坐下，旁边摊开一本经书，喃喃地念着。那妇人见和尚坐在门槛之上，阻碍吃客的进出，因对他说道："大和尚，你怎么坐在当门口呀？要化缘也不是这样做作的呀！"

那头陀听了，好像没有听见一般，依然自管地念他佛号。志飞、爱卿见这和尚好生无礼，意欲出来责骂他。但瞧见他生得这一副凶相，心知他必有些功夫的人，遂在旁边，预备瞧个仔细。

这时吃客因进不能进，出不能出，大家都要吵起来。那妇人没法，只得在里面取出一袋米来，放在和尚的面前，说道："大师父，你是出家人，不能太野蛮无礼的呀！咱一家小店，布施不起多的，就只一袋米，可已经了不得哩！"那头陀听了，把他两只挺大的贼眼，向妇人连连望了两眼，也不说话，只笑了一笑，便负着那袋米走了。

爱卿看此情形，拉了志飞一把，悄悄地说道："志哥，我瞧那和尚绝非善良之辈，他对于这个店主妇，恐怕是存着歹心肠哩！"

志飞点头道："爱妹猜想得不错，一个出家人，竟这样爱女色，那么还要出什么家呢？所以咱平生最痛恨和尚，和尚贼秃没有一个好东西的。"

爱卿听志飞这样说，伏在桌上忍不住哧哧地好笑起来。志飞见她稚气未脱，天真可爱，心里不免荡漾了一下，因伸手拉着她的衣袖，向她悄声儿说道："妹妹，你既然这样可怜那个主妇，今天晚上，实在非你救她一救不可了。"

爱卿听了，把胸膛一挺，哼了一声，说道："咱们本来还要赶路的，为了这个事儿，咱们倒不得不耽搁一天了。但是妹子一人，怕不是他的对手，一切还要仗志哥的大力不可哩！"说到这里，把那秋波盈盈的俏眼儿，向志飞瞟了一眼，忍不住又哧哧地笑。

志飞听她这样说，便叫店小二拿过大杯来，满满地筛了一杯，送到爱卿的面前，说道："爱妹，你好呀！咱可要罚你酒了，快给咱喝十杯。"

爱卿咦了一声，噘着嘴儿，说道："志哥，你这话好没理由，咱为什么要罚酒呀！"

志飞笑道："你别假惺惺地装作不知道吧！你说了咱俏皮话，咱肯依你吗？你若不喝这十杯酒，咱可要呵你痒了。"说着，把手儿在嘴上呵了一口，意思要到伸她腋窝上去胳肢似的。吓得爱卿把身子缩成一团，连连告饶说道："好哥哥，你快别胡闹，咱喝下去是了。"

志飞原不过吓吓她的，如今见她这个样儿，遂放下了手，笑道："那么你快喝呀！"

爱卿瞅着他说道："你别催，咱自会喝的，不过咱不明白为什么要罚咱酒，你得说出一个道理来，那么咱罚了才心甘情愿哩！"

志飞笑道："你自己说了话，你自己明白，还用咱说吗？"

爱卿笑道："咱也并不曾说什么话呀！假使妹子敌不过那贼秃，你不是要来帮忙厮杀的吗？"

志飞道："这话原不错，但你为什么说大力小力呢？谁又没和你客气呀！"爱卿听了，咯咯笑弯了腰。志飞道："可不是，你说该罚不该罚？"

爱卿把小嘴儿一撇，白他一眼，笑道："就凭这一句话，你就要罚咱十大杯酒，那你也太凶了呀！"

志飞笑道："那要依你怎样说，难道就算了不成，这咱是太吃亏了。"

爱卿忍俊不禁，说道："罚十杯咱不依，就依一杯吧！"

志飞笑道："这个折扣可打得不小，一杯太少，咱想还是成双吧！咱也陪你一杯，喝完了大家吃饭怎样？"

爱卿听他这样说，红晕了脸儿，笑道："咱喝两杯原可以，但是你亦要陪两杯的。"

志飞笑道："好好！咱也喝两杯是了。"说着，遂叫店小二又拿上一只大杯，也满满筛了一杯，举起来和爱卿的杯子一碰，两人便一饮而干。

爱卿道："那么咱们吃饭了吧！"

志飞咦了一声，说道："还有一杯哩！你想不喝了吗？"

爱卿把纤手抚着自己的脸颊，说道："咱实在已喝了不少，再喝怕要醉哩！志哥，你不能作弄咱的。"

志飞笑道："咱何曾作弄你，这一杯是大家说好要喝的，哪里可以赖呢！再说咱又不是叫你一个人喝，咱不是也陪着你喝吗？"爱卿没法，只得和志飞各人又喝了一杯，方才用饭。

这时已黄昏将近，店中已上了灯。志飞问店小二说道："这里可有清洁房间，咱们想在这里睡一宵哩！"

店小二摇头道："这个对不起得很，这儿并不借宿的。况且咱的主人又死了，只有一个女主人，大哥欲借宿，恐诸多不便吧！"

志飞听了，暗想：咱们原为救你女主人，所以才借宿的，不料你倒起疑心咱看中你的女主人哩！这真有趣哩！因说道："并不是咱一个人要借宿，还有一位姑娘哩！请你和女主人商量商量，或许她会答应的。"

店小二听了，遂和主妇前来说明。那妇人见有姑娘在着，遂答应了，并亲自过来问道："两位是要在小店借宿吗？但小店里只有一

90

个书房空着，原是丈夫生前接待客人的。不晓得两位是什么关系，不然这位姑娘，倒可以和咱宿在一个房里面呢！"

爱卿听她这样说，心里十分感激，正欲答应自己和她同睡一宿，不料志飞却先说道："咱们是兄妹，一个房间也没有关系的。"那妇人听了，便亲自伴两人到书房，并泡上一壶茶，方悄悄地出去了。

爱卿白了志飞一眼，娇嗔着道："志哥这人最不好，一定要喝这两杯酒，现在咱醉了，可要睡哩！回头那贼秃来了，岂不误了事情吗？"

志飞笑道："时候早哩！等妹妹一觉醒来，也就差不多了。你此刻要睡，只管睡好了。"

爱卿听他这样说，便真的到床边，倒头便睡了。待爱卿酒醒，时已二更将近。志飞端了一杯茶给她，微笑道："妹妹醒了吗？快喝口茶解渴吧！"

爱卿纤手揉擦着眼皮，一面接过茶杯，一面笑问道："好睡，好睡，什么时候了，那贼秃可有来过了吗？"

志飞笑道："早已被咱杀死了，你不信，咱拿人头给你瞧。"

爱卿噘了嘴儿，笑道："拿不出来，可要给咱撕了你的嘴哩！"

两人正在说话玩，只见那妇人抱了孩子进来，说外面已上了牌门，所以到书房来问一声，两位可要吃夜点心。爱卿道："咱们没有饿，大娘你费心吧！请问大娘贵姓哩！"

那妇人说道："咱娘家姓陆，丈夫白紫英，和咱结婚才三年，不想他就死了。"说罢又淌下泪来。

爱卿劝慰她道："人死不能复生，徒然伤心也是无益，好在你有这一个儿子，往后自然也有出头的日子哩！"

陆氏含泪说道："姑娘这话不错，咱若没有这孩子，是早已落发为尼了。现在我别的希望没有，只有希望孩子大起来，能给他爹争一口气，那才不辜负为娘的辛苦了一场哩！"说到这个心头真觉无限悲酸，那泪水忍不住又在眼眶里涌上来。爱卿劝她一会儿，陆氏方才道了晚安回房去安睡。

　　诸位，你道这个头陀是什么人？原来就是北京城中皇觉寺里当家山野僧。山野僧原是天方道人的徒儿，本领高强，内外功夫都好得了不得，但是为了太爱女色的缘故，功夫上不免又受了一些损害。这天他见了陆氏以后，觉得陆氏的美貌，实在够人销魂，尤其她身带着三分孝，愈觉俏丽可爱，因此便起了歹心，坐在门口，借化缘为名，意欲和陆氏调笑缠绕。不料因店中吃客太多，有许多不便，所以只好负了那袋米走了。临走对陆氏笑了一笑，便是他定下的聘礼。但当时除了爱卿和志飞两人猜出他的意思外，陆氏她哪里又想得到呢。

　　且说陆氏回到自己房中，把孩子哄着睡熟了，时已差不多三更将近。她独个儿倚在床上，想着和丈夫结婚那夜的喜悦和甜蜜，同时又想着丈夫临死时候的凄惨和悲酸，忍不住两行热泪，纷纷沾了满颊。这时夜阑人静，万籁俱寂，只有从夜风中吹送来一阵笃笃的敲木鱼声，是非常的清晰触耳。在静夜的空气中，听到这样的音韵，不要说陆氏心中感到无限的凄凉，就是在境遇快乐的人儿听来，也要在心头激起了难过。陆氏倚在床上，心想着往事，耳听着木鱼声，泪眼模糊地好像瞧见了丈夫。因为白天里太辛苦的缘故，所以她竟蒙蒙眬眬地入梦乡去。

　　且说那敲木鱼的正是山野僧，他故意在街上来回敲了许久，看看时已三更，路人稀少，于是他把木鱼收拾，找到了陆氏的店门，飞身上屋。先在窗外望将进去，只见陆氏倚在床上，正熟睡着，不觉心中大喜，遂将窗户轻轻橇开，悄悄儿地跳入房中，走近床边，细细向陆氏打量一会儿。只见她粉嫩的两颊，白里透红，但是却沾了许多眼泪。心中暗想：这女人一定是没了丈夫，所以心里伤心，现在咱来代做她的丈夫，她的心里也许是乐意的哩！想着，便把陆氏娇躯，搂入怀中，先任意抚摸了一会儿，然后便慢慢地解她衣纽，只见酥胸微露，奶峰高耸。山野僧瞧了，乐不可支，低下头去，就在陆氏的嘴唇上颊上狂吻起来。

看官，山野僧的下颚胡髭，一根一根的好像钢针那样挺硬，陆氏怎禁得住他这样地狂吻，早已痛得醒了转来。睁眸一瞧自己上身，已被一个大和尚脱得一丝不挂，芳心大吃一惊，不禁竭声地叫了起来。山野僧见她叫喊，早把蒲扇那样大的手，扪住了她的嘴，涎皮嬉脸地笑道："小娘子，你不要害怕，咱大和尚不会杀人的。白天里多谢你给咱一袋米，晚上咱特地来谢谢你的哩！"

陆氏听了这话，定睛向他仔细一瞧，方知就是白天里强化缘的那个和尚。一时气得柳眉倒竖，杏眼圆睁，意欲娇声喝骂，无奈自己嘴儿，被他扪得紧紧的，竟一句话也说不出来，急得两手两脚拼命乱掼。

山野僧见她不从，便略使用一些气力，将陆氏压倒在床上，腾出一手，去扯她的小裤。

正在千钧一发的当儿，忽然砰的一声，房门开处，早已奔进一个少女来，向山野僧娇声叱道："好大胆的淫贼，果然不出姑奶奶的所料，今日若不把你这贼秃结果了，怎消姑娘心头之恨。"说毕，便早挥剑劈来。

山野僧方欲真个销魂，冷不防会有人进来，这是做梦也想不到的，只得忍痛放弃陆氏，纵身一跃，让过了剑锋。回头向来人一望，只见是个一十五六岁的姑娘，娇小玲珑，较陆氏更觉美丽，一时哪里放在心上，而且还存了一种妄想，便笑嘻嘻地说道："好个标致的姑娘，大师父今日艳福可不浅。"

这个姑娘是谁，阅者当然已经明白，自然是个花爱卿。爱卿听他这样说，更不搭话，挥起剑来，向他头顶直劈。山野僧见来势不轻，遂在腰拔出九节钢鞭，向上一格，只听叮当一声，火星直冒。山野僧觉得果然有分份量，遂飞身跳出屋外，口中大叫道："好个小姑娘，有本领敢出来与咱大战三百回合吗？"

说时迟，那时快，山野僧万万料不到屋顶上尚候着一人。他见山野僧出来，便照定他屁股，飞起一腿，叫声"去吧"，只听山野僧啊呀一声，早已一个跟斗，跌下屋去。

原来志飞和爱卿待陆氏回房后，两人对于陆氏的身世，又感叹一回。这时忽听屋外街上，远处送来一阵木鱼声，不绝于耳。爱卿秋波望了志飞一眼，笑道："这贼秃来了，志哥，咱们且要防备着些了。"志飞点头，遂把房中灯火吹熄，两人悄悄地候了一会儿。

只听那木鱼声音，一会儿远，一会儿近，约莫有一个更次后，忽然那木鱼声就没有了，爱卿道："时候到了，志哥，咱想你等在屋顶上，妹子从房中杀进去，待他逃出来，乘他不防备，你就给他一些颜色瞧是了。"志飞听她想的好计，当时含笑答应，两人分头干去。

不料山野僧果然上了爱卿的圈套，当时被志飞一腿踢飞，竟跌下屋去。志飞这一腿少说也有千斤力量。幸亏山野僧功夫好，尚不至于头破血流哩！

且说志飞见他翻身跃下，遂也跳了下去，挥剑就斩。山野僧早已一跃而起，举起钢鞭，和志飞大打起来。这时爱卿也追踪而出，两人把山野僧围住。山野僧见两人剑法，都不是寻常之辈，遂大声问道："咱与汝等无仇，鼠辈敢破咱好事，速报上名来，好让咱认识你们狗头。"

志飞也大声骂道："老子坐不改姓，行不更名，何志飞是也。"

爱卿听了，也娇声叱道："姑娘名叫花爱卿，今日不结果你这贼秃，也不知道姑娘的厉害了。"说罢，把宝剑舞动得雪花点点、白浪滚滚，直取山野僧。

山野僧把两人记在心里，一面抵抗，一面也大骂道："好一个刁恶的小姑娘，你竟要起咱的性命来了。咱山野僧若不把你捉去受用，怎肯甘心。"

志飞听他说出这话，不觉火星直冒，伸手就在镖袋内摸出金镖，照定他的脑袋，喝声"看镖"，早已一连串地飞射过去三支。山野僧冷不防他会放镖射来，叫声"不好"，连忙逃出圈子。

说时迟，那时快，一支金镖，早中在山野僧的肩头上了。山野僧颇觉疼痛，见已负伤，不敢恋战，遂说声"后会有期"，向前飞步而逃了。爱卿不肯放松，尚欲追赶。志飞连忙叫住，说道："爱妹，穷寇莫追，且放过他是了。"

爱卿这才停住了步，笑道："真便宜了这个贼秃了。"

于是两人回到房中，只见陆氏已穿好衣服。见了两人，叩头便拜，口叫："两位恩公在上，小妇人若不是恩公相救，定要被这贼秃侮辱了。"

爱卿慌忙把她扶起说道："陆大娘，不要多礼，锄强扶弱，原是咱们分内之事，你可以不必挂在心上。"

陆氏听了，真是又感激又敬佩，不觉含泪说道："咱真糊涂极了，直到此刻还不曾叩问恩公的贵姓大名哩！"

志飞道："咱叫何志飞，这位姑娘叫花爱卿，咱们原是师兄妹，路过这里，因腹中饥饿，所以前来吃些点心。不料那贼秃故以化缘为名，心存不良。咱们察破他的阴谋，故而一定要在这儿住一宵，原是助大娘一臂之力，不料果然被咱们猜中哩！"

陆氏听了，方才恍然大悟，不觉又盈盈拜了下去，叩头不已道："原来如此，何爷和花姑娘真是咱的重生父母了，小妇人定把两位恩公立个长生位，保佑两位永远健康，那小妇人才安心呢！"

爱卿忙又给她扶起，笑道："你快不要又来这一套了，咱们救人，原不望人家报答的。现在咱关照你，你一个女人家，万万不能坐在柜上的，这次虽然免了危险，下次少不得还有同样的事情发生，咱们又不能常常随在你的身旁，所以咱劝你还是把这家酒店盘给了人家。否则也得请一个账房先生，你自己千万不能干了。"

陆氏听了这话，不禁感激得淌下泪来，说道："恩公的金玉良言，小妇人刻骨难忘，打明儿起，小妇人准定请一个账房是了。否则原可以把酒店盘给人家，但咱们母子两人，一时无处安身。且再过两年，稍有了积蓄，再实行把店盘给人家吧！"爱卿听了，点头说好，于是两人遂仍回房安睡。

到了次早，陆氏便亲自前来泡茶倒脸水，拿点心来，殷勤招待。爱卿在身边取出一锭银子，交给陆氏，作为宿食费。陆氏一见，便急忙说道："小妇人受两位大恩，正没有报答，今恩公拿出银子来给咱，叫小妇人如何受得下。"

爱卿笑道："大娘原是开店做买卖的人，为什么受不下呢？咱们帮助人家，乃出于自己的本心，岂要受人报答的吗？大娘快不要客气了。"

陆氏淌泪道："两位恩公虽然这样说，但叫小妇人心中如何过意得去。就算小妇人高攀，和恩公认作了朋友，那么小妇人难道不能略尽地主之谊吗？"说着，一定不肯收受。

爱卿听她说得这样委婉，也只好罢了。彼此结束停妥，又向陆氏叮嘱一回，方才告辞出来。陆氏直送到门外，连说："恩公若有路过小店之日，千万进来玩玩。"爱卿点头答应，便和志飞很得意地向京中而去。

且说山野僧被志飞打中一镖，便急急地落荒逃去。心里怀恨得了不得，暗自想道，这小子若不杀死他，怎消咱心头之恨。一面又想起爱卿的容貌，实在又非把她弄上了手不可。

山野僧这样胡思乱想地奔了一阵，抬头见前面一间草屋，里面尚亮着灯火，因探头一瞧。只见室中坐着一个头戴方巾的少年，目不斜视地瞧着桌上摊着的书本。旁边却有一个女子，向他做出种种淫贱的样子，意思是欲向他求欢。但是那少年，任她怎样引诱，却是毫不动心。

山野僧心中暗想：天下哪有这种呆子，送上来的香肉儿，都不要吃吗？咱今夜既吃不着小孤孀，不妨想法拿这个女子来候补。山野僧想定主意，便即破窗而入，向那女子大声喝道："好不要脸的淫娃，敢调戏人家男子。"

96

那少女冷不防见一个大和尚跳进来撞破咱的好事，心中大怒，娇声叱道："贼秃！敢管姑娘闲事。"说着，便仗剑向山野僧直劈。

山野僧哈哈一笑，便又飞身跳出窗外，大叫道："姑娘敢出来与咱见个高低吗？"

那少女听了，便也追踪飞出，两人在月光之下交战起来。一来一往，约打有五六十个回合，山野僧忽然仰天跌倒，故意大叫啊哟，那少女大喜，便走上前来，举剑就劈。不料正在这时，山野僧猛可飞起一腿，齐巧踢中那少女的手腕。少女负痛，手儿一松，那剑早已落地。山野僧趁她不备，跃身跳起，伸开两臂，竟将那少女紧紧抱住，笑着说道："姑娘真傻，他这个呆子不要吃这鲜鱼肉儿，你硬送给他吃干什么？送给了大师父吃不是一样的吗？"

那少女一则怕死，二则见他本领高强，想来一定有味，一时不禁嫣然一笑，娇声说道："原来大师父也是个吃荤性的馋猫儿，既然如此，你且别紧紧抱住咱了，咱可要给你搂得透不过气来了呢。"

原来这少女就是潘莲贞，她自从给玉蓝削去宝剑后，便恨恨地逃出了林氏家里，一路之上，依然过她的浪荡生活。这天到了一个乡村，时已夜了。她见一间草屋里坐着一个白面书生，于是便敲门进内，故意说借宿，向他求欢。不料那书生是个落选的人，心里一气，万念俱灰，所以离开家庭，独个儿到荒村里来念经修行，对于女色两字，自然是视若无睹了。

话说山野僧和莲贞两人，当时好像干柴烈火，恨不得就在田野里打架起来。两人携手急急赶了一程路，早已到了宛平县。只见城门关得紧紧的，遂运足功夫，飞身越过城墙，在一条大街上，找到宿店，关上房门，就大干而特干起来。莲贞见他功夫甚好，不觉乐得心花儿都朵朵开了，遂殷殷叩问大师父法号，仙乡何处。山野僧一一告诉了她，并对她笑道："姑娘若爱咱大和尚法宝厉害，咱就带你到寺院里去玩几天怎样？"莲贞听了，欢喜万分，当下连声答应。

到了次日，两人便回到皇觉寺里。山野僧和莲贞在藏春室里玩了几天，便有些嫌她不新鲜了。这天山野僧到大街上来玩玩，经过一家客栈的门口，只见有一男一女走了进去。仔细一瞧，正是何志飞和花爱卿。心中暗想：今日撞在咱的手中，可不肯放松她了，于是暗中注意两人的情形，探听两人的房间。一切明白了后，待到了晚上，便悄悄到爱卿的卧房。

只见爱卿坐在灯旁，凝神正在沉思。山野僧当时便把闷香吹了进去，爱卿知事不妙，急忙拿帕儿扪鼻，不料已经来不及，因向隔壁大叫"志哥快来"。说时迟，那时快，山野僧早已跳进房中，只见爱卿已迷到桌上，遂把她负在背上，跳出窗外而去。待志飞闻声赶来，房中爱卿已经不见，心中一急，立刻飞身追出。

只见月光之下，正有一个黑影在前面奔走。志飞到了那黑影后面，望着她的侧面，正是爱卿，遂上前一把抱住，叫声"爱妹真把咱急死了"。谁知那女子却回过脸儿，啐了一口，娇声喝道："何方来的小子，敢大胆前来撒野。"

志飞听了这话，真是丈二和尚摸不着头脑，一时不禁呆呆地怔住了。

欲知后事如何，且待下回再详。

第九回

一缕闷香爱卿身罹劫
千里追踪兄妹各逞强

志飞慌忙向那少女仔细一望，觉得虽然有些相像，但到底有些差别，遂连忙放开了两手，对她打躬作揖地赔不是，说道："这位姑娘请你原谅，咱实在是认错了人，并不是有意放肆呀！"

玉蓝忽然听他这样说，遂也不免向他细细一打量，只见那柔软的月光，映在那少年的脸上，觉得唇红齿白，眉清目秀，英武中带着婀娜气概，实在也是个少年英雄。论他容貌，倒不像是个歹人，因凝眸瞅着他问道："哦？原来你是认错了人，但你的同伴是男是女呀？为什么把人家一个姑娘，不问青红皂白地就抱住了喊妹妹，你倒给咱说出一个理由来，不然姑娘也不是好惹的人，咱的伙计可要不高兴哩！"玉蓝说到这里，把手中那柄虎头剑向他一扬，倒竖了柳眉，这意态显然是动了怒。

志飞也自悔太以孟浪，急得倒退了一步，慌忙把两手乱摇，说道："姑娘，你且息怒，咱一个同伴也是女的，和姑娘身材儿容貌儿颇相像，所以咱才会认错了。姑娘若不相信，回头儿见了她，方知咱并不曾说谎哩！"

玉蓝听了这话，凝眸想了一会儿，忽然灵机一动，向志飞又问道："请问你那个女同伴姓甚名谁呀？你说出来姑娘也许认识的哩！"

志飞道："她叫花爱卿，请问姑娘贵姓大名？"

玉蓝一听"花爱卿"三字，不禁眉儿一扬，眼珠在长睫毛里一转，把那个紧紧绷住了的脸颊，立刻又复原到盈盈欲笑的意态，说道："啊哟！原来是爱卿，她是咱的师妹哩！怎么会到这里来？"

志飞原是一个极聪敏的人，他知道爱卿的师姐原是自己的妹妹，今听那姑娘这样说，心中这一快乐，不禁眉飞色舞，猛可抢上一步，大胆地握住了她的纤手，笑着叫道："姑娘可不是叫何玉蓝？"

玉蓝见他突然又来握自己的手，芳心不觉一怔，方欲摔脱向他责骂，但却又听他说出自己的名来，一时奇怪十分，倒不免呆住了，忙说道："咱正是何玉蓝，你怎么知道的呀？"

志飞一听果然是的，忍不住笑起来，把她手儿连连摇撼了一阵，说道："如此说来，咱不叫姑娘为妹妹叫什么呢？玉妹，玉妹，咱是你的哥哥志飞啦，你怎么不认识了呢？"

玉蓝听了这话，方知他就是自己的哥哥，遂仔细向他呆望一会儿，虽然彼此年龄大了而稍改了容貌，但脸蛋儿的轮廓，终可以依稀认得出来，一时悲喜交集，不禁抱住志飞的脖子，叫了一声哥哥，呜咽哭了起来。

志飞回想兄妹离别了十多年，今日才得相遇，心里又喜悦又悲伤，抚着玉蓝乌亮的美发，也不免落了几点眼泪。玉蓝哭了一会儿，方离开志飞的身子，含泪问道："哥哥，爸和妈身体好吗？你和爱卿妹妹又如何认识的呢？"

志飞道："这儿不是说话之所，妹妹，咱们且到下面去谈吧？"于是两人飞身跳下，走到一株大树的下面，齐巧有块大石，两人遂并肩坐下。志飞道："那年自从妹妹失踪了后，爸妈心里是天天伤心十分。咱也时时记挂妹妹，所以常到外面去寻找。不料那日咱遇到了一个老者，名叫一尘子，说你找妹妹跟咱去好了。从此咱就随一尘子上山，一住就是十年，直到去年才下山来回家。爸妈见了咱，真喜欢得了不得，但是想起妹妹来，一向音信全无，又觉十分伤心。咱因劝慰爸妈，说妹妹也一定会回来的。否则咱到外面各处找去，所以咱就离家出外。那日到了广东番禺县，经过总督衙门的府前，见一个富丽堂皇的卧室中，里面坐着一个女子，暗暗淌泪。咱知事有蹊跷，因飞进房中一问。果然那位姑娘是被总督公子屠耀忠骗进来，强逼成婚，说她尚有一个表哥，名叫花如玉，也被耀忠设计谋害，现在提解进京去了。"

玉蓝听了，眸珠一转，不禁笑道："这位姑娘可不就叫向凤姑吗？"

志飞听妹妹问出这话，一时奇怪得目瞪口呆，急忙问道："妹妹，咦！你这个怎么知道的呀？"

玉蓝抿嘴嫣然一笑，说道："哥哥且别问咱，你先说完了，妹子再把经过的事情告诉你吧！"

志飞听了，点头说好，遂又说道："当时咱听向姑娘的告诉，心中气愤万分，遂先欲把屠耀忠父子结果了，然后再来救他出去。不料那时总督衙门贺客盈门，咱恐众寡不敌，只得又回到房中来先把她救出去了再作道理。谁晓得那向姑娘已被一个黑影背去，当时咱心中一急，也追了上去。妹妹，你道这黑影是哪个，原来就是花爱卿哩！"

志飞说到这里，遂把自己和爱卿如何误会，如何说出妹妹名字，如何认识了，后来向姑娘又被咱师父领上山去，及和爱卿一路赶到京中来的事情，统统向玉蓝告诉明白。

玉蓝笑道："如玉早被哥哥的师伯玄贞子带上山去了，这些倒不用忧愁了。"说着，遂把自己经过的事情，也向志飞告诉一遍，只把和如玉私订婚约的事情瞒着。志飞听完了，心中喜之不胜，忍不住哈哈笑道："天下的事情，真巧不可言。妹妹遇到了爱卿的哥哥，咱又遇到了如玉的妹妹，这也真可谓有缘的了。"

玉蓝听志飞说出"有缘"两字，那是直说到自己心坎儿上去。同时想着哥哥和爱卿的情分，一定也是非常的深厚，芳心一得意，不觉秋波瞟了志飞一眼，抿嘴扑哧的一声笑出来。志飞被妹子一笑，心里也有一些感到难为情，于是两人的脸颊，这就不约而同地红晕起来。过了一会儿，玉蓝笑道："咱也真糊涂了，咱们谈了这许多时候，还没问爱卿究竟到哪儿去了呀？"

志飞被她一提，心中这才急起来了，站起身子道："可不是？这个寺院是皇觉寺，咱想爱卿恐怕是被山野僧劫进去了。"

玉蓝点头道："也许是的，因为妹子凭窗望的时候，见一个黑影，臂上负着一人，到这儿时就不见了，想来不是逃进院中去了吗？那么事不宜迟，哥哥，咱们就分头杀进去吧！"志飞点头称好，于是兄妹两人拔出宝剑，使直飞进寺院里去了。

志飞和玉蓝兄妹相逢，自然是万分地喜悦，因此两人亲热地絮絮谈个不了。谁知爱卿被山野僧劫进寺院，却险些伤了性命哩！

原来山野僧把爱卿负着，到了方丈室。小沙弥上来问道："师父打哪儿来？刚才那个潘姑娘找了你大半天哩！"

山野僧听莲贞找他，心中吃了一惊，暗想：这个爱卿倒不能给她瞧见，否则她可要大吃其醋了，因说道："她现在人儿呢？你怎样回答她呀？"

小沙弥道："咱说师父出去了，还没有回来。她也没说什么，就自管走开了。

山野僧道："倘使她等会儿又来问你，你只说没有回来是了。"小沙弥知道师父又弄来一个新鲜的，把那个姓潘的玩厌了，遂点头说晓得了。

于是山野僧把爱卿抱到地道下一间秘密室里，关上石门，四壁这就没了缝儿一般，开亮灯火，室中便大显光明。只见里面摆设得非常富丽堂皇，好像一个闺中女儿的卧室一般。山野僧把爱卿抱到床上，只见她星眸微闭，乌黑的长睫毛连成一条线，两颊白里透红，鼻息微微，吹气如兰，只觉一阵一阵的处女幽香，芬芳触鼻。山野僧瞧了这一个美人的睡态，真个是我见犹怜，心里不住地荡漾，那欲火也就高燃起来，遂轻轻地动手，把她月白绣花的外袄脱去，露出粉色软缎的紧身马甲。再把马甲脱了，这就显出一个大红的肚兜来，紧紧地裹着酥胸，愈衬那圆圆高高的两只奶峰是挺实的，十足显出处女的优美。

山野僧正欲再解她的肚兜，不料爱卿竟已悠悠醒了。原来爱卿当闻到闷香时，她就急忙把纤手扣住鼻子，虽然已经来不及，但所闻的香气也不多，所以经过半个时辰后，那闷药也失其效验了。

且说当时爱卿醒了，觉有人解自己衣服，遂偷眼一望。只见自己露着两条玉臂，衣服已经不在身上，旁边站着一个和尚，正是那天在酒店遇见的贼秃，一时心中又羞又急，意欲立刻跳起来厮杀。但转念一想，咱倒要显些功夫给他瞧瞧哩！遂不动声色地故作不理会，一面运足内功，把全身每个汗毛孔里都吹着一股气来。

山野僧伸手正触在她的身上，忽然那手上竟像有针刺一般地痛起来。他原是一个内功专家，哪有不知道的理由。遂也运足内功，依旧伸下手去解她肚兜。说也奇怪，当时在寂静的空气中，便听有一阵瑟瑟相斗的声音。爱卿知道他的功夫，不在自己之下，心中这才有些着急起来，一时不管三七二十一地，乘他不防备，就伸手对他胸口猛可一拳。山野僧冷不防她有此一拳，虽然他是运足了内功，但不免也倒退了两步。爱卿这就一跃而起，跳下床来。

山野僧见她一个小女孩儿家，竟有这样好功夫，能把自己内功打退两步，心中不免也暗吃一惊。因为自己的内功，也可算好到上乘，慢说人家一拳打来，保他骨头粉碎，就是刀剑直劈，也要叫他刀断剑折哩！这时爱卿便娇声大骂道："好个该死的狗贼，胆敢戏弄姑娘起来。"

山野僧哈哈笑道："亲爱的小姑娘，咱大师父心里喜欢你，怎么会戏弄你呢！老实告诉你，你既到了咱的手中，无论你有天大的本领，也逃不出去了。识趣的就陪大师父玩一回，大师父的宝物可不小，味儿实在好，你吃了准会点头赞好。要不然大师父使起性子来，慢说你一个姑娘的性命，就是一百个一千个咱也要送掉她哩！"

爱卿听他说出这些歪话来，真是气得发昏，不觉通红了两颊，大骂一声"放你突尸屁",挥起两拳,就直取山野僧的脑袋。山野僧却不躲,也不还手,只伸手在壁上轻轻一摸,只见天花板上放下两只铁手,竟把爱卿的两条玉臂抓个正着。爱卿待要躲避,哪里来得及,身子早已失却自由了。山野僧一见,心中大喜,便涎皮嬉脸地走上前来,伸手在她粉颊上摸了一下,笑道:"咱的花姑娘,你现在可还要打咱吗?咱瞧你还是顺从了吧!既可活命,又可快活,那你何乐而不为啊!"

爱卿把脸儿一偏,芳心中这一气,真个把脸儿气得由红发青,咬牙切齿地骂道:"你这个毫没心肝的贼秃,亏你还是个佛门弟子,竟如此作恶多端,你真是一个佛教罪人,咱姑娘若不把你碎尸万段,怎消姑娘心头之恨。"说到这里,恨声不绝,明眸里几乎要冒出火来。

山野僧见她这个神情,不但一些不动怒,反而望着她哧哧地笑道:"姑娘的火愈发得大,咱瞧了愈觉得好笑。你只管骂吧!咱绝不怨你的。但是你要把咱碎尸万段,姑娘这话真大言不惭哩!你瞧现在这个情景,谁能杀谁呀?"山野僧说着,便在壁上取下一把戒刀,向爱卿一扬,狞恶的脸上浮现了奸猾的笑。

爱卿冷笑一声,骂道:"你这狗贼,姑娘不怕死的,你要杀就杀,姑娘生不能啖汝之肉,死亦当夺汝之魄哩!"

山野僧哈哈笑道:"姑娘真好硬的心肠,你情愿死,可是咱倒舍不得你死呀!咱的好姑娘,你也可怜可怜咱吧!咱实在爱你哩!"说着,把那柄戒刀丢在地上,挨近身来,意欲抱住爱卿吻嘴。

爱卿见自己在火里,他却在水中,一颗芳心,又急又恨,这就飞起一腿,直向他腹中踢来。山野僧眼疾手快,倒退一步,早已伸手把她小脚握住。爱卿两臂既失自由,现在一足又被他握住,到此便成了金鸡独立之势,真是弄得爱卿英雄无用武之地了。

山野僧把爱卿的小脚捏着在掌里,只觉娇小玲珑,盈盈不满一握。人谓金莲三寸,爱卿的金莲实在只有两寸有零呢。山野僧涎皮嬉脸地，细细地把玩了一会儿，真有些爱不忍释。瞧到后来，竟把她的小脚，拿到鼻子上去闻香。

爱卿瞧他这一副丑态，直把她羞得无地自容，只好咬牙切齿地拼命乱骂。山野僧却只装没有听见，一手握着他的金莲，一手却去松她胸前的肚兜。

爱卿把身儿乱撞乱颠，竭力挣扎。不料这时，忽听嘀嗒一声，从爱卿怀中掉下一块羊脂似的白玉来。山野僧拿起一瞧，只见那块白玉上面，尚刻着"如玉"两字，非常精致，遂把它藏在怀中。爱卿见这玉是哥哥的东西，原是自己在家里厅上拾起的，现在被他拿去，也只好瞧着他拿了，一面向他骂道："你这狗贼，还不快把姑娘的脚放下来吗？"

山野僧望着她鼓起了的小嘴，笑道："你要咱放下吗？那么快依咱一件事，就是情情愿愿地伴大师父去睡。否则，咱把你的裤子扯下来，难道咱站着不能干吗？"

爱卿听了这话，芳心大吃一惊，暗想咱到此地步，已是失了自由，万一他真个强干起来，那咱的一生不是完了吗？正在这个当儿，忽听一阵铃声，叮铃铃地不绝于耳。山野僧听了，暗吃一惊，知道外面一定有人杀进来了，遂把爱卿金莲放下，望着她说道："姑娘你放心，咱不为难你，给你细细地考虑一下，咱回头再来问你情愿不情愿吧！"说着，便走到壁旁，在壁上装着的一个鹿头上按了一下，只见那面壁上挂着的一幅美人春睡图，就变成了一扇门，山野僧含笑出去，那门儿便又变成一幅画了。

爱卿心中暗想：他忽然会出去了，想来和这铃声响定有连带关系。哦！是了，也许是咱的志飞哥哥杀进来了。爱卿这样一想，心中不觉展现了一丝光明的希望，一时恨不得自己也杀了出去，帮着志哥将那贼秃碎尸万段，方才出了自己心头的一口怨气。爱卿想到这里，把那两只小脚顿了一顿，臂儿挣扎了一会儿，但是无济于事。那空中宕下的铁手，你愈挣扎得厉害，它便愈缩小得紧紧的，一时心中的焦急，真甚于热锅上的蚂蚁，暗暗叫苦。

谁知正在这个时候，忽然听得一阵笑声。爱卿连忙回眸瞧去，只见上首一张紫檀的床上，床板掀起，竟钻出一男一女来。男的是贼秃，女的却是个姑娘装束，眉目姣好，但是却显出十分淫荡的样子。她的身子被那贼秃抱着，却是袒胸露臂，两只高高的乳峰，也显了出来。那贼秃一面把她肉麻地玩弄，一面已从床底下跳了出来。那女子被他这样轻薄着，不但并无一些羞涩的模样，反而咯咯地浪笑不止。

爱卿瞧此丑态，心中这一气，不觉又柳眉倒竖，暗想道："天下果然有这样的淫贱女子，这真是咱们女界中的败类，丢尽了女孩儿家的身份，可惜咱身不自由，否则把这一双狗男女，一刀一个，早送他们到极乐世界去了。"

爱卿正在愤怒万分，不料那少女也已瞥见室中尚绑着一个姑娘，她便连忙从那贼秃怀中跳了下来，走近来向爱卿一瞧，不觉大声骂道："好呀！你这个贱婊子，原来也被这儿大师父捉来受用吗？姑奶奶与你无冤无仇，你竟敢夺咱的情郎，今日若不把你结果，怎消咱奶奶胸中的怨恨。"

爱卿听她向自己骂出这些话来，不觉目瞪口呆，真弄得丈二和尚摸不着头脑。

看官的，你们恐怕也要不明白了吧！原来这个少女就是潘莲贞。莲贞她被山野和尚玩了几天，便有些厌了起来。但是莲贞爱他精力充足，却是非常满意，所以今天晚上，吃过了晚饭，便又来找山野僧到藏春室去欢娱，不料小沙弥回答她说师父出去了。莲贞听了，心里颇觉闷闷不乐，意欲叫小沙弥和自己睡去，又怕不够自己的味儿，因此她便懒洋洋地走出山门来。谁知却和来人撞了一下，莲贞定眼一瞧，认得是打杂和尚了凡僧，一时芳心大喜，便故意扭住他，娇声叱道："好大胆的贼秃，你敢欺侮姑奶奶吗？"

了凡僧见是师父的爱宠，吓得连忙赔不是道："咱哪敢欺侮姑奶奶，原是彼此误会的，请你饶了咱吧！"

莲贞见他怕得这个样儿，忍不住心里好笑，遂伸出纤手，在他光秃秃的头上打了一下，又把秋波瞟他一眼，抿嘴笑道："要姑奶奶饶你也可以，但你得听从咱的话。"说着，便拉着了凡僧的手儿，向方丈室里走去。

莲贞为什么要看中了凡僧，原来了凡僧虽是个打杂和尚，却有些蛮力，大殿上那个铁鼎，足有二三千斤重，他能够搬得动，这就可见他的臂力了，所以莲贞很想和他玩一玩，换换口味。不料果然被她撞着，你想她还肯错过机会吗？

且说当时了凡僧见她把自己拉到方丈室里走，以为是告诉师父去，心中这一急，竟向莲贞跪了下来，赖着不肯走，苦苦哀求道："姑奶奶！你要打要骂，只管请你责罚，但你千万不可以拉咱到师父那里去，否则咱是要没有命的了。"

莲贞见他竟胆小如此，这也可见山野僧的厉害了，因望着他笑道："你这人真也太胆小了，咱说不害你，你就放心是了。"

了凡僧道："那么你干吗拉咱到师父那里去呀？"

莲贞笑道："傻子！你师父出去了，瞧你倒有二三千斤的气力，难道你却这样怕他吗？"

了凡僧道："二三千斤的气力，那有什么稀罕？咱师父运足内功，一个手指，能够把大殿上的铁鼎，直滚出数丈以外呢？你想，咱师父的本领可了得？"

莲贞听了一笑，摇头说道："这也算不了什么，不是姑娘夸海口，咱运足内功，只要吹一口气，那铁鼎就会滚出几十丈的场上去呢！"

了凡僧听她这样说，不觉舌儿一伸，说道："想不到姑娘这样娇柔的身子，竟有这一份的力量呢！这就无怪咱的师父要这样疼爱你了。"

莲贞哼了一声，说道："老实说你师父就怕姑娘哩！"说到这里，低头见他兀是跪在地上，因伸手在他衣领上一提，谁知了凡僧竟被她从地上提了起来，一面哧哧地笑道："你这呆虫真憨呆得有趣，老跪在这儿地上干什么呀！"

了凡僧起初尚不相信她有这样大的本领，现在自己被她竟像老鹰捉小鸡似的抓起来，方知道她的功夫，实在不错，心头这就愈加害怕，吓得全身瑟瑟地抖个不住。

诸位，莲贞姑娘果然有这样大的能耐吗？其实是她吹的牛，原不过吓吓了凡僧不懂解数的骏子罢了。在了凡僧的心里想，以为自己有二三千斤的力量，那么自己的体重，至少有五六千斤的重，不料给她一提，竟毫不费吹灰之力，就提了起来，那么她的力量也就可想而知了。其实一个人的气力，要用出来的时候才可以显出，他不用的时候，他的身体原和平常人一样，哪里会特别的重吗？了凡僧的呆憨，可不是要笑煞人了吗？假使莲贞和了凡僧比蛮力，这个莲贞真差得远了。若比拳术，那了凡僧既不懂解数，任你有万夫不当之勇，只要经莲贞三脚两拳，他自然早被莲贞打倒，所以蛮力是并没有一些用的。

这些废话且丢过不提，再说莲贞见他呆得可爱，便拍着他肩儿笑道："你别害怕呀！快跟随姑娘走，姑娘给你吃鲜美的东西哩！"

了凡听她这样说，似信不信地迟疑了一会儿，说道："姑奶奶，你到底要给咱吃什么东西，你还是先告诉了咱吧！"

莲贞见他又呆又笨，心里也真又恨又爱，便凑过嘴去，附着他的耳朵低低说了一阵。了凡僧听了，心里虽然万分喜悦，但却又连连摇头，说道："这个万万使不得，回头师父若知道了，那不是送了小的命根儿吗？"

莲贞听他这样说，气得恨恨地捶他一拳，啧他道："你这贼秃的胆子，竟比老鼠还小哩！你师父已出去了，他怎么会知道呢？即使知道也不要紧，姑娘喜欢你，他敢放一个臭屁吗？"

了凡僧见她说完，又伸过玉手来拉自己，一时心里别别乱跳，把一张脸涨得血喷猪头那般的通红，嗫嚅着道："姑奶奶，咱老实告诉你吧！咱活了三十岁的人，从来也不曾和女人睡过觉，所以咱实在有些胆小害怕哩！"

莲贞听他说出这话，忍不住弯了腰肢，咯咯地笑个不停，把纤指在他的额上一戳，秋波脉脉地瞅他一眼，抿嘴嫣然笑道："傻子，女人不会把你吞了的，女人的好处多哩！姑娘回头给你吃了甜的，你就会爱煞女人了。"

了凡僧嘻嘻笑道："姑奶奶这话可真的吗？"

莲贞见他竟傻到如此地步，一颗芳心，这就愈加爱他，心中暗想：原来这骚虫倒还是一个童男子哩！姑娘今夜非把他痛痛快快地乐一乐不可哩！想罢，便望着他又哧地一笑道："姑娘骗你干吗？你若不信，你只要瞧你的师父好了，他不是把女人好像当作活宝一样看待吗？"

了凡僧一听，心中暗想：师父平日果然把女人爱得了不得，时常搂在怀中，亲着吻着。想来女人的好处，定然不错。咱虽然从来不曾亲过女人，今天她既然自己愿意和咱睡觉，那咱就不妨试验一下子哩！因望着她的粉红脸蛋儿，笑道："好的，那么咱就和姑奶奶试一试。"

莲贞听他这样说，真是感到万分有趣，便把臂儿钩住了他的脖子，笑道："傻孩子，那么快把姑娘抱进地道里的藏春室去吧！"

了凡僧被她这样一来，心儿果然有昏陶陶的，遂伸开猿臂，把莲贞娇躯抱起，直到藏春室里。莲贞这时被他抱在怀里，只觉脸儿热辣辣的，全身发烧，一颗芳心，竟像小鹿般地乱撞，还没有到床上，就伸手把自己的衣纽解开，露出雪白的酥胸和那两只白胖胖的乳房来，叫了凡僧任意地抚摸。

了凡僧虽然从来不曾近过女色，但孟子曾说食色性也，西哲也曾说人为性的动物。若性一冲动，无论刀斧架头，也是所不顾及了。了凡僧既是人类的一分子，他当然不能例外，见莲贞这样的放浪不羁，淫态百出，一时不免也起了春心，把她身子发狂般地吻了一阵。了凡僧这举动，是投其所好，莲贞自然咯咯地浪笑起来了。

两人肉麻了一会儿，正欲恩爱缠绵，谁知了凡僧却摇头道："不对，不对，这儿藏春室是师父常和女人游玩的地方，今天师父出去，说不定又到外面找女人去，回头万一带了女人回到这儿来，咱们被他撞见了，不是糟了吗？咱瞧还是到一间秘密室里去吧！那间秘密室师父是不常去的。"

莲贞听了，心中也怕山野僧瞧见恼怒，所以连声说好。于是了凡僧抱着莲贞又从藏春室到秘密室里去了。谁知山野僧怕莲贞吃醋，把爱卿也藏到秘密室里，因此便和爱卿遇见了。

莲贞当时见了爱卿，她竟把爱卿认作了何玉蓝，想起她撞散自己和如玉的好事，所以心中大怒，竟不管三七二十一地从地上拾起那柄戒刀，向爱卿直劈。爱卿见了，方欲辩说姑娘不要认错了人。谁知正在这个危险的当儿，忽然天花板上跳下一个女子来，把手中那柄剑儿向莲贞的戒刀一格，只听哧的一声，那柄戒刀早已削断了。

未知来人究竟是谁，且待下回分解。

第十回

皇觉寺中大破藏春室
何家庄上共庆和乐杯

  话说志飞和玉蓝兄妹两人，纵身跳进了皇觉寺，只见大殿上暗沉沉的，金塑如来佛的座前，点着一盏琉璃的油灯，火头一闪一闪地亮着，显然那油是并不多了。香炉里尚燃着一束长香，丝丝袅袅的香烟，笼罩着那整个的殿上，那如来佛的金身，这就好像真的腾在云雾里一样了。玉蓝见里面静悄悄的，无一人声，遂对志飞说道："哥哥，你向西面过去，妹子到东首厢房里去找吧！"志飞点头答应，于是两人分头走开。

  玉蓝悄悄地到了东首一间禅室，只见里面炕榻上有一个小沙弥正在打盹，遂蹑手蹑脚地步到榻边，把小沙弥的衣领一提。小沙弥睡梦中惊醒，回头见了玉蓝，便忙说道："潘姑娘，你可是问咱的大师父吗？他出去还没有回来呀！"

  玉蓝听了，知道他认错了人，便把纤手向他脑袋一拍，低声说道："别胡说八道的，姑娘问你，你的师父把一个年轻的姑娘藏到哪儿去了？快快领咱前去，不然你这狗命就没有了。"玉蓝说着，把手中的宝剑向他一扬。

  小沙弥当时睡眼模糊地竟把玉蓝当作了莲贞，及至听了说话，方才大吃一惊，吓得浑身乱抖，半晌说不出一句话来。玉蓝见他不回答，便把虎头剑在他耳边轻轻一抹，只听哧的一声，那一只耳朵早已不翼而飞。玉蓝娇声叱道："你敢装哑巴儿，可不是不要活命了吗?"

小沙弥这一痛真是痛彻肺腑,只得苦苦哀求道:"小僧领姑娘前去是了,但姑娘千万饶了咱一条小狗命吧!"

玉蓝道:"不必多说,快领姑娘前去。"说着,把虎头剑按在他的脖子上,逼他领路。

小沙弥没法,只好站起身子,领玉蓝到一间禅房,只见里面供着韦陀,小沙弥走到拜佛凳前,把拜佛凳踢开,这就见地板上有一方块木板。小沙弥又走到一旁的一张琴桌前,在一只铜香炉上一按,那方木板,便即轻轻移动。小沙弥说道:"姑娘,这儿下面就是。"

玉蓝听了,说声多谢,便把剑一挥,只听小沙弥叫声"啊哟","哟"字还没喊出,只见血水飞溅,早已一命呜呼了。玉蓝低头向那下面一望,果然见爱卿被绑在室内,旁边尚有一僧一女子,这个女子竟拾起地上的戒刀,向爱卿便斫。玉蓝这一急,真非同小可,遂慌忙飞身跳了下去,把剑向那戒刀一格,只见那戒刀便一折为两段了。

且说爱卿正待大喊姑娘你不要认错了人,突然上面又飞下一个少女,把那戒刀挡住,心中大喜。定睛向玉蓝一瞧,不料还是自己的师姐,心里这一快乐,顿时眉飞色舞,高声喊道:"玉姐,玉姐,你快把这个淫贱妇人杀了,方出了妹子心头的怨气呢!"

莲贞把爱卿当作了玉蓝,挥刀便杀,谁知上面又跳下和爱卿一模一样的少女来,同时把那柄戒刀斫断,方才知道自己认错了人,那个跳下来的少女,正是自己的对头哩!

玉蓝听了爱卿的话,仔细向莲贞脸蛋儿一望,认得是调戏如玉的女子,一时心中大怒,圆睁了杏眼,娇声骂道:"原来又是你这淫妇。"说着,把那柄虎头剑舞动,直取莲贞。

莲贞知道此剑厉害,而自己手中只剩下了刀柄,心中吃了一惊,暗想:三十六着,走为上着,倒不如逃走了为妙。莲贞打定主意,也管不了了凡僧,立刻一个箭步,跳到床上,一个翻身,便逃下藏春室里去了。

了凡僧见莲贞尚且惧怕，那自己更不是她的对手了，也吓得跟着莲贞逃下去。说时迟，那时快，玉蓝飞步上前，手起剑落，血花飞溅，了凡僧的人头早已掉了下来。说也可怜，了凡僧活了三十岁，从来不曾近过女色，不料今日还未尝到女人的滋味，他的性命就伤在女色的手里了。

且说玉蓝见了凡僧已死，遂忙回过身来，挥剑把那铁手斫断，爱卿雀跃笑道："姐姐怎知妹妹被劫在此，咱真险些遭了贼秃的毒手哩！"

玉蓝忙道："妹妹快穿上了衣服，这儿不是说话之所，哥哥在外面厮杀，咱们快一同杀出去吧！"

爱卿一听玉蓝已和志飞相遇过了，心中十分喜悦，立刻披上衣服，结束舒齐。

玉蓝道："妹妹，咱们快跳上去吧！"于是两人一前一后，纵身飞上。只听耳边一阵乒乒乓乓的兵器相击之声，不绝于耳。原来志飞到西首禅房来探听，遇到四个和尚提着灯笼来查夜，志飞走上前去，挥剑斩了两个，两个便拔步飞逃，一面乱敲警钟，一面揿铃通知山野僧。山野僧听了警铃，所以便拿了武器，领众杀了出来。

且说玉蓝、爱卿奔到大殿之上，只见志飞被众僧围在中间，因高声喊道："哥哥切勿害怕，妹子来矣！"说着，便舞动虎头剑，杀开一条血路。只见剑光起处，人头纷纷落地。爱卿此刻也早夺过一柄宝剑，和玉蓝两人，好像是出洞的猛虎，杀得众僧血肉横飞，叫苦连天。志飞回眸见爱卿出险，心中一快乐，顿时精神百倍，奋力杀贼。

山野僧突然见跳进一对姐妹花来，定睛仔细一望，连自己那个爱卿姑娘也被救出了，一时心中大怒，舞动锡杖，好像一团白光，上三下四，左五右六，五花八门，直取三人。志飞见他本领果然不错，虽然不放在心上，但在京城之中，咱们只有三人，况他们人有数百，万一闹到官府，他们原是一党，自己得不到有公理的判决，反正爱妹已经脱险，倒不如一走了事。

志飞想定主意，便向两人高声叫道："两位妹妹，咱们饶了他吧！不要和这般贼秃厮杀了。"说罢，便纵身跳出圈子。玉蓝、爱卿听了，便也收住剑光，飞身上屋。

山野僧哪里肯舍，遂也跟踪追出。不料半空中忽然飞射来八支连珠银镖，向山野僧上中下三路射来。山野僧早已瞥见，叫声"不好"，慌忙停止了步，把他手中锡杖，舞动得一片白光，水泄不通。只听叮叮当当一阵乱响，那八支银镖便纷纷坠地。

待山野僧再跳上屋顶，那三人早已不知去向，连黑影子都已无着处了，心头真是懊恼十分，只得快快地回到大殿上来。见莲贞拿了宝剑，也追出来，一见山野僧，便忙问道："这一班狗男女呢？"

山野僧闷闷道："都逃走了，你在什么地方呀？"

莲贞笑道："咱在里面睡觉哩！你不是出去了吗？怎样却和那班狗男女在厮杀呢？"

山野僧还以为她不知道，便也说谎道："咱也只有刚才回来呢！不料就有那班狗男女来寻事，真正气人。"

莲贞道："你可晓得他们是叫什么名字？"

山野僧道："一个叫花爱卿，一个叫何志飞。还有一个女的却不认识，她的容貌却和姓花的差不多，真是一对可人儿。"

莲贞听了，便把秋波瞟他一眼，冷笑道："那么大师父怎的不留住她去玩一会儿呀？"

山野僧见她吃了醋，只得赔笑说道："这种女人谁稀罕她，咱有了你这个活宝，咱什么女人都不想要了。"说着，丢下锡杖，便把莲贞身子抱起，直到藏春室里去了。

两人到了藏春室，山野僧笑道："咱的好姑娘，你快跳上床去，显些本事给咱瞧瞧吧！咱今夜非把你直捣黄龙，叫你讨饶不可哩！"

莲贞这时也早耐不住了，咪咪笑道："你不要夸海口，姑娘今夜不叫你屈服，定不肯罢休哩！"两人咯咯地浪笑了一阵，便搂抱着又去参他们的欢喜禅去了。

且说志飞、爱卿、玉蓝三人飞身出了皇觉寺，急急地奔了一程，方才停步下来。志飞说道："两位妹妹，咱的意思也不用回宿店里去了，咱们且先回到家里去再作道理，反正咱家里就在跟前哩！"玉蓝点头说好，于是三人到了何家村。

志飞找到了家门，伸手敲了两下。只听有人问道："是谁？"

志飞听出这声音是老仆何忠，因叫道："何忠，你快开门，大爷回来了。"

何忠一听是大爷回来，慌忙开门，说道："原来大爷回来了，昨天老爷和太太倒是曾经思念过大爷，说二小姐不知有找到了没有？"

志飞笑道："二小姐找回来了。"

何忠道："在哪里？大爷别和小的开玩笑吧！"

志飞笑道："你不信，你瞧瞧咱的后面是谁呀？"

何忠听了，连忙把中拿着的灯笼提高一些，向后照了照，果然后面尚跟着两位姑娘，容貌却有些相像，一时心中好生奇怪，便一面关上大门，一面接入厅堂，向志飞叫道："大爷，这两位小姐，到底哪个是咱的二小姐呀？"

志飞笑道："你倒猜一猜。"

何忠摇头道："咱们二小姐离家十多年，小的眼也花了，哪里还认得吗？"

玉蓝听了，抿嘴笑道："你不认识咱，咱倒认识你呢？"

何忠知道说话一个就是，便忙请了安，口叫："这位想是二小姐了。但那一位又是谁呀？"

玉蓝道："这是咱的师妹，花爱卿小姐，你快也见个礼吧！"

何忠听了，慌忙也请了安。志飞忙又问道："爸和妈呢？想是睡了吗？"

正说时，里面走出一个小丫鬟小英。何忠忙道："小英，你快去告诉老爷、太太，说大爷和二小姐都回来了。"

小英一听心中大喜，便嚷着进去道："老爷！太太！咱们的二小姐回来了。"

这时何德林和他的夫人正在房中吸烟闲谈，听了这话，直喜欢得跳了起来，连声问道："真的吗？"话还未完，只见志飞在前，后面跟着两个姑娘。两人见了姑娘有一对，心里却是一怔。那时玉蓝早已抢步上前，投到何太太的怀里，亲亲密密地叫了声"妈妈"，便呜呜咽咽哭了起来。何太太心中又喜又悲，因此抱着玉蓝，叫了一声"儿啊，真想死为娘了"，也不觉伤心地哭了。

爱卿站在旁边，瞧此情形，想起爸爸和哥哥存亡未卜，妈又不知下落，因此无限悲伤，陡上心头，眼皮儿一红，那眼泪忍不住也夺眶而出了。

志飞见了爱卿的意态，心中早已理会，遂向爸爸介绍道："爸爸，这位花爱卿小姐，是妹妹的师妹，这次和妹妹一同下山的。"说着，又向爱卿说道："这就是咱的父亲。"

爱卿听了，慌忙走上前去，恭恭敬敬地鞠了一个躬，叫声："老伯，小侄深夜惊扰尊府，请老伯恕小侄来得孟浪。"

德林说道："说哪儿话来，花小姐这话不是太客气了吗？"正说时，玉蓝已姗姗走到德林面前，盈盈跪了下来，说道："爸爸，女儿回来了，你老人家身体一向好吗？"

德林慌忙扶起，抚着他的乌亮美发，微笑道："咱的身体倒很好，只是心里时常记挂你罢了。"

玉蓝这时又把爱卿向妈妈介绍，爱卿也叫了伯母。何太太见爱卿和自己女儿竟长得一模一样，好像花朵儿一般，心里真喜欢得了不得，拉了爱卿的手儿，细细端详了一回，含笑问道："花小姐今年几岁了？"

爱卿羞答答地说道："咱今年才十五岁，比玉姐小一岁哩！"

何太太笑道："你们师姐妹俩好像脱了一个胎子似的，你们进来的时候，咱真要分不出谁是玉儿了。"

爱卿笑道："可不是？师父也常常说，咱收两个徒儿，倒好像只有收一个徒儿一样了。"大家听爱卿这样说，都忍不住笑起来。

这时小英拧上手巾，倒上了茶，请大家坐下。德林笑道："现在咱倒要问问你们经过的事情了，你们的师父到底是谁呀？"

玉蓝道："咱们的师父叫凡尘师太，原是峨眉祖师的徒儿，本领非常，咱在山上先住两年，后来爱卿妹妹也就来了。这次，女儿和爱妹一同下山，原是回家来拜见爸妈的。咱那日经过飞虎岭，便得了一柄宝剑，但为了得这柄虎头剑，却险些丧了女儿的性命哩！"

何太太听到这里，大吃一惊，啊哟了一声，急问道："这是为什么啦，敢是遇到了歹人吗？"

玉蓝摇了摇头，一面拉着爱卿的玉手，笑道："妹妹，咱先安了你的心，你的哥哥如玉已被玄贞子老伯救去收作徒儿了。"

爱卿骤然听此消息惊喜欲狂，急忙说道："玉姐，你这话可真的吗？咱哥哥你怎么认识的呢？"

玉蓝笑道："你且不要性急，咱慢慢告诉你吧！"说着，便把如何得虎头剑，如何救如玉，自己又如何患病，后来幸亏玄贞子老伯相救的话，详详细细地告诉了一遍。爱卿听了这话，放下了一头心事，不觉眉儿一扬，笑道："这样说来，咱要替哥哥向玉姐叩谢救命之恩了。"说着，便站起来要跪将下去，急得玉蓝把她身儿拉住，瞅他一眼，嗔道："你这人，和自己姐姐，还闹什么客套呢！"

爱卿笑着，一面要过她的虎头剑，细细瞧了一回，觉得果然好剑；一面忽又想着了一件事情，哦了一声，说道："姐姐，怪不得这个姓潘的姑娘，见了妹子，拿起戒刀，就要斫妹子，还要破口大骂，当时妹子真弄得'莫名其土地堂'，现在想来，这妮子一定把妹妹当作玉姐了。"

玉蓝含笑点头道："不错，这种淫贱女子，真是丢尽了咱们女孩儿家的颜面了，可惜没有把她结果呢！"

这时德林夫妇听了，都埋怨玉蓝说道："咱们的玉儿到底是太孩子气了，这样危险的事情，真也亏你会飞上去干的。那么要不是玄贞子老伯来救治，你不是要被火毒烧死了吗？"

玉蓝笑道："这是女儿富有冒险性，所以才能得着这样一柄好剑哩！"

这时爱卿知道哥哥已经脱险，心里虽然喜悦，但哥哥一脱险，那爸爸的罪一定更加重的，现在不知怎样处罚，万一定了死罪，那咱是多么的悲伤啊！爱卿心中既有这样的心事，脸上自然不免忧形于色。

何太太见了，因同她说道："花小姐的府上哪儿，老爷和老太太可都健康吗？"

爱卿听了，深深地叹了一口气，还不曾开口说话，那眼泪已纷纷掉了下来。志飞听了，因代她把过去的事情，向爸妈告诉了一遍。德林夫妇这才知这爱卿所以不快乐的缘由，因安慰他说道："花小姐，你不必忧愁的，想皇上乃贤明之主，九龙白玉杯究竟是谁所盗，自然有水落石出的一天。明儿且叫志飞去探听探听，也就知道了。"爱卿听说，连忙道了谢。

玉蓝道："爱妹放心，当时你哥哥也曾嘱咱探听伯父消息，明天叫哥哥先去探听仔细，若果然定了罪，咱们三人就亲自救去，把这昏君杀死，也就是了。"

志飞笑道："妹子又说孩子话了，把老伯救出来，也就是了，何苦又把皇上杀了，要杀也得杀屠自强父子去呢！"

玉蓝笑道："果然不错，咱实在是气糊涂了呢！"爱卿听两人这样安慰，也就稍宽心怀。

这时何忠来道："大爷的书房仍是东书房间，二小姐的呢？"

何太太道："那间东厢房里，原是留给二小姐睡的，你吩咐仆妇去收拾收拾清洁吧！还有花小姐，咱想且和玉儿睡在一起，两人有了伴儿，不是可以热闹一些了吗？"

爱卿说道："真对不起，可叫伯母操心了。"

何太太笑道："花小姐真会客气，咱们像自己人一样，你说这话，不是显见生疏了吗？"爱卿含笑不语。

玉蓝笑道："咱这师妹最爱闹客气，但是在咱那里，她就不敢了，因为咱是要打她的呢！"

何太太道："孩子别胡说，那你就太不客气了。"

志飞听了，向爱卿望着，只是哧哧地笑。玉蓝瞧此情景，心中也有一些明白哥哥和爱卿一定很有爱情，一时暗暗欢喜，便欲成全两人的姻缘。

这时小英走来说道："二小姐的卧房已经布置好了。"

德林道："今天已晚了，大家还是早一些睡觉，明天咱吩咐厨子给你们洗尘吧。"大家听了，这才道了晚安，各自回房。

且说玉蓝携了爱卿到了书房中，爱卿伸手按在小嘴上，打了一个呵欠。玉蓝瞧了，微微一笑，说道："妹妹，睡吧！"于是两人脱了衣服，爱卿先睡进被里。

玉蓝笑道："妹妹，咱们俩人睡在一头可好？"

爱卿听她这样说，红晕了脸儿，频频点了一下头，含笑说道："姐姐喜欢睡一头，那么就一头好了。"说着，便把身子扔过一旁，让出一半床铺地位。抬头见玉蓝，身上也只穿一套月白小纺的衫裤，娇小可爱，因催她说道："那么姐姐快睡进来呀，别冻了身儿，那可不是玩的呢！"

玉蓝听了，回眸瞟她一眼，露齿嫣然一笑，盈盈走来床边，跳进被里，哧哧笑道："妹妹，你不要性急，咱立刻就来了呢！"

爱卿听她竟讨起自己的便宜来了，便啐她一口，伸手在自己颊上划着，羞她笑道："姐姐，你瞧吧！怎么倒学做……不怕难为情吗？"

玉蓝见了，也自悔失言，羞得两颊绯红，但既已说出了口，便索性厚了脸儿，抱着她身子，咯咯地笑了起来。

爱卿眸珠一转，忽然又悄悄地向她说道："姐姐，咱的哥哥全仗

119

你相救，此恩此德，当然刻骨难忘。后来姐姐突又病了，那咱哥哥为了报答起见，他一定是殷殷服侍你的。咱想，哥哥现在被玄贞子老伯救去了，将来也是一个少年英雄，若有姐姐那样一位嫂子相配的话，那不是一对玉人吗？”

玉蓝骤然听她说出这话，芳心暗想：咱也正欲和她说这些话，不料这妮子竟先咱而说了，那真是两个心成一个心了，遂故意打她一下，娇嗔道：“妹妹，你怎么向姐姐取笑这个了啊？”

爱卿憨憨笑道：“妹子倒是真话，因为妹子很喜欢姐姐，假使要和姐姐不离开，那你除非是做咱的嫂子不可了。”

玉蓝红了脸儿，也还取笑她道：“妹妹，姐姐也非常喜欢你，所以姐姐心想，妹妹还是给咱做了嫂子吧！况且咱哥哥的才貌，虽非好到极顶，但到底亦可称少年英雄，若和妹妹配成一对，倒真个是一对玉人哩！”

爱卿听到这里，一颗芳心，也是又喜又羞，伸手急忙把她嘴儿扣住，笑嗔道：“你别给咱胡说八道地乱嚼吧！妹子可不依你了。”

玉蓝把她手儿握住，咪咪笑道：“谁胡说八道的，咱的妈妈也瞧中意了呢！刚才你不听她说彼此都是自己人吗？可见妈妈是要把妹子……”

爱卿听到这里，把手向嘴里呵了一口气，伸到玉蓝的肋下去胳肢道：“你再说下去，咱可不饶你了。”

玉蓝怕痒，忍不住咯咯地笑着，连连求饶。爱卿方才缩回了手，恨恨地白了她一眼，自己也咪的一声笑了。玉蓝噘了小嘴儿，把明眸睒她一眼，故作生气道：“妹妹自己可以说人家的，人家说了你，你就要呵人家痒了。那岂不是只许官兵放火，不许百姓点灯吗？”

爱卿听他这样说，抿着嘴儿憨憨笑道：“咦！姐姐这话奇怪了，妹子说你什么话啦？你倒说给咱听听。”

玉蓝见她刁得厉害，便也笑道：“那么姐姐说你些什么话，你倒也说给咱听听。”两人到此，互相搂抱在一起，忍不住又羞涩又得意地笑了。

到了次日，两人起身。小英端上脸水，给两人洗过。玉蓝问道："大爷可起来了没有？"

小英抿嘴笑道："大爷早起来了，他向婢子问了好几次，说二小姐和花小姐可起来吗？婢子说两位小姐正睡得浓呢！大爷听了，只好一个人坐在书房间里纳闷哩！"

两人听了，连忙抬头向窗外一望，只见太阳的光已悬在当空，差不多已近午时了。想是昨夜两人互相雅谑，所以忘了时光，今日便睡宴觉了。玉蓝回眸向爱卿望了一眼，不料爱卿也正在凝望自己，四道秋波，互相接触，这就忍不住会心扑哧的一声笑出来了。

于是两人携手，匆匆先到上房，向何太太请了安。何太太见这一对如花如玉的美人儿，心里真有说不出的喜欢，便拉了爱卿的纤手，凝望着她苹果般的粉颊儿，得意地笑着。爱卿被她笑得不好意思，因此低了蝤首，羞答答地抬不起头来。

玉蓝站在旁边，瞧了这个情景，便笑着说道："妈妈，你干吗？看什么新娘吗？咱的妹妹可怕难为情了呢！"

爱卿听了，这就愈加不好意思，两颊上盖了一层红云，啐她一口，也忍不住低头笑了。正在这个当儿，志飞从外面走进房来，嚷着道："妹妹，你们笑些什么呀，说给咱大家听听好吗？"

玉蓝一见哥哥进来，便哦了一声，笑道："哥哥，咱告诉你吧！妈妈把爱卿妹妹拉着瞧了又瞧，真好像瞧新……"

爱卿不待她说完，便把小脚儿顿了一顿，嗔她道："你再胡说，咱可捶你了。"说着，把纤手举起，向玉蓝一扬，做个要打的姿势。

玉蓝舌儿一伸，躲到志飞身后，咯咯地笑个不停。志飞知道妹妹一定在取笑她，一时心里不免荡漾了一下，凝望着爱卿掀起了笑窝儿的粉颊，忍不住也得意地笑了。

大家正在十分喜悦的时候，只见德林笑着进来说道："外面已经摆席了，大家快出去吧！"

爱卿忙说道："老伯为了咱，亲自地忙着，咱可真不好意思。"

德林笑道："别客气，咱们像自己人一样，还是随便些好。"

德林说自己人一样，原属无心。玉蓝听了，故意却瞟了爱卿一眼，哧哧地笑。爱卿想着昨夜玉蓝的话，一时羞得连耳根子都红起来。幸而除了玉蓝一个人注意外，大家都没理会，便一同走出厅堂上去了。

大家到了厅上，德林二老坐了首席，玉蓝请爱卿坐客位，叫志飞和她相对而坐，自己却打横坐在下首，握了酒壶，向何忠笑道："这儿没有外人，你可不用侍候。"说着，先向爱卿筛酒。爱卿哪里肯依，玉蓝只好先向爸妈筛了，然后方替爱卿、志飞筛了。她举着杯子笑道："爸爸妈妈，现在咱们一家团圆，共聚天伦之乐，大家应该痛饮不可哩！"

爱卿听了，暗想：咱算你家的什么人，怎么连咱也说进在内呢！回眸瞟了众人一眼，只见德林夫妇和志飞三人都在微微地笑，一时猛可理会过来，忍不住那两颊又笼罩了一层红晕。这一餐大家吃得都很高兴，每个人的笑容，差不多都不曾平复过。饭毕，志飞便别了众人，到京中去探听花廷豪的消息。直到黄昏时候，方才回到家里。这时大家都在上房中，一见志飞垂头丧气地进来，大家都吃了一惊。爱卿更急得站起来问道："志哥，咱爸究竟怎样了？"

志飞待说不说地支吾了一会儿，后来心想，反正又瞒不住，因只得老实地告诉道："如玉兄被救，白玉杯依然不知下落，解差逃回总督衙门告诉。屠自强便备了公文到京，说花老伯勾结大盗，半途拦截要犯。皇上见了这个公文，心中大怒，立刻把花老伯打入天牢。花老伯突然受此冤枉，心中痛愤万分。他原是上了年纪的人，谁知没有多天，竟气死在牢狱中了。"

爱卿听到这里，不觉气塞胸膛，大叫一声："爸爸啊！"身子竟向后跌倒，早已昏厥过去。

未知爱卿生死如何，且待下回再详。

第十一回

草庵停枢戴天仇必报
禅宫藏艳人妖迹可疑

话说爱卿忽听爸爸已死于牢狱之中，心里顿时一阵剧痛，只觉两眼晕花，身子早已向后跌了下去。幸而玉蓝站在她的身旁，连忙将她抱住，给她扶到炕榻上坐下。过了好一会儿，爱卿方才悠悠醒转，哭了一声："爸爸，你真死得好冤枉啊！"说罢，泪下如雨。

玉蓝眼皮儿一红，也淌下一滴泪来，拍着她的身子，柔声叫道："妹妹，人死不能复生，徒然伤心，也是没有用的。为今之计，且先将老伯的灵枢，设法运回，然后再向屠贼报仇，以慰老伯在天之灵。"

这时志飞亲自端上一杯茶来，交给爱卿，也温和地说道："妹妹这话不错，爱卿千万不要太以伤心。留有用之身，将来还得替老伯报仇雪恨哩！至于灵枢运回，咱可包在身上，准定设法给爱妹办去是了，爱妹这个可以放心的了。"

爱卿听两人这样安慰自己，心里十分感激，一面接过茶杯，一面收束泪痕，频频点头说道："多谢姐姐、哥哥这样爱护妹妹，衷心感激，没齿不忘。只是将来妹妹报仇之日，还请两位助妹子一臂之力吧！"

玉蓝、志飞听了，同声说道："这个理所当然，妹妹哪用说得。"

这时小英拧上面巾，给她拭泪，爱卿连忙道了谢。德林夫妇也在一旁劝道："花小姐，凡事都有定数，你自己身子保重，你爸爸虽

123

然含冤而死，将来自有明白一天的，那时仇人已死，想你爸在天之灵，亦定安慰的了。"

爱卿含泪点头，虽然无限悲痛，陡上心头，但这儿究竟是别人的家里，岂能给自己痛痛快快地哭一场呢？因此也只好竭力忍住悲哀，但那明眸里的泪水，却再也止不往滚滚地又沾上了满颊。

这时室内已上了灯火，仆妇开上晚饭。玉蓝道："爱妹，你别伤心了，事到如此，也只得想开一些了。咱们用饭吧！对于老伯灵柩之事，今天来不及，明天哥哥准定设法去运回来是了。"

爱卿含泪称谢，一面说道："妹子吃不下饭，老伯和伯母、姐姐请自己用吧！"

玉蓝拉着她手说道："饭怎能不吃，回头饿出病来，那可怎么办呢！"

志飞亦说道："妹妹的话正是，爱妹多少终得吃一些的。"

爱卿粉脸上勉强装出笑容，摇头说道："咱有胃痛的病根，心中不受用，若吃了东西，便要发作，所以还是不吃的好，请你们大家先用吧！"

何太太道："花小姐既这样说，那也不要硬劝她吃了。还是玉儿伴她到房中去躺会儿，万事都想开一些，千万不要太伤心了。"

爱卿点头答应，玉蓝遂伴她同到卧室里去了。两人到了卧房，爱卿到此，再也忍耐不住，不觉掩着脸儿，呜咽起来。

玉蓝把她扶到床上，急道："妹妹，你这……"

爱卿不待她说完，便泪眼模糊地凝望着她脸儿，哭道："姐姐，恕妹妹冒昧，不管一切地就在你府上哭了，因为咱若不哭一场，妹妹心头实在难受得厉害呢。"

玉蓝听她这样说，不免也伤心泪落，说道："妹妹这是什么话，姐姐劝你别伤心，原是叫你保重身体，今妹妹若心头难受，那你只管哭吧！哭了出一出气也好，闷在肚里也是不好的。"

爱卿听了，便伏在枕儿上，呜咽不止。玉蓝陪在床边，也是扑簌簌地淌眼泪。

爱卿哭了一会儿，忽然从床上坐起，回眸见玉蓝犹呆坐着陪眼泪，心里既感动又觉过意不去，遂停止了自己的呜咽，对她说道："妹子真也糊涂了，姐姐怎么不去用饭呀？"

玉蓝拿帕儿给她拭了泪，说道："那么妹妹也别哭了吧！"

爱卿频频点了一下头，忽然又叹了一口气，说道："咱原是好好一份人家，这次妹妹和姐姐一同下山，满望回家探望双亲，同聚天伦之乐，谁料到竟遭这样的惨变。如今爸爸是含冤而死了，妈妈又存亡不知。妹妹这样的不幸，姐姐，你想，怎不要叫妹子心痛肠断呢！"说到这里，那满眶子的悲泪，早又滚滚而下。

玉蓝听了这话，回想自己的幸福，这就更衬爱卿遭遇的不幸，心中一阵酸楚，拉着爱卿的手儿，忍不住也伤心地哭了。爱卿见她也哭，芳心感无可感，情不自禁地抱住玉蓝的脖子，叫道："姐姐，你快不要伤心了，咱怎能对得住你呀！"

玉蓝因也偎着她的粉颊儿，亲热地叫道："妹妹，那么你也千万别再伤心了，姐姐才放心呢！"

爱卿点头道："妹子绝不再哭了，姐姐就请你用饭去吧！"

玉蓝遂又好好安慰了几句，方才回身到上房里去。爱卿待玉蓝走后，想起自己的身世，暗暗又泣了一回。方欲脱衣就寝，只见志飞悄悄地进来，向爱卿叫了一声妹妹，爱卿连忙站起相迎。

志飞道："你坐着，别客气。咱想妹妹不吃饭也是不好，饿出病来那可不是玩的，所以咱已吩咐仆妇煮一些燕窝粥，回头妹妹千万要吃一些的。"

爱卿听他这样多情，芳心自然万分感激，秋波脉脉地向他瞟了一眼，无限温柔地说道："为了咱的事情，累志哥东奔西跑，咱心中已万分不安。今志哥为咱又这样操心，那真不知叫咱如何报答才好哩！"

志飞听她这样说，便走上一步，和她距离只有一尺模样站住，两眼含了无限诚恳的目光，向她玫瑰花儿般的两颊，凝望了一会儿，低声地说道："爱妹，说什么'报答'两字，你的爸爸就是咱的爸爸一样，咱只不过尽一些义务，请你千万别说这些话吧！"

爱卿见他这样说，芳心愈加感动，对他只微微地点了一下头，却是默默地说不出一句话来。两人相对站了一会儿，彼此虽然都有无限情意欲倾吐，但喉间终好像有什么东西塞住似的，到底一句话也不曾说出。

正在这个时候，忽听有人笑道："啊呀！你们为什么不坐下来说啦？这样站着不腿儿酸吗？两人听了，连忙抬头回眸望去，只见玉蓝满脸含笑地掀着酒窝儿走进来。志飞忙道："妹妹已用好饭了吗？你的饭真也吃得快了。"

玉蓝听说，咻咻笑道："快吗？其实咱饭是没有吃得快，都是为了彼此说话得情投意合，所以竟忘记了时间哩！"玉蓝说完了这话，把盈盈秋波，向两人瞟了一眼，露出雪白的牙齿，只是望着爱卿抿了嘴儿憨憨地笑。

爱卿听她话中有了骨子，而且她的笑，至少带有些神秘的意思，一时把两颊涨得绯红，秋波恨恨地白了一眼，垂了蠕首，自退到床边去坐下了。

志飞见了她这样不胜娇羞的意态，心里不免荡漾了一下，笑向玉蓝道："妹妹别胡说吧，咱进来也不多一会儿呢！"

玉蓝咻咻笑道："这样说来咱可错怪你们了。"

爱卿听志飞说明了，这就愈加感到难为情了，便只好也向玉蓝搭讪笑道："那么姐姐为什么也不坐呀？"

玉蓝听了，含笑挨近爱卿的身边坐下，抚着她纤手道："你们两人这样客气地都不肯坐，咱怎好意思坐呢？现在妹妹坐了，咱才敢坐呢！"

爱卿听她兀是向自己取笑，便轻轻地打她一下手儿，噘了小嘴，瞅她一眼，嗔道："姐姐再欺侮妹子，妹子可不依你哩！咱告诉伯母去，叫伯母捶你一顿哩！"

玉蓝嗤地笑道："妹妹这话真是天晓得的，姐姐怎么敢欺侮妹妹呢！你倒问问咱哥哥吧，咱可曾欺侮你？"

志飞听了，并不回答，只是抿了嘴儿笑。爱卿偷眼望了志飞一眼，见了志飞这个神气，芳心不免也又喜又羞，那颊上的笑窝儿这就始终不曾平复了。

这时小英端着一碗燕窝粥进来，放在桌上，说道："花小姐，多少请用些，太太说，饿着也不好的。"

爱卿忙道："这可真累坏你们了，叫伯母为咱这样费心，咱真感到不安呢！"

玉蓝拉着她手站起，到桌旁坐下，说道："闹什么客套，妈妈不是早说咱们像一家人一样了吗？"

爱卿听她在志飞面前，一味地取笑，一颗芳心，真是爱也不是，恨也不是，白她一眼，笑道："伯母待咱这样好，那真像咱的妈妈一样了。"

玉蓝摇头笑道："不像娘儿俩。"

爱卿听了一怔，忙问为什么。玉蓝却不回答，只管憨憨地笑，连志飞也扑哧的一声笑出来。爱卿眸珠一转，这才理会了，心中这一羞涩，真个连耳根子都红了，暗自想道：咱这人真也老实得可怜，怎么还会去问她为什么呢，那不是上了玉蓝这妮子的当了吗？爱卿愈想愈不好意思，愈不好意思，那碗燕窝粥也就更加吃不下去了。

玉蓝见她那两颊娇艳得可爱，纤手拿了银羹匙，只管呆呆地出神，因笑道："为什么不吃呀，敢是怕难为情吗？对了，哥哥别站着了，你再站着，咱的爱妹是更加要害羞哩！"

志飞听妹妹这样说，生恐爱卿着恼，自己站着不便，遂悄悄地真个退出去了。爱卿待志飞走后，就伸手向玉蓝肩胛恨恨地打了一下，娇嗔道："姐姐，你也打趣得够了，咱现在可要和你结总账了。"

玉蓝连忙站起身子，逃到窗边站着，弯了腰儿，咯咯地笑个不了。爱卿瞧她这个样儿，真弄得没了法子，也只好厚着脸皮，故作赌气似的不理睬她，自管低头吃粥了。玉蓝见她生气似的，便又悄悄地走了过来，在她对面坐下。爱卿只吃了半碗，也就停住。玉蓝一本正经地搭讪道："爱妹为什么不吃了，你胃儿这样弱吗？"

爱卿遂也装作没有事儿一般，摇头说道："不知怎的，腹中却一些不饿呢！"

正说时，志飞又匆匆进来，说道："咱明天把老伯的灵柩运回，妈妈说爱妹身上还全是荤衣服哩！所以回头叫爱妹到上房去量一量尺寸，叫裁缝赶紧地制起来吧！"

玉蓝一听，忙说道："果然不错，到底老人家想得周到哩！"

爱卿听何太太这样关心自己，心里真是感激到极顶，不免又淌下一滴泪来。

于是三人又到上房，裁衣匠早已候在房中。

只见何太太从橱里拿出一匹白绫，放到桌上，见了爱卿，便说道："花小姐，快来量衣。"于是裁衣匠遂把爱卿衣服尺寸大小量了去，说今晚开夜工，明天午前到，说着，便自去了。

爱卿这时便向何太太盈盈跪了下来，亲热地叫道："老伯母为小侄女这样操心，小侄女实在感到心头，真不知叫咱如何报答呢？"

何太太连忙把她抱起，抚着她的纤手，慈祥地说道："花小姐和咱玉儿是个师姐妹，老身说句不怕花小姐见笑的话，咱们原像娘俩儿一般，你还用客气吗？"

爱卿淌泪道："伯母说哪儿话来，若蒙不厌侄女丑陋，就收侄女做了义女吧！"

何太太笑道："只要咱们亲热些，何必一定要有一个名义呢？"

玉蓝听妈妈不肯承认，这就知道妈妈心中另有作用，芳心暗喜。回眸瞧志飞，他也正在咻咻地得意笑哩！爱卿心中似乎也有一些理会，遂也不说什么了。大家静了一会儿，爱卿说道："侄女心想，爸爸灵柩暂时且先寄放在就近庵堂里，且待将来带回乡去下葬，这样不是很好吗?"

何太太想了一会儿,说道:"这样很好,离此三里,有一个小庵,当家妙贞咱是认识的,明儿玉儿只说是咱介绍去的,她一定会招待你们哩!"玉蓝听了点头答应。大家又谈了一会儿,劝了一会儿,方才各道晚安,回房就寝。

次日,志飞别了众人,先往京城而去。这里将近午时,裁衣匠把衣服送到。爱卿含泪换了一身素服,和玉蓝叩别德林夫妇,动身到小庵里。妙贞师太接见,一听是何太太的小姐和侄小姐,便满脸含笑地殷勤招待。玉蓝说明来意,妙贞师太连说答应,当下就在庵里素斋。斋毕,又在各处佛殿上闲逛了一会儿。

时已申刻将近,忽听外面放了三个高声,爱卿、玉蓝知道灵柩已到,两人急急赶出。只见四个脚夫抬一具桐棺在前,后面跟着志飞,很快地走来。爱卿到此,已是泪水夺眶而出。

妙贞领他们到一间空屋子里,脚夫把棺安放停妥,志飞便到外面去打发酒资。爱卿早已抱住灵柩,放声大哭,无限地伤心,激起了爱卿心头的怨愤,泣血的沉痛,似江潮般地澎湃。她伏在棺上,乱撞乱颠地哭了许久,直哭得声嘶力竭,竟哭倒在地上。玉蓝站在旁边,瞧此凄惨的情景,又听此哀哀欲绝的啼声,直好像巫峡啼猿,杜鹃悲鸣,令人酸鼻,不忍卒听,心中无限悲酸,忍不住那满眶子里的热泪,也扑簌簌地滚了下来。

这时志飞也走了进来,见爱卿哭得这个模样,因含泪向玉蓝说道:"妹妹,你怎么也尽管陪着哭呀!快劝劝她吧!"

玉蓝听了,方才走近爱卿的身边,劝着叫道:"妹妹,快不要哭了,你自己身子可要紧哩!"爱卿哪里听见,自管直声哀号。

那时妙贞已叫庵中仆役端了一张桌子进来,放在灵柩面前,点起香烛,并将预先备好的祭礼供上。爱卿遂拜了下去,一面哭道:"爸爸,爸爸,你老人家死得好苦啊!女儿离家十年,想不到从此竟永远瞧不见你的脸儿了。但女儿活在世上一日,终得替你老人家报仇的。凭你英魂不远，定能保佑女儿成功，达到了愿望。到那日手刃仇人的头颅，再向爸爸的灵前供祭。爸爸魂而有知，亦当安心是了。"说罢，号哭不已。既拜了下去，却再也爬不起来，大痛无休。

志飞、玉蓝听了，也挥泪不止。玉蓝见她哭个不停，遂把她扶起，哭着叫道："妹妹，你且停停儿，别太伤心了，咱的心也被你哭碎了。"

爱卿到此，也自觉无泪可哭，唯有抽噎而已。志飞那时也走了上去，跪倒在地，拜了四拜，含泪说道："老伯在天之灵，听小侄禀告。仇人屠自强父子两人，咱们如在人世一日，必替老伯报仇雪恨的。"说完，只觉一股心酸，冲上鼻端，忍不住也落了无数悲泪。

志飞拜罢，玉蓝也拜祭过了。爱卿此刻坐在椅上，尤是呜咽而泣。志飞遂代为焚帛奠酒，默默地又祝祷一会儿。仆役送上了手巾，玉蓝亲自拿给爱卿拭泪。

这时室中早已上灯，妙贞请三人到禅房宽坐，于是三人便到禅室坐下。妙贞端出干点心来，并又泡上香茗。玉蓝见时不早，遂取出十两银子，作为酬劳，便即告别。妙贞尚欲留饭，玉蓝婉言谢绝。临走，三人又到廷豪的灵前叩别。爱卿在灵柩面前，痴立多时，长叹一声，泪下如雨。玉蓝拉着她手说道："妹妹，咱们走吧，怕爸妈老人家心中要记挂哩！"爱卿无奈，于万分依恋不舍之下，只得跟随玉蓝、志飞出了草庵，妙贞送到门口方回。

这时天色早黑，三人抬头见碧天如洗，万里无云，第见一轮皓月，当空而挂。爱卿因月圆而人未圆，心中倍觉悲伤。当夜风吹在三人的脸上，彼此都感到了一阵说不出的凄凉。到了家里，德林夫妇正等三人吃夜饭。爱卿哪里吃得下，推说头疼。玉蓝、志飞苦苦相劝，爱卿因情意难却，只好略用一口，应个景儿。

何太太说道："花小姐今天定已够疲劳了，还是早些休息吧。"

玉蓝点头说好，于是大家各道晚安回房。谁知到了次日，爱卿身上发热，竟真的病了起来，一颗芳心，自然万分焦急。玉蓝、志飞却劝她不要忧愁，好好地静养，一面请医诊治，一面吃药调理。何太太和德林也常来安慰，爱卿感到心头，在枕边连连颔首。

光阴匆匆，不知不觉爱卿的患病，已有两个月了。虽然病已痊愈，但两颊瘦削，两眼凹进，身体竟大不如前了。玉蓝叫她不要性急，终得身子完全复原了，再去报仇未迟，爱卿没法，也只好静静地在何家庄上养息了。

不说爱卿在玉蓝家里养病，再说皇觉寺里的山野僧既得不到爱卿的好处，只好把潘莲贞作为代表。那夜两人在藏春室中参了欢喜禅，莲贞大卖其力，山野僧格外巴结，拼命奉承。两人整整乐了一夜，心满意足，都非常高兴。从此以后，你贪我爱，两人又玩了一个多月，方才有些厌了起来，莲贞便告别要走。山野僧见她要走了，心里倒有些恋恋不舍起来，便问她说道："你预备到什么地方去？"

莲贞笑道："姑娘到处为家，哪里有一定的地方吗？"

山野僧抱住她的身子，捧过她脸儿，吻了一下，笑道："咱和尚吃十方，姑娘倒要吃十一方哩！"

莲贞听了，不禁咯咯笑道："大师父这话真不错，姑娘连大师父都要吃进在内哩！"

山野僧笑道："那么姑娘今晚且再宿一宵，大师父临别再要给你大吃而特吃，作为纪念可好？"莲贞听了这话，笑得弯了腰肢，几乎透不过气来。于是莲贞在皇觉寺里又住了一宵，到了次日，方才握手分别而去。

且说莲贞一路且行且宿，心里暗暗盘算：咱的师姐马梨影比咱早下山半年，她当时曾对咱说，咱下山后，叫咱到她那里去玩，现在咱反正左右无事，何妨到她那里去走走呢。莲贞打定主意，遂一路向广西进发。

这天到了山东省长山县地界，经过一座山岭，时已近晚，莲贞因要紧赶路，错过宿头，心中颇为焦急。忽然瞥见那半山之上，在树梢蓬中露出一角黄墙头来。莲贞知道上面有了寺院，心中大喜，遂加快步伐，走上山去。此刻一钩新月，已从云堆里掩映而出。

莲贞到了半山，抬头见山门已闭，上书"道清庵"三字，心中暗想：原来不是寺院，却是庵堂哩！因此满肚的希望，又淡了下来。但为了没处借宿，也只好伸手敲门。不多一会儿，只见一个老媪出来开门，问道："姑娘可是进香吗？"

莲贞摇头说道："姑娘乃是路过这儿，因天色已夜，恳情借宿一宵，明儿多谢你们香金是了。"

老媪点头道："姑娘且进来里面坐一会儿，待咱和当家去说一声吧！"

于是莲贞跟她进内，关了庵门，走到佛堂上，只见里面走出一个师太。老媪上前说知缘由，那师太听了，把眼儿向莲贞瞟了一眼，便满脸含笑地答应。老媪见当家答应，遂自管走开。莲贞上前说道："这位想是当家师太了，咱因路过宝庵，所以特来借宿，多承师太允许，感激得很。请问师太法号叫作什么？"

那师太含笑说道："咱叫子贞，请问姑娘贵姓大名？"

莲贞笑道："咱姓潘名叫莲贞。"

子贞师太一听，便笑盈盈说道："这样说来，咱们竟是姊妹了，快请里面坐。"说着，便伸出纤手，携了莲贞的手儿，向禅房里走去。

莲贞见她显出这样亲热的神情，芳心好生奇怪。不免向她细细打量一下，只见她年约二十，头顶虽然是光秃秃的，但那两条细长弯弯的眉毛，却是十分翠淡。柳眉下又覆着两只灵活的眸珠，显出十足风流的样子。殷红的嘴唇，也娇小得可爱。莲贞心中暗想：倒是一个挺好的模样儿，虽然彼此都是女身，但也不免惺惺相惜地爱怜起来。

两人到了禅房，子贞请她坐下。小尼上来倒茶，莲贞含笑道谢。子贞师太也细细向莲贞凝望一会儿，脸上浮着笑容，问道："姑娘是哪儿人？怎么一个人在道路上走？不知有没有同伴呢？"

莲贞笑道:"姑娘原是河南人,一个人走路那要什么紧,不是姑娘夸口,土匪强盗见了姑娘,都要喊老祖宗呢!"

子贞师太听了这话,心中暗想:这位姑娘可不得了,定是有本领的人了,因笑着说道:"原来姑娘有如此厉害,那贫尼真是有眼不识泰山了。"

莲贞原是个喜欢人奉承的姑娘,见她很会说话,芳心颇觉喜欢,便抿着嘴儿哧哧地笑。这时小尼又来说道:"里面已舒齐了,请姑娘里面坐。"

子贞师太听了,便又携着莲贞说道:"潘姑娘想还不曾用过饭,贫尼略备一杯淡酒,请你不要客气吧!"

莲贞听她这样客气,便亦含笑随她进内,穿过了一重院子,到了一个卧房,子贞师太掀起门帘,请她进去。莲贞一脚跨进,只觉细香扑鼻,里面用具,一切都富丽堂皇。只见上首铺着一张紫檀木的牙床、印花的纱帐、雪白的被单、绣花的锦被、鸳鸯的枕儿。哪里像是姑子的卧室,竟像贵族小姐的闺房一般了。正中桌上已摆了酒菜,两副银杯筷。莲贞心中暗想:这个师太定是风流种子,但咱又不是一个年轻男子,她却为什么如此殷勤相待,莫非今夜要和咱研究同性恋爱吗?这个姑娘倒从来不曾玩过,今夜不妨试试,定是别有风味哩!

莲贞这样想着,子贞师太早把手儿一摆,拉她并肩坐下,亲自替莲贞筛了一杯酒,微微笑道:"姑娘别客气,没有什么好的菜,只不过咱待姑娘一些心罢了。"说着,举起杯来,两人碰了一碰,便一饮而干。两人喝了一会儿,都略有醉意。子贞师太把纤手搭在莲贞的肩胛上,斜也她一眼,笑道:"不是贫尼奉承姑娘,姑娘的容貌,真可谓天上有人间少了,不知今年多少青春了?"

莲贞趁势把她手儿握来,也望着她笑道:"咱今年二十一岁了。师太的脸蛋儿可也不错呀!"

子贞师太嫣然一笑,说道:"不见得吧!咱们倒比一比看,究竟谁美呢?"说着,彼此伸出纤手,只觉子贞师太的手儿,真个是十指尖尖,比较莲贞更要纤嫩三分哩!莲贞又要比手臂,比腰身儿,比金莲。只见子贞师太的金莲,实在窄小得可爱,莲贞握在手里,真是爱不忍释,秋波望着她红润润的脸颊儿,笑道:"子贞师太,你生得这一副好模样儿,干什么要出家呀?"

子贞师太笑道:"不瞒姑娘说,咱本是好人家的女儿,不料丈夫死了,所以咱万念俱灰,便出家为尼了。"

莲贞说道:"死了丈夫那要什么紧,不好再嫁人吗?你若终身遁入空门,不是人生毫没趣味了吗?"

子贞听她这样说,心中不觉大喜,便笑道:"但是现在咱已觅到了一件宝物,所以虽然没有男人陪伴,咱每天也万分快活呢!"

莲贞听了,芳心一动,慌忙问道:"你这话可真的吗?这件宝物到底是怎么样的东西,你可否拿给姑娘瞧一瞧吗?"

子贞师太摇头笑道:"这件宝物只能够使用,却不能瞧的,使用的时候,也非熄灭了灯火不可哩!否则是没有效验的了。"

莲贞凝眸沉思半晌,似信不信地问道:"但是怎么样使用呢?"

子贞师太道:"使用的时候,却也要两个人哩!所以咱每夜终叫一个小尼陪伴睡的。"

莲贞笑道:"哪有这种好宝贝,姑娘可有些不相信哩!"

子贞师太望着她憨憨笑道:"姑娘不相信吗?你可要试验一下?"

莲贞听她这样说,红晕了两颊,秋波瞟她一眼,忍不住嫣然一笑。子贞师太瞧她这样不胜娇媚的意态,便伸手搂着她脖子,偎着她的粉颊儿,悄声儿笑道:"彼此都是女孩儿家,哪怕什么难为情呢!潘姑娘,咱告诉你,这宝物和男子的味儿有些差不多,姑娘回头尝着了滋味,一定会点头称妙哩!"

莲贞被她说得心里痒痒的,一时欲火高燃,情不自禁地也紧搂着子贞脸儿,狂吻了一阵。子贞见她也是一个风骚的姑娘,心中大喜,便和她携手到床上。大家脱了衣裤,莲贞见她皮肤细腻白嫩,两股之间，芳草鲜美，有小峰略略凸起。尤其那双小脚儿俏丽十分，细细把玩，实在令人意销。可惜咱不是一个男子，不然真可以乐而销魂哩！莲贞正在暗暗打量，子贞扑哧笑道："大家都是女身，你怎么老瞧着咱呀？姑娘自己不是也有的吗？"

莲贞听了，哧地一笑，忽然瞥见到子贞师太的胸前，心中这就暗暗称奇，想道：子贞师太什么都具有肉感的美丽，怎么两乳却是平坦大道，一些也不见高峰呢！心中正在纳闷，子贞师太早把灯火吹熄，将莲贞身子紧紧搂住，一起一伏地便大干起来。莲贞觉得这个宝物，竟完全和男人家一样滋味，一时芳心，又惊又奇，急忙伸手到下面去一摸，不料子贞师太竟生着和男子一样的东西。心中暗想：刚才咱亲眼瞧见，明明是芳草鲜美的一个桃花源，怎么此刻竟变化了呢？那宝物倒实在是美妙无此。想到这里，心中终觉十分狐疑，遂又再去一摸，不料这个宝物完全是生根在子贞师太的胯间。莲贞到此，大吃一惊，娇声喝道："你这女人，快点亮了灯火，待姑娘瞧个明白，这到底是怎么一回事呀？"

只听子贞师太哀求着道："姑娘快不要发怒，咱实在是一个男身呀！"

莲贞一听，骇异非常，因说道："你且快亮了灯，姑娘绝不加害你的，你放心是了。"

子贞师太只好起来，仍又点亮了灯火。莲贞急忙低头向她胯间一望，顿时目瞪口呆，竟果然是男身哩！不禁咦咦起来说道："你……你到底是什么人，若不说个明白，休怪姑娘翻脸无情。"

诸位阅者，您怕也要不明白了吧！原来子贞师太原是一个男身，和明贞师太是个好友，两人吃了化身的药粉，他们的阳物便会缩了进去。两人因为生得模样儿好，便异想天开，把脚缠小，故意削发为尼，在道清庵里出家。凡有官府太太、富家小姐来进香的时候，子贞师太和明贞师太便殷勤招待，留饭留宿。爱美乃是人之天性，太太小姐们见两人生得如此俏丽，个个都喜欢和她们亲近。到了晚

135

上，也是彼此比头比脚，花言巧语，到后来没有一个不失身在他们的手中。贞节的太太小姐，从此便绝迹不来了；爱风流的太太小姐姐，遂把两人当作了男妓，借进香为名，实则来庵中幽会，因为这样鬼不知神不觉的，实在是非常的神秘。这种不男不女的尤物，有的称之为人妖。

且说子贞师太当时经莲贞喝问，便只好从实告诉。莲贞听了，方才恍然明白，但是这种事情，到底世上罕有，不料今日给姑娘遭遇，那真是给姑娘多了一种见识。可知天下之大，真所谓无奇不有了。想到这里，忍不住扑哧的一声笑了出来，伸手捏着他的三寸金莲，一面又到他胯间去摸索，咯咯地笑道："你这人不男不女，真是世间上的人妖了。"

子贞师太一骨碌翻身覆了上去，吻着莲贞的脸颊笑道："咱来奉敬姑娘吧！"说着，两人哧哧地浪笑了一阵。不料正在这个当儿，忽然砰的一声，房门外踢进一个少年来，手执宝剑，直奔到床上。见了两人情景，竟不管三七二十一地就是一剑挥了下去。只听嚓的一声，飞溅起了无数血花，只见子贞师太的头儿，早已掉了下来。莲贞大吃一惊，慌忙纵身跃起，猛可向那少年扑了过去。因为是骤然之间，那少年猝不及防，身儿竟被莲贞压倒在地上了。

未知这个少年是谁了，且待下回再行分解。

第十二回

如花美眷洞房春无价
似梦姻缘歧途泣奈何

　　阅者诸君还记得爱卿对志飞说除了一个师姐外，尚有一个师弟周美臣吗？原来美臣在山上自从送别玉蓝和爱卿下山后，光阴匆匆，不知不觉地早又将近半年。他心里便也想到外面各处去走走，只是在师父面前说不出口。凡尘师太见他每天闷坐洞中，好像颇不快乐的样子，哪有不知道他的意思。这日遂叫他到面前，对他说道："你是七岁到山上的，现在也有八个年头了，瞧你本领也不弱，尽可以替为师的到外面去干些有益的事情了。"

　　美臣听师父已有叫自己下山之意，心中大喜，立刻拜伏在地，叩头答道："多承老人家十年教养，小徒恩同再造。今听师父金玉良言，敢不遵命？"

　　凡尘见他年纪最小，人也聪敏，心中也很欢喜，便将他扶起，说道："汝幼丧父母，兄嫂待你颇薄，汝之身世，也可谓可怜，故而为师携你上山。如今汝艺成下山，对你兄嫂，切不可存怀恨之心，依旧要相亲相爱，那么汝父母在天之灵，定亦安慰多多了。"

　　美臣含泪点头道："哥哥待咱不薄，嫂虽量窄，此乃妇人通常之病，徒儿岂敢怀恨在心？叫徒儿如何对得住已死的爸妈呢？"说罢，泪下如雨。

　　凡尘听了，知美臣乃血性儿女，心中颇慰，遂又说道："吾徒言之有理，今为师的嘱咐汝，汝下山后可到大师姐那里去探望一次，

137

因为汝二师姐亦在，将来汝可助彼一臂之力。"美臣连连答应，遂到后面，整理一个包袱，带了一柄宝剑，别师下山。

临别，凡尘师太忽又把他叫住，说道："吾徒此次下山，定有喜事缠身，然不可胡为，切记，切记。"

美臣听了，心中好生奇怪，方欲问徒儿喜从何来，但凡尘师太早已进洞去了。美臣也只好回身下山，一路向河北省宛平县而去。

美臣昼行夜宿，这天到了山东省淄川县地方，时已黄昏将近。美臣抬头见前面一片原野，两旁树林密密，斜阳的余晖，反映到绿绿的叶子儿上，便添上了一种淡红的色彩，远远地望去，倒颇觉有些画意。因贪玩一路的景致，不知不觉竟错过了宿店。此刻淡蓝的天空中，五彩的云霓已经消逝了去。一钩新月，已从柳树梢头上显了出来，美臣仗着自己一身本领，心里倒也并不焦急，暗想：既没有宿店，咱就走一夜何妨，明天待找到了客钱，不是很可以好好地睡一宵吗？

正在想时，忽然见月光依稀之下，树林里窜着黑越越几只走兽来，向前面道路上急急奔去。美臣不知何物，方欲追踪上去瞧个仔细，忽听耳旁有呼救命之声。这声音极其尖锐，好像是个女子模样。美臣心中好生奇怪，如此荒郊黑夜，哪来女子，难道也和咱一样地错过了宿店了吗？但既听见有人呼救，终得前去一救。于是美臣急寻声而往，只见那边树旁有一老叟和一老媪跌倒在地，另有一年轻女子，跪在地上，向一个面目狰狞的大汉求饶。美臣心想：这明明是盗匪路劫客商财物，咱若不救，更有谁来。遂一个箭步，飞上前去，手握宝剑，大声喝道："何方来的狗强盗，胆敢拦路行劫，今日撞在小爷手里，真是你的末日到了。"说罢，便即挥剑斩去。

说也奇怪，那大汉见了美臣，竟不知去向，连黑影也不见了。美臣倒不觉一怔：什么？难道他有隐身之法吗？不然咱这一剑斩去，他哪有逃得这样快速吗？正在暗暗称奇，那一叟一媪和一女子，早已跪在美臣面前，叩头便拜，口叫："多蒙小英雄相救，真是咱们的

138

再生父母了。"

美臣连忙把老叟扶起，一面向两人连连挥手，意思也是叫她们起来，一面也说道："老丈不必客气，锄强扶弱，救善除恶，原是咱们年轻的人应尽的责任，这些小事，可不必挂在心上的。但咱要问你一声，如此荒郊，且时在深夜，你们二老一弱女子，怎么竟有如此胆量，还要出来行走呢？"

那老叟说道："咱们父女三人，原是在亲戚家里做客，因离家尚近，所以晚餐毕，便即告辞，不料行至半途之上，就遇到了匪徒拦劫，若不是大爷前来相救，咱父女三人只怕性命不保了。"说罢，又吩咐母女两人一同叩下头去。慌得美臣连忙让过一旁，连说起来。老叟问道："恩公不知贵姓什么，大名什么？这样黑夜里，如何一个人尚在急急赶路呢？"

美臣道："咱姓周名美臣是也，这次原是别师下山，不料因一路贪玩风景，以致错过宿店了。"

老叟道："原来如此，敝舍离此不远，恩公若不嫌敝舍简陋，请恩公前去一宿如何？"

美臣暗想：谁知救人倒救出好处来了，忍不住微笑道："多谢两位老人家美意，但咱恐怕有许多不便吧！"

那老媪听美臣这样说，便也插嘴说道："恩公说哪儿话来，这又有什么不便呢？敝舍并无他人，房屋倒还清静，恩公千万赏个脸儿，答应了咱们吧！"

老叟也劝个不住，只有那少女低着粉颊儿站在一旁，只把那纤手玩着衣角儿出神，好像不胜娇羞的模样。美臣见他们情意真挚，自己正苦无处借宿，也就答应下来。于是四个人走在一起，便向前走去。不多一会儿，那老媪连说："到了到了，咱可真走不动了呢！"

老叟向那少女道："三媛可搀妈走。"

少女答应，便上前扶着老媪的胁间。美臣抬头，只见四郊寂寂，旁边果有一座楼房，似大户人家模样。老叟回头对美臣笑道："敝舍

139

就是此地，恩公可乏力了吗?"

美臣笑道:"咱日行千里，夜行八百，这一些路程，怎么会乏力呢!"说罢，忍不住大笑起来。那少女见美臣大笑，便把秋波脉脉含情地向美臣瞟了一眼，不料事有凑巧，美臣无意中竟和那少女瞧个正着。四目相窥，大家都有些难为情，美臣连忙停止了笑，谁知那少女却抿嘴嫣然笑了。就在这个当儿，那老叟敲开了门，只见里面走出男女仆妇十数个，都满脸堆笑地口喊:"老爷、太太、三小姐回来了呢!"

于是大家到了厅堂，见里面灯火辉煌，一切摆设，古色古香，竟像官家神气。老叟先请美臣坐下，这个丫鬟伴着那少女向美臣福了一个万福，便姗姗地回闺房里去，临去那秋波向美臣一瞟，不禁又露齿一笑。因为刚才外面黑暗得伸手不见五指，那少女的容貌自然没有瞧清楚。此刻在这样灯火通明之下，美臣瞧了，不禁惊为天人，哪里又禁得她盈盈临去秋波，一时也不禁为之神往了。

那时仆妇端上茶来，见美臣这个模样，叫声"大爷用茶"，又望他微微一笑。美臣这才知道自己举止未免有失礼地方，一时微红了脸，只得道了一声谢，低头无语。但中心又一阵一阵地细想，这也奇怪，想不到这样冷僻的荒郊里，竟造着这样一座富丽堂皇的房屋，莫非咱遇了什么鬼怪了吗?虽然咱是不会害怕，但咱倒也要向他问个仔细哩!遂又抬起头来，向那老叟问道:"请问老丈尊姓大名，怎么会携眷住到如此冷清的地方来呢?"

那老叟听问，便长长地叹了一口气，说道:"咱姓金名如泉，娶妻曹氏，共生三女，长次皆不幸早亡，只剩下三小女碧玉，因此老朽夫妇爱若掌上明珠一般。老朽原籍四川巴县人，曾任过知县，后因上司的儿子，看中了三小女，强欲聘去做妻，小女抵死不允，故老朽情愿抛弃小小一顶纱帽，挈眷到此，每日过逍遥自在的生活，倒颇觉清闲哩!"

美臣听了这话，说了一声"原来如此"，遂深信不疑。这时仆妇又端上银耳燕窝茶来，美臣向如泉说道："老丈待咱如此客气，倒反使咱可有些不好意思了。"

如泉抚着下巴上的雪白银髯，微微笑了一笑，说道："恩公在上，听小老儿禀告一事，不知恩公可能允许吗？"

美臣听他这样说，心中好生狐疑，回眸向曹氏望了一眼，只见曹氏眯了眼睛，也很得意地笑着。一时愈加不解，遂忙问道："老丈说哪里话来，只要咱能够做得到的，是没有不帮助你的。"

如泉手指曹氏，笑着说道："这是内子的意思，咱们多蒙恩公相救，方才得以活命，衷心感激，没齿不忘。今三小女年方十五，尚未字人，平生最敬爱年少英雄，意欲将小女配与恩公作室，一则聊以报答恩公救命之恩，二则也达了小女的愿望。不知恩公可嫌小女丑陋，而见却否？"

美臣听了这话，一颗心儿，别别乱跳，暗自想道：咱下山的时候，师父曾向我说往后定有喜事缠身，莫非就应在今夜的事吗？不免暗暗欢喜。但一个年轻的人，立刻就答应下来，到底有些难为情，不禁红了脸，支吾了半晌，说道："老丈美意，咱虽然十分领情，但咱原是到处为家，行踪无定，恐有累令爱，所以不敢应命。"

如泉忙道："恩公切勿这样说，有道是嫁鸡随鸡，嫁犬随犬。小女既嫁恩公，当然追随恩公左右。只要恩公金口一诺，今晚即可举行婚礼成亲的。"

曹氏也劝道："咱二老感恩公相救，无以为报，今将小女相嫁，聊以报答大恩。若恩公不肯屈就，使咱们三小女不是无颜为人了吗？"

美臣瞧此情景，只好答应下来，起身向两人跪了下去，拜了八拜，口称："岳父母在上，如此小婿拜见了。"

如泉夫妇心中大喜，一面扶起，一面吩咐丫鬟到闺房，叫三小姐梳妆打扮，即刻便做新人，和美臣恩公行交拜礼了。这里众仆人都十分忙碌地陈设厅堂，不多一会儿工夫，只见厅上早已布置焕然一新，桌上高燃龙凤花烛。如泉又叫丫鬟伴姑爷到浴室里去洗澡更衣，待美臣浴罢出来，见厅上已有乐队候着奏乐，心中好生奇怪：哪里叫来的乐队，竟有这样的快哩！正在想时，那音乐已悠扬而起，只见对面套房中两个丫鬟，已扶新人慢步而出。随着乐声，美臣已和碧玉并肩而行，轻轻地到了厅上。两人先拜天地，又行了交拜礼，然后又向如泉夫妇双双拜了，这里众丫鬟、仆妇都含笑前来叩见姑爷和姑奶奶。一切礼毕，丫鬟捧着花烛，方才送入洞房，美臣一脚跨进新房，只觉有股细香扑鼻，房中包含了无限的春意。紫檀木的大床、绣花的锦被、鸳鸯戏水的枕儿，玻璃大橱、妆台，无不设备周到。丫鬟把花烛放在梳妆台上，一面叫声"姑爷姑奶奶请坐"，一面拿过一盆百子糕，请两人用些，然后在房中又设一席，山珍海味，陈列满桌，碗筷酒杯都用银制。一切舒齐，又请两人更衣，卸了晚装，方才又请两人入席，相对而坐。丫鬟笑盈盈地握着酒壶，在两人杯中满满筛了一杯，口叫"姑爷姑奶奶用酒"。美臣回头望她一眼，微笑道："你叫什么名儿？"

丫鬟笑道："婢子叫翠红，原是小姐房中服侍的。"

美臣点了点头，忽然红晕了双颊，向翠红说道："今天你们可辛苦了，还是早些休息吧！"

翠红听他这样说，又见他这个神情，心中早知其意，便抿嘴嫣然一笑，掩上门儿，悄悄地走出去了。

美臣见房中已无别人，遂把明眸向碧玉细细打量。只见她美发如云，眉如远山隐，眼如秋波横，两颊如出水芙蓉，小口如樱桃一粒，虽非国色天香，但实在也可称是一句美人了。碧玉始终是垂着粉颊儿，见他静悄悄地一无声息，芳心好不稀奇，遂微昂头儿，向他望了一眼，因此两人的视线又成了直角。碧玉见他呆呆地目不转睛盯住了自己，不免又盈盈一笑。美臣这才又醒来似的，举起酒杯，向她微笑说道："妹妹，咱们喝个和合杯儿吧！"

碧玉听了，似有不胜娇羞之意，把那纤纤玉手，也握着杯儿，和美臣的杯儿叮地碰了一响，大家都一饮而尽。

美臣得意万分，不觉春色横眉，对碧玉笑道："妹妹可不是叫碧玉，今年可不是十五岁了?"

碧玉眸珠一转，频频点了一下头，低声儿笑道："正是，哥哥如何知道，可不是咱的爸妈告诉你的吗?"

美臣笑道："不错。"

碧玉一面也替他筛酒，一面笑问道："妹子还没问哥哥今年青春几何了呢。"

美臣笑道："咱和妹妹同庚。"

碧玉忙道："原来你也十五岁，那你也许只好做咱的弟弟哩! 因为咱是生在正月初五的，不知你的生日在哪月里?"

美臣听了，哈哈笑道："你要做咱姐姐吗? 不行，不行，你初五生日，咱却是正月初三生的呢! 那你不是只能做咱的妹妹吗?"

碧玉红晕了脸儿，瞅他一眼，抿了小嘴儿，笑道："哪有这么样巧，你别给咱说谎吧!"

美臣摇头正色道："生日岂可以说谎? 姐姐、妹妹原是一样的，你如果要做姐姐的话，咱就喊你姐姐，那也不要紧的。"

碧玉听他这样说，倒不禁又好笑起来，说道："哥哥就是哥哥，你难道不做哥哥就生气了不成?"

美臣听了，忙又堆了笑容说道："谁生气，咱敢生妹妹的气吗? 因为咱要表明并不是说谎话，所以不得不认真说，不料妹妹又多心了。"

碧玉听他如此多情，芳心不免荡漾了一下，秋波脉脉地含了无限的柔情蜜意，只是凝望着美臣憨憨地甜笑。美臣愈瞧愈美，愈瞧愈爱，不禁笑道："妹妹说哪有这么样巧，咱想事情实在是巧得无可再巧，咱听了你喊救声音，原不过一举手之劳，尽些互助义务，谁料竟得贤妹为妻，那不是可称三生石上巧姻缘了吗?"

美臣说到这里，眉飞色舞，真有些得意忘形。碧玉一撩眼皮，嫣然笑道："可不是。"只说了一句话，那颊上又飞起了朵朵红桃。美臣见她如此不胜羞涩的意态，那是更增加她的妩媚，因又笑道："咱得妹妹为妻，实可称平生最快乐得意之事。但以妹妹之貌，配咱之才，未免有些辱没了妹妹吧？"

碧玉听了这话，意殊怫然不悦，微蹙蛾眉，嗔道："妹全家生命，得哥助方能脱险。虽粉骨碎身，难能报答于万一。今承哥允诺收纳妹子，妹心感激，至死难忘。况哥乃一少年英雄，妹嫁吾哥，不以貌丑而羞惭自愧，兹听哥言，不是使妹子太失望了吗？"说罢，泪水盈盈而下。

美臣听她这样说，一时感到心头。又见她粉脸似着雨海棠，愈觉楚楚爱怜。情不自禁地站起身子，拉了碧玉的纤手，同到床边坐在，亲自给她拭去泪痕，柔软地赔罪道："该死，该死，咱失言得罪妹妹，请妹妹千万原谅咱年轻不懂事，饶咱这一遭儿吧！"

碧玉听了，犹拭泪不已。美臣无奈，偎过她的粉颊儿，默默地温存良久，笑着哄她道："你快别淌泪了，你若再伤心，咱可亦要哭了呢！难道你就恨咱了吗？"

碧玉这才忙辩道："妹子何曾恨过你，这不是又你自己多心吗？"

美臣听了，两手按着她的肩儿，望着她笑道："妹妹既不恨咱，那你干吗哭呀？现在你且对咱笑一笑，那我才相信你不恨咱呢？"

碧玉听他这样说，不禁破涕嫣然一笑。美臣见她挂着满颊的眼泪，果然会笑出来，心中愈加感到她的稚气可爱，情不自禁地捧着她粉脸，对准了她的小嘴唇儿，甜甜蜜蜜地接了一个长吻。良久，良久，碧玉方把他轻轻推开，秋波脉脉地瞟他一眼，红晕着脸儿，慢慢垂下了头。

美臣见她这意态，三分是羞涩，倒有七分是喜悦，为了喜悦成分中掺和了羞涩的表情，那自然是更加地妩媚好看了。美臣见时已不早，于是拉了她手儿，悄声儿说道："妹妹，你可曾乏力吗？咱们就早一些休息好吗？"

碧玉频频点了一下头，伸出纤手，给美臣羞答答地宽衣解带。两人携手上床，躺进绣花被里，熄灭了灯光，真个如鱼得水地去享受人生最温柔快乐的滋味了。

房中灯光虽然是熄灭了，但梳妆台上的那对龙凤花烛，犹融融地燃烧着。美臣低头瞧那碧玉脸部的表情，是充满了又惊又喜、又爱又怕的意态。处女的娇态，于此完全显露。美臣爱极欲狂，忍不住脱口叫道："妹妹，你真美呀！"

碧玉听了这话，嫣然一笑，但她那秋水般的明眸，却是紧紧地闭着，始终不肯睁开眼来。两人一个郎情若水，一个妾意如绵，无限风流恩爱地在青纱帐演出了无限旖旎的风光。

美臣在金家招了亲后，天天在闺房中伴着碧玉，享受温柔的滋味。两小口子卿卿我我、恩爱缠绵得了不得，大有一刻不能分离的模样。流光如驶，匆匆之间，不知不觉地竟已过去两月。这天两人并肩坐在新房里，小夫妻间又在调笑游玩，忽见丫鬟翠红脸色慌张的奔入房中，向碧玉叫道："小姐不好了，太姨来了。"

碧玉听了这话，顿时收起笑脸，花容失色，大惊道："真的吗？她可知道我这个事情吗？"

翠红道："如何不知道，她就是为了这个事情来的呀！老爷、太太已大受她的责罚，虽然老爷、太太解释种种缘由，但她哪里肯依，叫小姐快出去哩！"

碧玉听到这里，眼皮儿一红，向美臣说道："哥哥千万不要出来，妹妹去一去就来，你若出来，性命休矣！"说罢，便随翠红急急奔出。

美臣瞧此情景，弄得目瞪口呆，真是丈二和尚摸不着头脑。心中暗想：这个太姨究竟是碧玉什么人呢？为何她来了，便吓得这个样儿。于是遂悄悄跟出，在屏风内偷瞧出去。只见厅上坐着一个女子，好像皇妃打扮，雍容华贵，脸上满显怒容，柳眉倒竖，杏眼圆睁，正在发怒。旁边环绕着许多年轻少女，都十分美貌，但静悄悄的一个都没有声息。再瞧地上，一旁跪着如泉夫妇两人，都双手被绑，连头也不敢抬一抬，而一旁却跪着自己的爱妻碧玉，她泪眼盈盈地絮絮地哭诉着，不过她说的是什么话，自己却一句也听不出。只见那太姨也狠狠地骂着，猜测她意思，终是非常愤怒的样子，一时心中既惊讶，又气愤。这太姨算什么人，胆敢如此欺侮碧玉，意欲仗剑杀出，又恐反累害碧玉，因碧玉曾关照自己千万别出去的，这其中当然有些道理，所以把一肚皮的气愤，只好竭力忍耐着。

这时又见那个太姨脸色转和，似乎瞧着碧玉泪人儿模样地伤心着，心中也动了爱怜之念，口里不知说些什么话，碧玉便和如泉夫妇向她拜了数拜，站了起来。这时那太姨又说了一会儿，碧玉含泪点头，于是那太姨就动步走了，只听耳边又有音乐之声，悠扬不绝，众女子随太姨而走，碧玉和如泉夫妇跪着相送。

美臣瞧到这里，正是弄得莫明其妙，方欲出来询问究竟怎样一回事，忽见碧玉满颊是泪地匆匆从外奔入，和美臣正撞了一个满怀，美臣连忙一把抱住，叫道："妹妹，妹妹，这到底是怎么一回事呀？咱实在太不明白了。"

碧玉听了，一面眼泪如断线珍珠一般地滚了下来，一面拉了美臣的手儿，到新房里坐下，秋波凝望着美臣的脸颊，哭道："哥哥，妹子要和你分别矣！"说完了这话，便倒在美臣怀里，呜咽不止。

美臣听了这话，好似晴天中一个霹雳，不禁大惊失色，紧紧抱住碧玉的身子，说道："妹妹这话打哪儿说起，妹妹这话打哪儿说起呀？"

碧玉听他这样惊慌地连连问着，心中愈觉悲伤，抱住美臣的脖子，偎着他的脸儿，更加伤心地哭着。美臣到此，也觉有阵莫名的悲哀，泪似泉水一般地涌出。

两人抱着哭了许久，碧玉推开美臣，含泪说道："哥哥，事到如今，妹妹就告诉了你吧！妹子实在并不是一个人呀！"

美臣听了这话，目瞪口呆，良久，良久，握着碧玉的手儿，摇头不信道："妹妹，你别诳我，我哪里能信。"

碧玉流泪道："妹子真的并不是人，所以今日妹子和哥哥分离，你可不用恋恋不舍而伤心的。"

美臣听了这话，猛可把碧玉脸儿捧来，偎着哭道："就是妹妹真的不是人类，但咱既和你结为夫妇，咱也不情愿和你离开的。"说毕，哽咽不息。

碧玉听他如此情义深厚，心中宛如刀割，也呜咽不止。美臣凝眸向她粉脸凝望一会儿，说道："妹妹，你快告诉我吧！这个太姨到底是谁，你说你不是一个人，但究竟又是什么东西呢？"

碧玉叹道："妹子告诉了你，哥哥请千万别害怕。妹子实在是个狐精哩！两月前的夜里，咱们父女三人，路遇天神，他便要捉咱们而去，幸蒙哥哥前来相救，方才得脱此难。父母欲报大恩，故将妹子终身相许。不料被狐祖所悉，此事有犯狐国中的法律，本欲将妹子父母斩首，后因怜妹子并无害人之心，所以太姨大开隆恩，但限咱们三日内，即要到四川峨眉山去修炼，因此妹子是不能不和哥哥分别了。"

美臣听了这话，方才忧然大悟，暗自想道：原来那天夜里遇见的大汉，不是盗匪，竟是天神哩！怪不得咱一剑挥去时，他竟连影踪都不见。碧玉虽然是个狐狸精，但和咱结婚以来，恩爱缠绵，柔情蜜意，温存体贴，和常人丝毫无二。现在她因要和咱分别，所以悲伤得如此模样，真不愧是个有情有义的狐狸，叫咱心中怎不要难受呢？回眸瞧她明眸里的泪水，犹流个不停，心中不但不因她是狐而感到害怕，而且更引起了爱怜之心，伸手把她娇躯抱在怀里哭着叫道："妹妹，咱不管你是人是狐，但咱们两个月夫妻以来，咱感妹妹实在是个贤德的妻子，今叫咱们一旦分离，这叫咱如何舍得？妹妹，妹妹！你难道不能向太姨恳个情吗？"

碧玉以为美臣听自己是只狐狸精，他一定心会冷了下来，谁知他竟说出这个话来，可见美臣是真心地爱自己。一时芳心中更加悲痛，偎着美臣的脸儿，叹道："哥哥待咱的恩情，妹至死难忘。虽然妹原欲与哥践白头之约，乃环境如此，真是徒唤负负。唉！也许咱和你本来只有这一些缘分吧！"说罢，泪如泉涌。

美臣泣道："那么妹妹难道就在这三日内要走了吗？可否再多两天吗？"

碧玉摇头道："太姨之命，谁敢有违。哥哥，妹虽非人，但也颇晓情义，哥哥待妹之情，使妹永世不敢有忘矣！"

两人相依相偎，哭了良久。只见翠红端上酒菜，向两人劝道："天下无不散之筵席，小姐何苦恋恋作儿女姿态。哭也无益，倒不如吃些酒儿两人解个闷吧！"

碧玉点头称是，遂携美臣的手，一同坐到席旁，两人对斟对酌，酒落愁肠，自然愁上加愁。碧玉见美臣脸上，泪水没有干过，心中悲酸万分，为了要死掉他的心，于是骤然之间，她竟现出原形。谁知美臣瞧了，不但没有怕她，反而以手抚其背，含泪哭道："妹妹，你不用吓咱，咱知妹乃多情人，今日出此下策，心中何尝不含有说不出的苦衷吗？"说罢，抱着大哭。只见碧玉早又回复人形，躺在美臣的怀中，也是哀痛欲绝地哭着。

翠红在外听了，忙又进来相劝。碧玉方才收束泪痕，一面伸手替美臣泪水拭去，说道："哥哥切勿再哀痛了，妹固非人，又何眷恋？即使妹死去了，哥难道亦从死于地下吗？"

美臣道："如妹之深情厚义，虽做同命鸳鸯，又何惜哉？"

翠红听了这话，方知小姐之所以恋恋不舍者，实在彼此之情，天无其高、海无其深故也。不免也眼皮儿一红，淌下泪来。

碧玉听美臣如此说法，心中似刀割一样的痛苦，慌忙伸手把他嘴儿扪住，故作娇嗔道："哥勿许说如此的话，妹固不是死去，即使死去，岂有真从死于地下吗？哥父母生育时之大恩，哥师尊教养时之心血，哥为妹一人，岂能全忘于脑后耶？"美臣听他这样说，益信碧玉较人类尤为有情有义，虽频频点头，但心痛矣！

从此两人愈加一分不离，但三日之光阴有限，转眼之间，早已到了临别之前一夜。两人躺在床上，一会儿情话喁喁，一会儿抽抽噎噎地哭着，直到东方发白，两人搂在一起，方稍睡片刻。翠红前来相催，两人只好起身。一会儿，如泉夫妇进来，向美臣含泪说道："贤婿别矣！前途保重！"

美臣拉住碧玉不放，碧玉把宝剑给他拴在腰间，勉强含笑道："咱们一块儿走吧！这里非哥留恋之所。于是大家一同走出屋外，忽听一声响亮，美臣回头见房屋，却已化为乌有了。

彼此行了一程，到四岔路口。碧玉停步下来，握住美臣的手，摇撼了一阵，凄然道："别矣，臣哥！"

美臣泪下如雨，猛可伸臂，环住碧玉脖子，吮着她嘴唇，泣道："妹妹，咱们真要分别了吗？"

碧玉见他痴得可怜，因此也紧抱着他，把嘴唇尽让他甜甜地吻吮。良久，良久，翠红催道："好了，姑娘别儿女情长了，咱们还要赶路哩！"

碧玉听说，方才推开美臣，向他一挥手说道："走了，哥哥前途保重吧！"说完，便即别过头去，那泪如雨一般滚下。见爸妈已在前面走着，于是手携翠红，也追着上去。

美臣站在一棵大树底下，眼瞧着四人的影子，在模糊中消逝了去，只觉无限辛酸，陡上心头，一时不禁大哭起来。谁知正在这个时候，忽见碧玉又站在面前，含泪叫道："哥哥勿要哭了，妹妹复又来矣！"

未知碧玉回来究系何事，且听下回分解。

第十三回

颠倒阴阳浪人遭淫戮
天生鹣鲽淑女得好逑

　　美臣见碧玉已没有了影儿，一时心中若有所失，不禁大哭起来。谁知忽见碧玉又站在眼前了，心里不觉大喜，立刻伸手把她抱住，破涕为笑，说道："妹妹莫非四川不去了吗？"

　　碧玉见他这样情分，难舍难分，心中实在非常痛苦，遂摇头叹道："妹感哥恩情，忽又想起一件事来。这里是一锭墨药，凡有疮毒，都能医治。"说着，把那锭像墨那样大小的黄色药块，交给美臣。

　　美臣接在手里，说道："咱又不生疮毒，要它何用？"

　　碧玉道："你且不要管它，日后自有用处，哥哥听妹子的话，好生藏在身边。"

　　美臣不敢违拗，只得藏在怀中。两人相对良久，碧玉回身说道："哥哥，妹子劝你不用伤心，将来哥哥自能得到一个比妹子更美丽贤德的夫人。妹子走了，爸妈尚等在前面呢！"

　　美臣听了，早已一把拉住，含泪说道："妹妹若说这话，不是比割我的心头肉还要痛吗？"

　　碧玉淌泪道："这是真话，哥哥千万不要固执。妹子与哥的情分虽好，但缘分只不过仅仅这一些日子。这是天数，非人力所能挽回。哥哥岂能为妹子短短一段姻缘，而丧失了你终身的幸福吗？所以哥哥自当宽解胸怀，将来定能踏上幸福的乐园。"说罢，回身又走。

美臣哪里肯依，淌泪问道："妹妹此去，不知咱们可还有见面的日子吗？若将来仍能相逢，咱一定终身厮守着妹子。"

碧玉听他这样真情，想想伤心，不免粉颊上又沾满了泪水，摇头说道："只要哥哥心中有妹子一人，何苦又说这些话呢？假使有缘的，妹子自会来瞧望你。假没有缘的话，那么咱们就这样算了吧！"说到这里，已泪如雨下。美臣回忆两月来的恩情，亦泪似泉涌，抱住她的脖子不放。两人于万分不舍之下，互相接了一个又辛酸又甜蜜的长吻，作为永久的纪念，那碧玉的身子早已不知去向矣！美臣痴立许久，淌了一会儿泪，又哭了一会儿，想着过去种种的事情，仿佛做个春梦。直到时已黄昏，斜阳已向西沉沦下去，小鸟儿扇着翅膀，噪吱归林，这才急急赶路前进，到镇上借宿去了。

行行重行行，一路披星戴月，栉风沐雨。这天到了长山县地界，天已昏黑。美臣见四野寂寂，并无人烟之处，心中好生焦虑，偶抬头忽见半山之上，有一个道清庵，遂缓步上山。走入庵中，只见一个年纪很轻的师太迎了出来，眉清目秀，见了美臣，便脸含笑容，双手合十，口念阿弥陀佛，低头说道："施主可是进香吗？"

美臣摇头道："咱乃过路之人，特地前来借宿。"

那女尼微笑道："庵中全是女尼，客官借宿，恐有诸多不便吧！"

美臣把手一拱，说道："咱是善良之辈，师太请放心是了。只要给咱一个地方，就是咱坐一夜，那也不要紧的，明天多谢师太香金是了。"

师太笑道："客官既说得如此委婉，贫尼不能不动了慈悲之心，就请客官随贫尼来吧！"

美臣听了，连声道谢，遂跟她到一个卧房，里面用具，甚为考究。师太请他坐下，亲自倒上一杯茶来，含笑问道："请问客官贵姓大名？"

美臣一面接过茶杯道谢，一面答道："咱叫周美臣是也。请问师太法名？"

那师太忙道："原来是周大爷，好像哪儿听见过似的。贫尼法名明贞是也。"

美臣道："这儿当家是谁，不知共有几位师太？"

明贞微笑道："当家就是贫尼师姐子贞，今天她下山到官家太太那儿做佛事去了。庵中大小共有十二个女尼。周爷问得如此详细，不知有何贵干？"

诸位还记得前回书中子贞、明贞两个是人妖的事吗？原来除了两人男身外，其余十个女尼，倒真的是女身，原是子贞师太雇用的。这且表过不提，再说美臣听明贞师太这样问，一时深悔自己不该问她，在她心中不要以为咱有什么用意吗？美臣心中这样一想，那两颊顿时浮现一朵红桃，摇头说道："咱原没有什么事情，只不过随便问声儿罢了。"

明贞师太见他这样嫩面，心里不免荡漾了一下，这就把她那双水盈盈的秋波，细细向他打量。只见他身穿一袭紫色缎的大氅，头上紫色缎巾勒额，生得眉清目秀，唇红齿白，一表人才，宛然是女孩儿家那么的一个。心中暗想：近来太太小姐们的味儿尝得有些厌了，今日来了这一个可爱的男子，咱何不尝他一尝后路的异味，那不是很有个意思吗？明贞师太既这样盘算着，自然更招待得非常周到。

美臣见她这样客气，心里倒很过意不去，向她说道："你别忙碌，彼此请随便些吧！"

明贞师太听他这样说，遂望他微微一笑，姗姗地自管出去了。美臣坐在房中，心里不免又想起碧玉，狐尚且如此有情有义，那何况人为万物之灵呢？唉！玉妹，玉妹，想不到咱们的缘分就是这短短的两个月哩！美臣自语到此，不觉声泪俱坠。

正在这时，小尼送上酒饭。美臣慌忙收起眼泪，端着饭碗，吃了一口。腹中虽饿，但嘴里却淡而无味，竟不能下咽，且头重脚轻，眼睛昏花，心中大吃一惊，暗想：咱不要病矣！

这时明贞师太又姗姗而至，含笑叫道："周爷为何不喝酒，可不是怪贫尼没有前来相陪吗？"

美臣听了，放下碗筷，微笑道："说哪儿话来，咱今日身子不好，意欲早些安息，请师太吩咐把酒菜收拾了去吧！"美臣说罢，殊觉支撑不住，遂也不管明贞师太尚在房内，就移步到床上去躺下了。

明贞见他这个神情，还以为他也是个急色儿，连饭也不要吃，就想睡觉了，遂笑盈盈地走到床边。见他两颊红得可爱，口中却在不住地呻吟。瞧他意态，好像并非为了某种要求，心里倒也一惊，连忙伸手到他额间一摸，竟是热得火炭的一团，因慌忙问道："周爷莫非有了病吗？"

美臣点头道："不错，咱竟病了。师太勿急，谅此小病，明天便即愈了。"

明贞坐在床边，颦蹙双眉，说道："怎么好好的就会病了，可惜今夜天色已夜，请大夫哪里来得及呢？"

美臣见她十分忧愁的模样，因反安慰她道："咱晓得这病乃是受一些感冒，原不妨事，请师太随便，让咱静睡一会儿也就好了。"

明贞师太装出无限温柔的意态，把纤嫩玉手，按在他的额间，柔声说道："出家人心最慈悲，见人病了，心中便十分难受。况周爷乃是个单身客官，此处异乡客地，一旦病了，这是多么可怜的事情，所以贫尼今夜欲看护周爷一夜，周爷晚上要茶要水，不是可以便当一些了吗？"

美臣听她这样说，心里倒是大为感动，但转念一想，到底不便，因摇头说道："师太的美意，刻骨难忘。但彼此男女有别，虽然你我心地光明，给别个师太见了，恐有议论，所以咱领情谢谢是了。"

明贞听了，方知美臣乃是一个少年君子，遂也愈显柔情蜜意地说道："周爷这话虽是，但事到如此，也就不管这许多了。况且周爷年纪轻哩！贫尼已老，谁还会说咱们丑话呢？"

美臣听她说自己年老，倒不禁扑哧笑道："什么，你怎的能算老呢？"

明贞扬着眉儿，眸珠一转，哧地笑道："贫尼不算老吗？但至少可以做你的姐姐吧！周爷青春多少了？"

美臣道："虚度了十五。"

明贞瞟他一眼，嫣然笑道："哟，还只有十五岁哩！贫尼今年二十五岁，十足要长了你十年哩！"

美臣望着她粉颊儿，笑道："二十五岁的人真嫩得很，咱瞧师太最多不过十八九岁罢了。"

明贞听了，故意啐他一口，笑嗔道："周爷不是好人，也喜欢给人戴炭篓子哩！"说着，哧地一笑。又把纤手在他额上敲了几下，问他道："你现在觉得怎么样？假使头疼的话，咱可以给你轻轻捶的。"

美臣觉得她的手儿，其软若绵，真个是柔若无骨，和自己碧玉妹妹一模一样，心里不免荡漾了一下，暗想：假使碧玉妹妹在咱身旁的话，那咱还会生病吗？想到这里，忍不住又长叹了一声。

明贞师太见他并不回答，却叹了一口气，心中好生奇怪，秋波凝视着他，问道："咦！你干吗又叹气呀？"

美臣这才微笑道："没有什么，咱觉得心里很过意不去，怎敢劳师太服侍咱呢？"

明贞师太笑道："那也没有什么关系，一个人谁保得了不生病，咱也不过尽些互助的义务，你就别放在心上吧！"

美臣听她这样说，心中愈加感动，一时糊里糊涂地竟把她当作碧玉看待了。明贞师太见他明眸脉脉地凝望自己，好像含有非常感激之意，心中暗想：这人虽是少年君子，但却也是一个情种，假使能听从咱的话，咱一定把他要当一个禁脔了。因此七搭八搭地只管和美臣说笑，引逗他的高兴。大凡一个年轻的人，在异性柔媚的手腕之下，他的内心，自然而然地会感到她的可亲可爱。美臣起初感到一个女尼对待一个年轻男子，实在是不应该有此举动，后来听了她的话，心中同时又想着碧玉，因此把明贞师太也认为是个裙钗知己了。彼此谈了一会儿，一时也就模模糊糊地睡去了。

明贞师太见他已熟睡了，心中好生欢喜，遂把他衣裤脱去，自己也一丝不挂，紧紧抱住他的背部，方欲向美臣后面撞将进去。忽然美臣回过身子，把明贞师太紧搂在怀，嘴里尚喊着道："妹妹，妹妹，你明天难道果然要走了吗？唉，咱如何舍得你呢！"

明贞师太听了这话，真是弄得丈二和尚摸不着头脑，及至细细推测起来，知道美臣一定和一个姑娘发生爱情，后来彼此分离。这样想来，美臣今天的患病，至少还带有些相思的成分。咱还当他是个老实少年，原来也不是个好东西哩！

正在想时，忽然美臣睁眼醒来，口中犹连喊妹妹，及至定睛一瞧，见自己怀中抱着的竟是明贞师太，而且两人全身精赤，心中大吃一惊，立刻放下两手，红晕满颊。急道："这……这……是怎么一回事呀？"

明贞师太秋波斜也他一眼，嫣然一笑。但一会儿，却又故作娇嗔道："问你自己呀？你把咱狠命抱在怀里，还连喊妹妹。咱因你在病中可怜，所以并不拒绝于你，你怎么倒问起咱来了呢！"

美臣听了，羞惭满脸道："这是咱梦中魔住了，并非出于本心，这些还请师太原谅咱吧！"

明贞故意淌下泪来，泣道："咱出家之人，原是心善，见周爷孤零零一个人病了可怜，所以不避嫌疑，前来服侍于你，谁知你竟……如今咱赤身露体，被周爷搂在怀中，这叫咱如何再有脸儿见人呢！"说罢，便抽噎而泣。

美臣还道果是自己把她强搂在怀中的，心里懊悔万分，只得赔罪道："你快不要伤心了，好在咱并不曾欺侮你哩！"

明贞师太不待他说完，啐他一口，嗔道："还说没有欺侮我，那么依你说，这样才可说是欺侮呢！"说着，竟把脸颊儿直贴到美臣的颊上去。

美臣急道："那么依师太怎样办呢？"

明贞听了，却不回答，伸开两手，紧抱美臣身子，好一会儿，方说道："男女授受不亲，如今咱与你肌肤相贴，贴肉相亲，咱从此便是周爷的人儿了。"

美臣听了这话，心中好生惊讶。暗自想到：这话奇了，难道她竟要嫁给咱了不成？因说道："师太这话稀奇，你既欲嫁人，当初又何必要出家呢？现在你可是要还俗了吗？"

明贞师太说道："咱也不想要还俗，只要周爷每日伴着咱，也就是了。"

美臣听了这话，暗想：原来这个师太竟是个淫娃哩！心里好生着恼，意欲和她翻脸，但自己此刻病着，力气全无，倒不是待病好了咱一走了事好吗？美臣想定主意，便也假意说道："你快别哭，且待咱病好了，再说这事情吧！"

明贞师太道："那么晚上咱就陪你一块儿睡吧！"

美臣听了，虽然十分愤怒，但亦没法可想，只得由她去了。如此住了三天，美臣的病也慢慢好了。这天夜里，美臣睡梦之中，忽觉自己股间，有什么东西塞了进来，心中一惊，便即翻身过来，伸手一把抓住，低头一瞧，竟是明贞师太胯下之物。美臣心中这一稀奇，真是目瞪口呆。明贞师太却嬉皮笑脸地说道："周爷切勿害怕，咱并无歹意，原给你吃好东西的。"

美臣翻身坐起，大声喝道："淫物究系何人，胆敢戏弄小爷，快快说与明白，不然你可要活命吗？"说着，伸手向她肩胛一拍，痛得明贞像杀猪一般地叫起来，心中方知美臣实在是个有武艺的人，心中懊悔不该欺侮他。这种人儿，在他病着的时候，早把他结果了，也就完了，偏想尝他后门的异味，如今异味不曾尝到，倒反要吃他的苦头了，只得跪在地上，哀求饶她。

美臣一定要她说出缘由，明贞只得从实告诉。美臣又问明了子贞师太的卧房，遂把她一脚踢倒，踏在她的身上，戟指大骂道："你这不知廉耻的狗奴才，竟异想天开做这等勾当，岂非丢尽咱堂堂七尺之躯的男儿颜面吗？可怜多少女儿的贞节，全丧失在你的手中，如今遇到小爷，那真是你的末日到了。"

明贞见情形不对，大喊"周爷饶命"。美臣冷笑一声，说道："这样不男不女的人妖，留你何用。"说罢，手起剑落，明贞早已身首分离，血水飞溅，呜呼哀哉了。

话说美臣既把明贞师太一剑杀死，便即仗剑奔到子贞师太的卧房，只听里面笑声咯咯，嗯哎哼声不绝。诸位看官，原来子贞师太被莲贞发觉是个男身，当即喝问详情，既知底细，莲贞本是十足淫女，自然心中大喜。两人正在你贪我爱地销魂当中，不料美臣心头火起，撞入房中，挥剑就劈，竟把子贞师太砍死。当时莲贞见宝贝被杀，心中大怒，便即奋身直扑美臣。美臣因病初愈，同时猝不及防，站脚不住，竟被莲贞压倒在地。美臣慌忙两手向上抵住，天下事有凑巧，美臣两手竟抵在莲贞胸前两个高高软绵绵的奶峰上。

莲贞本来满腔怒火，现在压在美臣的身上，低头向他脸儿一望，顿时又回嗔作喜，暗想：好个标致的美少年，姑娘失之东隅，收之桑榆，不是也一样的吗？遂凑过小嘴，竟在美臣嘴上连吻两下，秋波斜也他一眼，嫣然笑道："姑娘与你无怨无仇，你敢杀姑娘爱卿，如今是只有你来代替了。"

美臣见她赤裸裸地压在自己身上，却并无一点儿羞涩之意，反而说出这等话来，心中怒不可遏，意欲推开跳起，谁知她的本领不小，压在身上，着实有几分力量，一时弄得面红耳赤，心生一计，向她笑道："你是何人，咱把这般不男不女的人妖杀死，真是替地方上除去一个大害，怎么姑娘倒反来怨恨咱呢？"

莲贞听他这样说，便也笑道："既要杀她，为什么不再迟一个时辰呢？姑娘正在恋恋不舍，你却来把她杀死，这不是扫了姑娘的兴致吗？你有意和姑娘作对，姑娘岂能饶你？"

美臣道："这个像什么样儿，有话大家站起来不好说吗？"

莲贞道："姑娘放了你，你可要听从姑娘的话。"

美臣假意答应道："听从你的话也不要紧，你且起来吧！"

莲贞遂从地上跳起，不料美臣拾剑在手，一骨碌翻身，向莲贞直劈道："你这个不要脸儿的淫娃子，今日小爷若不结果你，怎消咱心头之恨。"说罢，连劈三剑。

莲贞慌忙拿椅子抵挡，椅剑相击，椅儿纷纷斫落，美臣飞起一腿，莲贞竟被踢到床上去了。美臣抢步上前，挥剑就斫。莲贞连忙伸臂托住他的手腕，使他剑儿不能坠下。美臣抛了剑儿，两手向她咽喉直扼。莲贞虽然竭力挣扎，但被美臣覆压着，却也一点儿不能动弹，遂竭声喊道："好个小子，翻脸无情，姑娘不害你性命，你竟伤起姑娘的性命来了。姑娘生不能报仇，死亦当捉汝之魄哩！"

美臣听了这话，心中暗想：这话倒也不错，她虽淫贱，但与咱究竟无冤无仇，咱若把她扼死，似乎有些不情，因向她说道："女子首重贞节，姑娘如此不知廉耻，更有何颜见天下英雄乎？"

莲贞听了这话，羞惭满脸道："姑娘虽然不该，你作此暗计伤人之手段，口是心非，翻覆非常，岂是英雄之本色吗？"

美臣道："随机应变，不得不如此耳。"

莲贞听了，柳眉倒竖，娇嗔道："汝子不情竟至如此也，姑娘死不足惜，但汝且报上名来，好叫姑娘记在心上，若姑娘魂魄不散，定捉汝同归阴府，绝不让汝独生。"

美臣听了这话，不禁大笑道："姑娘真和咱亲热极了，你且放心，咱绝不害你。但咱劝告姑娘几句，你若能改过自新，真是姑娘大幸哩！姑娘具此才貌，正该在世间做些轰轰烈烈的惊人事来。岂能贪片刻之欢娱，而轻自己之人格吗？咱今放你，你且穿上衣服再说，这个样儿，你不害羞，咱可代你难为情死了呢！"美臣说罢，便放了莲贞。

莲贞听了这话，芳心颇为感动，于是垂首穿上衣服，向美臣谢道："聆君一席话，胜读十年书，咱衷心感激，没齿不忘。请问大爷贵姓大名？"

美臣听她这样说，满心欢喜，微笑道："咱周美臣是也，姑娘少礼。既知自新，四海之内皆朋友，敢问姑娘贵姓？"

莲贞红云满颊，便也告诉了自己姓名。周美臣见她意态，似有几分娇羞模样，遂也不便和她多说，自管到外面，把庵中女尼喊来，告诉其中情形。众女尼听了，哪里肯信，遂都到房中亲自验看，谁知两个当家果是男身，一时大家都羞得满颊通红，退在一旁。

美臣遂叫其中一个年长的做当家，并且好好劝她们几句。一面吩咐把尸骨到后山掩埋，一面自己颇感乏力，也回房中休息去了。到了次日，美臣和莲贞辞别出庵，一同走下山来。两人临别，握了握手。莲贞似有恋恋不舍之意，美臣道："请姑娘勿忘记咱的忠告，咱们后会有期。"

莲贞听了，不知怎的，只觉无限辛酸，陡上心头，眼皮儿一红，泪水竟夺眶而出。美臣瞧此情景，心中甚为痛快，又甚为感叹，暗自细想：人之初，性本善。莲贞姑娘之所以淫贱，岂是天生的吗？还不是为了环境不良的缘故吗？假使早有人指点她入光明大道，她实在未始不是一个美而贤的姑娘哩！

且说两人分道而别，莲贞自往广西马梨影那里去，美臣也一路向何玉蓝家里去了。

且说美臣这日到了宛平县，离何家庄尚有三十里路程。他先在城中一家酒店内吃了饭，休息一会儿，方才又起身赶路。经过知县衙门的前面，见两旁站着许多皂班，好像捉人的模样，心中倒吃了一惊，但仔细一想，咱既不做歹人，又怕什么？遂大胆步了过来。谁知这时就有一个师爷模样的男子，向皂班们道："这个就是，这个就是，你们看他不是穿紫色缎的大氅吗？"

说时迟，那时快，众皂班早已一拥上前，将美臣团团围住。这么一来，真把美臣大吃一惊，急问何事。只见那个师爷走上前来，向美臣深深一揖，满脸含笑地叫道："这位可不就是周美臣大爷吗？小的们奉县大人之命，在此已恭候好久了。"

美臣骤然听了这话，真是丈二和尚摸不着头脑，一时目瞪口呆，半晌方说道："在下正是周美臣，但与县太爷素昧平生，不知候咱有何贵干？"

师爷笑道："请周爷进内，自会知道。"说着，一声喊请，县衙门便大开正门，众皂班两旁分立，请美臣进内。美臣见此情景，心中好生奇怪，暗想：既然这样迎接，谅来并非恶意，咱且不管他三七二十一，进去了再作道理。于是随了师爷，直达堂上。

这里早有人报与县太爷知道，只见县太爷整衣从后堂迎出，把美臣接入内书房间，分宾主坐下。仆人献上香茗，端上点心。美臣见那县太爷生得方面大耳，三绺长须，颇觉威严，但为什么把自己待作上客，这其中到底是什么缘故呢？因此暗暗纳闷。

只听那县太爷说道："下官徐公达，娶妻陈氏，二老年已半百，单生小女丽鹃，年方十五，下官爱如掌珠。不料两月前，小女身上忽生两个毒疮，虽经内子许愿求神，吃药医治，至今始终未能见效。今知先生乃是神医，故而特地恭候于县衙门前，谁知果然先生下降，此真乃天救咱小女也。"说罢，呵呵大笑。

美臣听了这话，不觉又目瞪口呆，忙着欠身说道："徐大人莫非认错了人吗？小民周美臣乃是外乡之人，并不业医，今日路过这里，原探望朋友去的呀！"

公达见他不承认，便站起身来，拱手道："先生千万不要推却，若医好小女之病，下官定把小女配你为室，以报答先生之恩。"

美臣暗想：这可糟了，咱并不是医生，怎么能够医人家的病呢？因紧锁双眉，搓了搓手，向他问道："请问父台大人，如何知道咱是个神医呀？想来其中必有缘故，请道其详。"

公达微笑道："不瞒先生说，小女昨得一梦，梦见观音大士对小女道，说此疮只有一个姓周名美臣的能够医得好，此人身材适中，眉清目秀，唇红齿白，身穿紫色缎大氅，今日必由县衙门前经过，千万切勿错过良机。小女牢记心头，醒来向她娘告诉。她娘是个最

160

信佛之人，当即告诉了下官，所以下官特派人在外迎接，不料果然遇见先生，这不是个稀奇的事情吗？"

美臣听了这话，也不胜惊讶，暗想：天下哪有这一种奇事，若说他女儿是谎话，那她和咱既不认识，如何真的竟晓得咱的姓名。若说他女儿果有此梦，那么咱既不是业医的，怎样会医病呢？踌躇半响，忽然灵机一动，猛可想着自己和碧玉临别之时，她曾给咱一块赭黄色的药墨，说能医治百种疮毒。莫非玉妹预先知道县太爷女儿有病，然后故化成观音大士模样，托梦给小姐，叫咱来医治，有意促成咱们这一桩婚姻吗？唉！若果然如此，可怜玉妹真不愧是个天下第一有情人了。

公达见他听了自己话后，却只管呆呆地出神，遂又恳切地说道："先生千万发个慈悲心吧！小女生命全在先生的掌中，若先生不肯救治，咱小女不是要完了吗？"

美臣抬起头来，因说道："父台大人且别说这些话，咱若能医治得好，无不尽力的。"

公达见美臣允诺，心中大喜，遂引美臣到上房里，见过徐老太太。徐太太眯了眼睛，细细向美臣打量许久，果然是个挺英俊的美男子，心中欢喜万分，连忙让座，说道："周先生若把小女疮毒医好，真使老身感激不尽了。"

美臣道："不知令爱疮毒生在何处？"

徐老太太听了，向公达望了一眼，公达也向她挤挤眼，美臣瞧此情景，心中好生奇怪。这时徐老太忽然站起身子，拉了美臣的手，向他附耳低声说道："周先生，在未医之前，老身先要和你说一件事。小女生疮两月，本来早可延医诊治，乃小女这个疮却生在胯间的大腿上，所以小女害羞，抵死也不愿医治。就是医治，也是老身传话，因此医生好像隔靴抓痒，自然难愈。今老身意思，欲把小女配先生为室，先生医愈后，便即下聘订婚，不知先生的意下如何了？"

161

美臣听了，方才恍然大悟，虽然心中愿意，但又怎样对得住碧玉呢？因此沉吟良久，方才说道："老太太美意，咱非敢有负盛情。但咱心中自有不得已的苦衷，此事只好心领谢谢了。至于医治令爱的疮毒，甚为便当，可以毋庸咱亲自搽涂的。"说着，把那块儿从袋中取出，交给徐太太，又说道："此物和水磨成浆，搽在令爱生疮的地方，定能收效的。"

徐老太听美臣这样说，心中又敬又爱，一时哪肯放过，便忙问道："周先生不知有什么苦衷，可否说与老身一听吗？"

美臣见问，支吾不能对答，只有摇头而已。公达奇怪道："先生莫非已娶有妻室了吗？"美臣呆了半晌，方点头说是。

徐老太见美臣生得这样俊美，若能和咱鹃儿并立一起，真是一对玉人，心中实在非常爱他。今听他已有妻室，虽然心中不悦，但仔细一想，也就不管一切地说道："周先生既有妻室，那么咱鹃儿就给你做个偏房也好。"

美臣道："这事情且慢谈起，还是请老太太先替令爱去搽了再说吧！"

徐老太听了，愈加敬佩，遂叫公达好生陪伴，她自己急急到小姐房中去了。这里公达问美臣是哪儿人，青春多少，娶妻何人。

美臣答道："咱广东中山县人，虚度一十五岁，娶妻金氏。"

公达暗想：还只十五岁的孩子，怎么就娶了妻子吗？因问尊夫人多大年纪了。

美臣道："与咱同庚。"

公达听了，甚为叹息，因为鹃儿亦只有十五岁，原欲配与为室，不料他竟先娶了，只好伴他到书房设酒款待，作为酬谢。此时天色已夜，公达遂留美臣宿在书房，自己到上房探问情形去了。

且说美臣躺在榻上，因为喝了酒，不免又勾起往事，想着碧玉的恩情，忍不住又暗暗淌了一回泪。蒙眬之间，忽见碧玉翩然从外走入，向美臣笑道："哥哥别来无恙。"

美臣一见碧玉，抢步上前，握住她手，淌泪道："妹妹，你真想得咱好苦啊！"

碧玉听了，盈盈一笑，说道："哥哥真太痴心矣！妹与哥只有这一些缘分，哥哥如何尚恋恋呢？今妹在四川峨眉山上修炼，将来成仙之日，自有相见之时。妹为报哥恩情，特将丽鹃小姐和哥结成百年好合，乃哥为何如此固执，竟推已娶拒绝，那不是辜负妹子的一片热情了吗？妹为此故特又赶来劝告哥哥，万勿以妹为念，切记切记。妹抽空而来，急欲归矣！哥哥再见。"说罢，把美臣身子一推。

美臣大叫妹妹，竟从梦中哭醒，睁眼一瞧，见公达站在旁边，含笑说道："先生梦见何人，为何如此伤心而痛哭耶！"

美臣到此，只得从实告诉。公达惊讶道："果有此事吗？碧玉小姐和先生真可谓人间之情种矣！"说毕，赞叹不已。一会儿，忽又笑道："下官正欲来报告先生，小女搽先生之药后，红光已退，内子喜悦十分，定欲将小女配先生做妾。今听碧玉小姐既这样嘱咐先生，未知先生可否屈纳小女为室？"

美臣听他这样说，只好下床叩拜岳父。公达大喜，连忙扶起。一面叫他安息，一面喜滋滋地到上房告诉太太去了。美臣凝眸细想，下山之日，师父曾说咱有喜事缠身，不料竟有这样离奇曲折的姻缘哩！一时又喜又悲，喜的是得一官家千金为妻，悲的是玉妹竟不能相见了，因此又整整泣了一夜。次日，早有丫鬟前来相请至上房，拜见岳母。一会儿，只见里面姗姗走出一个丽妹，徐老太谓："此即小女杜鹃是也，昨日搽药后，今日完全愈矣！此真灵药也。"说罢，又把美臣介绍于她。

丽鹃听了，盈盈下拜，先谢救治之恩。美臣抬头向她一望，心中顿时一呆，盖丽鹃之貌，酷肖碧玉故也。于是两人各行相见礼。公达吩咐摆席，四人坐了一桌，丽鹃把盏，大家欢饮，颇为快乐。从此以后，美臣在县中一住三个多月，天天和丽鹃小姐不是弈棋，便是教她舞剑。一对未婚小两口子，无限恩爱。

这日，美臣告别，约定一年后前来完婚，他便急急到何家而来。谁知那时志飞、玉蓝伴爱卿已往广东报仇去了。美臣一听，只好也先回家乡探望哥嫂去。

　　未知后事如何，且待下回再详。

第十四回

儿女弄舌兰闺春得意
孀妇受屈月黑暗销魂

　　话说爱卿因爸爸受冤而死，大恸以后，外受感冒，内伤积郁，因此在何家竟恹恹地病了起来。谁知这一场病，竟睡了两个多月的床铺，方才慢慢痊愈。但两眼深凹，两颊瘦削，肌肉消失，骨瘦如柴。爱卿自抚其颊，自然是颇觉伤心。这是一个静悄悄黄昏里，爱卿站在窗前，凝眸望着窗外被风吹动的树叶子，心里感到无限的凄凉。这时爱卿忽然又发现树枝条儿上有个鸟巢，里面站一老雀，仰首而待。半空飞来一只小雀儿，衔食哺给老雀。爱卿睹此情景，一颗芳心想起妈妈不知逃在何处，存亡不知，做儿女的竟无力养亲，真不如一个小动物呢。想到这里，一阵思亲的痛，激起在她善感的心灵，忍不住她满眶子里的悲泪，扑簌簌地滚下了脸颊。

　　正在这个时候，忽然背后有人轻轻一拍。爱卿急忙回身过来，定睛一瞧，竟是志飞哩！志飞本是满脸含笑地要想说话，如今忽见爱卿泪人儿的模样，心中吃了一惊，皱了双眉，轻声儿地问道："爱妹病才好些，干吗好端端的，又伤心起来了呢？要知道人死不能复生，徒然伤心，于死者并无利益。所以咱劝妹妹还得保重身体，将来为伯父报仇要紧哩！"

　　爱卿听志飞这样安慰自己，心中颇觉感动，遂以手背擦干了颊上的泪水，频频点了一下头。秋波脉脉含情地瞟他一眼，低声说道："咱因偶有感触，心中难受，多谢志哥劝慰，妹子就不伤心是了。"

志飞见她这个意态，真令人楚楚可怜，遂情不自禁地走上一步，拉着她手儿，同在床旁坐下，明眸含了无限的柔情蜜意，默默地凝望着她清瘦的粉颊。良久，良久，柔声地说道："爱妹，你放心，老伯的大仇，咱一定能助妹妹前去报复的。至于你往后的归宿，那你请放心，妈妈是非常喜欢你，绝不会多你的。就是咱……大胆敢在妹妹面前立誓，今生情愿做你永久的保护人。只要妹妹不嫌恶咱，咱是至死都不变心的。"

爱卿听到这里，急得把纤手连忙向他嘴上一扪，秋波睃他一眼，似乎怨怪他不该说死说活似的。但不知怎么一个感觉，她又立刻缩回了手，那粉颊上早已笼上了两朵红云，娇媚不胜情地垂下了头儿，默不作声。志飞瞧她这个害羞的意态，心里不免荡漾了一下，轻轻地抚着她纤手儿，微笑说道："爱妹，怎么啦，你干吗不说话呀？"

爱卿这才微抬蟮首，偷瞟了他一眼，说道："你叫咱说什么话呀？"

志飞诚恳地道："咱情愿永久做妹妹的保护人，不知妹妹的心里，可情愿有像咱那么一个人保护妹妹吗？"

爱卿听了这话，把那雪白的牙齿，微咬着鲜红的嘴唇，却不回答，只管望着志飞娇憨地笑。志飞见她如此可人，不禁握了她手，连连摇撼了一阵，追问着道："妹妹说呀！"

· 爱卿哪里说得出口，良久，方噗地笑道："你猜一猜吧！妹子心中到底情愿不情愿呢？"

志飞见她刁得厉害，因笑道："妹妹这话说得好新鲜的，你自己心中的事情，你自己不回答，倒要咱来猜。那咱既不是妹妹肚中的蛔虫，又怎么能够知道呢？所以这事情，实在非妹妹自己表示意思不可的。"

爱卿听了，眉儿一扬，眸珠在长睫毛里转了转，柔软地说道："假使哥哥愿意永久保护妹子的话，妹子对于哥哥这一份儿热情，终不会见却的。只怕妹子……"

志飞听她说到这里，一时也急得把她嘴儿扪住，急道："只怕什么？你说这种话，妹妹，咱一定不依你。"

爱卿见他急得这个模样，忍不住笑道："妹子还不曾说出来呢！你知道妹子说什么呢？"

志飞道："总而言之，不管妹妹说什么，这句话咱终不愿听的。"

爱卿这就不禁咻咻地笑了，这情景显然是十分的得意。志飞望着她掀起了的酒窝儿，心里真有说不出的爱处，笑道："妹妹说话真厉害极了，不但厉害，而且有趣极了。好好地可以回答不回答，偏喜欢套了这么一个大圈子，你自己想想，可有趣不有趣吗？"

爱卿听他这样说，一颗芳心，又喜又羞，秋波瞟他一眼，不禁别转头去，两臂伏在枕儿上，把脸儿却藏到臂弯里去。志飞虽听不到她的笑声，但低瞧她两肩一耸一耸，也就可知她是笑得这一份儿的有劲了。好一会儿，志飞把她手儿拉起，爱卿也就坐正了身子。两人相对凝望良久，志飞笑了，爱卿抿嘴也笑起来。忽然她又停止了笑，对志飞很感激地说："承蒙志哥这样爱护妹子，妹子的心中，自然感恩不尽。但不晓得你妈妈的心中，也能和志哥一样地爱护妹子吗？"

志飞忙道："这个咱不是早对妹妹说过了吗？咱妈妈是非常喜欢妹妹，妹妹这次病了，妈妈急得天天在观音大士前叩头念佛，保佑妹妹早日痊愈呢！"

爱卿听了，心里忽又想着自己的妈妈，不觉眼皮儿一红，那泪水又夺眶而出了。志飞不知她何故，心中倒吃了一惊，两手按着她肩胛，急问道："干什么啦，你又伤心了？"

爱卿叹了一口气，摇头说道："唉！妹子想着玉姊和志哥的幸福，那更伤心自己身世的可怜。你们父母双全，多么快活。妹子爸爸衔冤而死，妈妈又存亡未卜，你想，叫妹子怎不要心痛肠断呢？"

志飞听了这话，不觉也凄然泪下。两人又默默淌一回泪，志飞因安慰她道："妈妈乃有福之人，她一定带了丫鬟、仆妇安然在乡间避难，将来母女自有相会之期，所以妹妹不用作无为的伤心的。"

爱卿收束泪痕，点头说道："但愿应了哥哥的话，那真是谢天谢地的了。"

志飞笑道："妹妹谢天谢地，咱还得谢神明哩！"

爱卿听他这样说，忍不住又破涕嫣然笑了。志飞忽然凑过嘴去，附着她耳朵，悄声说道："妹妹，妈妈说像妹妹这么一个好模样儿，真是叫人爱煞。妈妈很想要妹妹给她做个媳妇，不知妹妹肯答应吗？"

爱卿听他竟说出这个话来，一时把两颊涨得绯红，啐他一口，又把秋波白他一眼，却是低头不答。志飞见她这个模样，也自知失言，慌忙连声赔罪道："该死该死，咱胡说八道的，妹妹就当它放屁好了，请你不要生气吧。"

爱卿听他说自己放屁，这就忍不住又扑哧一声笑了出来。志飞这才放宽了心，望着她娇靥，只管哧哧地笑。爱卿被他笑得怪不好意思的，遂瞅着他嗔道："干吗老望着咱笑？"

志飞舌儿一伸，"啊哟"笑道："妹妹这就太厉害了，怎么连咱笑也不许笑了吗？"

爱卿抿嘴道："谁又不许你笑，但你为什么老望着咱笑呢？"

志飞瞧她薄怒含嗔的意态，是更增加她的妩媚和可爱，一时情不自禁，指着自己嘴角笑道："哟！什么东西咬咱一口，妹妹给咱瞧一瞧吧。"

爱卿信以为真，连忙凑过脸儿来瞧，说道："在哪里？"

谁知志飞乘其不备，出其不防，竟骤然把脸儿一偏，将嘴儿在她的樱唇上亲了一个吻去，咯咯地笑道："在这里，在这里。"

爱卿冷不防给他吻了一下，方才晓得自己中了他的圈套。见了他这样得意忘形的神情，觉得自己未免是太吃亏了，嗯了一声，伸手恨恨地打他一下，噘了小嘴儿，娇嗔道："志哥，你老欺侮妹子，咱可告诉你的爸爸去了。"说着，便真的站了起来。

志飞见了，急得连忙拦住了她，求饶道："好妹妹，你就饶了咱吧！咱下次再也不敢了。"

爱卿啐他一口，秋波盈盈地白他一眼，抿嘴忍不住要笑出来，但假意又竭力绷住了粉颊儿，娇嗔道："咱知道告诉妈妈去，你是不怕的。如今咱要告诉你爸爸去了，你可也怕了吗？"

志飞笑道："其实告诉爸妈去，咱倒全不怕的。因为爸妈知道了，最多也不过骂一顿打一顿罢了。倒是怕妹妹生了气，那咱真要急得寝食全废了呢！"

爱卿听了这话，那玫瑰花儿般的颊上，笑窝儿早又掀了起来，但忽然又鼓了两腮，嗔他道："原来你只怕妹子生气，现在妹子偏生你气了，瞧你饭吃不吃？觉睡不睡？"说着，便真个回身到床边坐下，别转了脸儿不理睬他。急得志飞走到她的面前，左一揖，右一揖地赔罪不止。

谁知就在这个时候，忽听一阵咻咻的笑声，震碎了寂寞的空气。两人慌忙回头瞧去，原来玉蓝和小英笑盈盈地走了进来。小英手里尚端着一盘粥菜，放在桌上，很神秘地望了志飞一眼。志飞到此，也觉有些不好意思，退在一旁，搭讪着道："小英，爱小姐的燕窝粥烧好了，咱们可曾开饭了吗？"

小英抿嘴笑道："饭是就可以开了，大爷怎么现在倒又想吃了吗？"

志飞、爱卿听了这话，两人原是极顶聪敏的人，眸珠一转，方才知道玉蓝和小英在房外已是窃听好多时候了。这就愈加感到难为情了，志飞只会憨憨地笑。爱卿红晕了脸儿，拉着玉蓝的手儿，只好也搭讪着问道："姐姐怎么一下午不到妹子房中来，敢是在什么地方玩儿吗？"

玉蓝眉儿一扬，乌圆眸珠在长睫毛里一转，掀着酒窝儿，秋波向她瞟了一眼，显出天真淘气的样子，哎了一声，笑道："不错，姐姐在瞧戏呢！这出戏名叫作李逵骂了宋江，到后来又赔罪。"

小英听了，接口笑道："玉小姐，你怎么要念出许多字眼来呀？那出戏就是负荆请罪哩！"

玉蓝扑哧的一声笑出来道："原来叫作负荆请罪，咱平日不常瞧戏，所以对于戏名都十分生硬。妹妹，这个负荆请罪的戏真好看，姐姐几乎笑痛了肚子。这个李逵赔罪的时候，左一揖，右一揖，真个有趣哩！妹妹不知可也曾瞧过这一出戏吗？"

玉蓝说到这里，又凝眸故意望着爱卿。爱卿一颗芳心，真是又羞又恨，又爱又喜，连耳根子都忍不住通红起来，方欲装作毫不介意地回答她，不料小英弯了腰肢，早已咯咯地笑了起来。玉蓝瞅小英一眼，嗔道："这妮子可发痴了，干吗这样好笑呀！"

小英道："听小姐说说已经是够有趣了，那小姐瞧了，真无怪要笑痛小姐的肚子哩！"

玉蓝听小英倒也惯会说话，这就不禁也抿嘴笑了。这时爱卿、志飞两人被她们一吹一唱地取笑着，真个是弄得坐也不是立也不是，也只好附和着笑。

玉蓝见爱卿的两颊已红晕得可爱，遂也不再取笑了。正经地拉着她手儿，抚了一会儿，微笑问道："妹妹这几天胃口怎么样？妈妈说妹妹想什么吃，只管和姐姐说好了。在姐姐家里，原和自己家中一样，妹妹千万不用客气的。"

爱卿听了，感激万分，明眸脉脉地凝望着玉蓝粉颊儿，说道："为了妹妹生病，已把姐姐够累苦了。又叫妈妈这样替妹子操心，那真是叫妹子不知如何报答才好呢！"

玉蓝道："说什么'报答'两字，反正彼此都是自己人哩！妹妹，你快吃粥，别冷了，咱们也得吃饭去了呢！"说着，便望了志飞一眼，于是两人和小英便都到上房里去了。

上房里德林夫妇听志飞兄妹两人和小英都嘻嘻给哈地笑进来，因忙问道："你们拾到了什么好宝贝呀？怎么都这样高兴哩！"

玉蓝道："妈妈，咱和小英在瞧一出负荆请罪的戏呢！"

德林听了，笑道："你今天也不曾出去，怎么在哪儿瞧到的呀？"

何太太到底比德林灵敏些，瞅了德林一眼，笑道："你这人真老实得可怜，玉儿瞧的负荆请罪戏，咱倒有些明白了。"

德林听了，望了志飞一眼，只见志飞脸儿红红的，好像有些怕难为情的样子，于是也理会过来了，不禁"哦哦"响了两声。因了德林响了两声"哦"，倒引得众人都忍不住又咯咯地笑起来了。

这时仆妇开上晚餐，于是大家入席。何太太向玉蓝望了一眼，笑问道："玉儿，你爱妹今天身子怎么样了？咱是有两天不曾去看她了。"

玉蓝笑道："这是要问哥哥的，因为哥哥今天在爱妹房中坐了大半天呢。"

志飞向玉蓝白了一眼，却不回答，只管低头吃饭。玉蓝咦了一声，说道："妈妈，你瞧哥哥这什么意思，好像把妹妹恨得最好给他打一顿似的。"

志飞听了，忙笑道："妹妹这话打哪儿说起？咱何曾恨过妹妹啦！"

玉蓝抿嘴哧地一笑，说道："你不恨我，干吗用眼睛白妹妹呀？"

志飞笑道："这是什么话，妹妹不白咱，怎么知道咱用眼睛白妹妹呢？可见妹妹先白咱哩！"

玉蓝啐他一口，笑道："你这只贫嘴可不是爱妹那儿学来的。竟这样会缠人哩！"

何太太笑道："好了好了，玉儿专门跟着哥哥身后取笑，这就无怪哥哥要恨你了。"

玉蓝"呸"了一声，向志飞扮个鬼脸，笑道："表面上说恨，恐怕心里喜欢也来不及哩！"

何太太听了，忍不住也呵呵笑道："玉儿这话也说得是，不过爱姑娘的心里意思怎样，到底还不晓得哩！"

玉蓝道："这个包在咱身上，哥哥和爱妹一路上来，彼此是早已心心相印了呢！"

德林也笑道："只要他们儿女自己喜欢，咱们做父母的是没有不答应的了。"

志飞听了，望着玉蓝笑道："妹妹可听见了没有？"

玉蓝心虚，两颊一红，故作不解问道："哥哥这话有趣，你自己听着些，怎么倒叫妹子听呢？"

德林夫妇也不明白，忙问志飞："这话怎说？"

志飞笑道："爸，妈，你们这个可不知道了吧！咱说这话，当然其中自有道理的。你们可记得爱卿还有一个哥哥如玉吗？"

何太太点头道："这个咱记得，他还是咱玉儿把他救了性命呢！怎么啦，难道如玉和咱玉儿也有爱情吗？"

玉蓝听到这儿，两颊通红，发急道："妈妈，你怎么说出这个话来，听哥哥胡嚼呢！"

志飞噘着嘴，向她一披，笑道："说妹妹了，你就发急了。妈妈，如玉的性命是全仗妹妹救的，后来妹妹生了怪病，也全仗如玉服侍的，这样两人投我以桃，报之以李，其中的感情不是一定也很好了吗？所以咱说妹妹和如玉也真是一对……"

玉蓝听他说到此，把手中筷子掉了过头，向他一扬，牙齿微咬着嘴唇，嗔道："哥哥，你再说下去，咱可捶你了。"

志飞哈哈笑道："谁叫妹妹取笑，这叫作六月债，还得快呀！"说得德林夫妇和小英都笑了。

何太太道："如玉孩子今年不知几岁了，模样儿不知生得好不好？"

志飞笑道："咱问过爱卿，她说比妹妹长一岁，模样儿好不好，这个只要瞧他妹子，那就可以知道了。虽然咱没有见过，但妹妹是早已是瞧得不要瞧了，妈妈，你倒不妨问一问妹妹自己呀！"

玉蓝秋波恨恨地白他一眼，却低头不语。志飞笑道："妈妈，你瞧妹妹这算什么意思？好像把哥哥恨得最好给她打一顿似的。"

志飞这一句话，连玉蓝自己也给他说得抿嘴嫣然笑了。何太太拿帕儿，拭着眼睛，笑道："这两孩子就真淘气，你取笑我，我取笑你，真累我眼泪都给你们笑出来了。"

德林道："如玉现在不是给志儿师伯带上山去了吗？那么将来倒也是个少年英雄，人儿倒颇相称。"德林说到这里，脸上显出很得意的颜色，把手抚着长须，微微地笑着。

玉蓝瞧爸神气，芳心又喜又羞，垂了粉颊儿，却不敢抬起来。何太太想了一会儿，笑道："这两头亲事若成功了，倒也有趣，妹夫便是阿舅，阿舅便是妹夫哩！"大家听了这话，忍不住又都笑了。

这一餐晚饭，大家都吃得十分快乐。志飞和玉蓝兄妹两人的心中，也都放了一块大石。因为爸妈两位老人家的意思，是顺从儿女心中的意思为目的，那么将来自然稳稳成功两对美满的姻缘。你想，不是他们要喜欢煞人吗？从此以后，玉蓝和爱卿更加亲热，两个小儿女在闺房里，你取笑我，我取笑你，莺莺燕燕，那种羞人答答又喜悦又难为情的模样，真正是好看煞人哩！

大凡一个人，物质上得到优美，还是精神上得到快乐要紧。爱卿在何家庄虽然生了病，但有志飞这么一个俊美的情人，柔情蜜意地安慰着，有玉蓝这么一个有趣的姑娘，互相雅谑着，心境一快乐，那胃儿亦开，饭也吃得下，所以不到两个月的光阴，爱卿的两颊又红润了，手臂又丰腴了，早又恢复了她原有的丰姿。德林夫妇和志飞兄妹自然十分地欢喜，爱卿颊上的笑窝儿，也时常可以见她掀起来。

如此又过了一个月光景，天气已交新秋，爱卿忽然想及父仇未报，时间倒又过去半载，因此便决心辞别同乡，前去报仇。志飞、玉蓝见她去志已决，于是三人同往。这天大家结束行装，匆匆到上房来向德林夫妇叩别。爱卿盈盈下拜，口中说道："侄女受老伯、伯母厚恩，刻骨难忘。如今侄女此去，若报得此仇，自然仍能有叩见两位老人家的一日。不然，两位老人家的大恩，也只好待来生向你

173

们报答了。"说到这里，不觉泪下。

德林夫妇听了，颇觉辛酸，一面连忙扶起，一面也凄然说道："贤侄女何说此话，想你一片孝意，定然能感动老天，使你达到报仇目的的。"说着，拉了她手，又好好叮嘱一番，二老依依不舍地直送三人到了门外，方才回进屋来。

话说志飞、玉蓝、爱卿三人，这天到了大兴县的一个小市镇上。爱卿向玉蓝问道："姐姐可有肚饿了没有？"

玉蓝微笑道："正想吃些东西。"

爱卿笑道："如此甚好，咱们且找个酒家吧！"

志飞说道："爱妹，你还可记得咱们把山野僧杀败，救陆氏大娘的一回事吗？"

爱卿听了，凝眸沉思半晌，忽然眸珠一转，哦了一声，笑道："有的，有的，可不是就在这里吗？咱还记得陆氏大娘和咱们临别时，殷殷嘱咱们往后路过这里，到她家里玩去。那么现在咱们既到这里，倒不妨去望望她好吗？"

志飞点头说好，玉蓝不知其中详情，忙问是怎么一回事。爱卿遂向她约略告诉一遍。玉蓝"哦"了一声，说道："这就无怪山野僧黑夜里要劫妹妹回寺去了，谁知齐巧又给姐姐瞧见，因此反成全咱们兄妹相逢，那真也是一个巧事哩！"

说话时，只见志飞在前，早已在一家酒店门首停下，回头向两人一招手，于是三人便到里面坐下。志飞笑道："咱们且先吃饱了，然后再问伙计，进内望她去。不然倒好像是来吃她的白食似的，因为她见了咱们，难道还肯让咱付钱吗？"

爱卿频频点了一下头，抿嘴嫣然笑道："志哥想得正是，那么姐姐就请点菜吧！"

这时店小二已上来泡茶，志飞、爱卿仔细向他一打量，却不是从前那个，想是已换了人，遂也不去问他。玉蓝道："这里有什么新鲜的菜？"

店小二听了，忙赔笑脸说道："小店地处乡间，菜备得不多，无非是鱼肉虾蟹之类，请姑娘点几样是了。"

玉蓝、爱卿遂点了火煨羊肉、红烧蹄子、油炸虾仁，外加清炖鸡儿全只。店二连声答应，问酒拿几斤。志飞道："先拿十斤来吧！要烫热的，菜都要新鲜。"

店小二说了一声"晓得"，便即下去。玉蓝向四周望了一眼，笑道："想不到如此一家小酒店，生意倒着实不错哩！"

爱卿道："可不是！这也许因为这儿酒店少，所以生意自然好了。"

不说两人在一旁闲谈着，志飞却向柜上暗暗望将过去，只见上面坐着一个年约二十五的男子，生得一副白净的脸蛋儿，两道眉，一双风流眼，虽然人儿颇觉秀气，却带有几分奸猾之气，心中不免暗想：这男子必是陆大娘雇用的账房无疑了。但这人的品性，未见纯粹，陆大娘是个年轻妇人，将来少不得要吃他的亏，不晓得陆大娘为什么要雇用这样一个人哩！

正在暗自思忖，忽见里面走出一个年轻少妇，打扮得花枝招展，满脸含笑地走到柜旁，向那男子亲自倒一盏茶，叫声："夫君，辛苦了一整天，此刻不知可有饿了没有？要不待奴家去端一盘馒头给你充饥吗？"

那男子见了少妇，便伸手把她拉近身旁，含笑说道："没有饿，晚上咱们一块儿欢饮是了。"

志飞当初见了那少妇，还以为就是陆大娘，及至仔细一瞧，方才知道已换了一个。因为陆大娘是穿素的，那妇人却是浓妆艳服。同时打量她的脸蛋儿，也大不相同，陆氏大娘，貌虽艳丽，但温文端重，有大户人家气概。那妇人却是美目流盼，春色横眉，满脸显出风骚的样子。心中这就暗暗称奇，那妇人称男子为夫君，这两个人自然是对夫妇了。那么陆大娘到什么地方去了呢？莫非她已把这爿酒店盘给人家了吗？

志飞正在暗自猜度，忽见爱卿向自己衣袖一扯，悄声儿地问道："志哥，你瞧这两人是什么关系？陆大娘呢？"

志飞听了，回眸过来，向她望了一眼，笑道："你没听见他们两人的称呼吗，是个两口子的关系哩！咱想陆大娘一定听从妹妹的话，把那家酒店盘给他们了。你说对不对？"

爱卿点头笑道："不错，陆大娘这人真好，实在可称是个节妇了。"

玉蓝道："这种人儿，的确难得，因为她的年纪，不是还很轻吗？"

志飞说道："所以咱说烈女易而节妇难哩！"

大家议论一会儿，店小二把酒菜早已端上，玉蓝将酒壶抢了过来，爱卿不依，说道："妹妹年纪最小，理应妹子先来给两位斟酒，怎么倒叫姐姐拿酒壶呢？"

玉蓝哧地笑道："没有这个话的，酒随便哪个都可以斟的，妹妹斟和姐姐斟不是一样的吗？反正这儿又没有外人，妹妹客气什么？待将来妹子做了新嫂嫂的时候，就多斟几杯姐姐喝是了。"

爱卿听她这样说，不觉两颊盖上了一层红晕，啐她一口，嗔她道："好好说话，姐姐老缠绕着妹子取笑，咱可不依你哩！"

玉蓝一面哧哧地笑，一面给两人各筛了一满杯，抿嘴又笑道："不用客气，这是姐姐贺你的。"

志飞听了，乐得眉儿飞扬，偷望了爱卿一眼，只是哧哧地笑。齐巧爱卿也在偷瞟志飞，四目相窥，不免都扑哧地笑了。爱卿白了玉蓝一眼，说道："姐姐这算什么话？妹妹大仇未报，还有什么可贺的吗？"

玉蓝咦了一声，说道："妹妹此去，咱们不是一同报仇去吗？姐姐预知此仇必报，你想，不是应该要贺贺你吗？"

志飞笑道："妹妹这话也说得是，如此咱们共干一杯。"

爱卿听他们这样说，也就无话可说。遂举起酒杯，和两人一碰，大家一饮而干。玉蓝喝完了这杯酒，垂了粉颊儿，忍不住又哧哧地笑。爱卿知道她这样好笑，至少带有些神秘的意思，因把明眸瞅着她，问道："姐姐，你可是发痴了吗，老笑干什么？"

玉蓝抬头又笑道："妹妹这话奇怪，姐姐心里高兴，难道不能笑吗？"

爱卿唔唔响了两声，点头也笑道："妹妹晓得姐姐高兴的原因了，可不是想着咱的如玉哥哥了吗？"

玉蓝听了这话，把两颊羞得绯红，伸手扬了扬，做个要打的姿势，说道："这妮子疯了，姐姐可捶你了。"

爱卿两手捧着她的手儿，一面求饶，一面咯咯地笑，志飞见两人这样淘气，因笑道："大家都不要说来说去了，这个样儿给旁人瞧见，不是当笑话吗？"两人听了，方才罢了。

这一餐吃毕，时已黄昏。志飞付去了账，三人便急急赶路。约莫走了五六里路程，到了一个小村。这时暮色笼罩大地，新月已从云堆掩映而出。三人方欲找寻人家借宿，忽见前面婴孩啼哭之声。寻声而往，只见一棵大树下放着一个孩子，上面枝条儿上竟悬着一个妇人。爱卿大吃一惊，立刻把她抱下，躺在地上。虽在月光依稀之下，尚认得出这妇人正是陆氏大娘，一时心中奇怪万分，不禁"咦咦"起来。

未知陆大娘为什么要上吊自尽，且待下回再行分解。

177

第十五回

伤寒起病谁怜孤寒骨
泼水湿衣又结露水缘

阅者诸君，可还记得陆氏说她夫君白紫英有个小叔在外经商未回吗？原来这个小叔名叫紫雄，是紫英的嫡亲弟弟，年纪二十五岁。天下事有凑巧，当志飞、爱卿离开大兴县后三天，陆氏方欲着人去请一位账房来坐柜，不料紫雄却从外面经商回来了。当下陆氏见了紫雄，便很欢喜，说道："二叔来得正好，店中缺乏人手，你正可以给嫂子来管理呢！"

紫雄听了，一面安顿行李，一面说道："嫂子这话怎么讲？哥哥到哪儿去了？"

陆氏一听他问起丈夫，心中一阵伤心，那眼泪早已滚滚掉了下来，呜咽着泣道："二叔，可怜你哥哥已在半年前死去了。"

紫雄听了这话，不禁顿足哭道："什么，哥哥已死了半年多了吗？啊哟！怎么不预先通知咱一声儿，可怜咱们弟兄分手一年，哥哥竟已作故人矣！"说罢，挥泪不已。引得陆氏更加悲痛，忍不住号哭起来。

叔嫂泣了一会儿，陆氏方才停止呜咽，收束泪痕，亲自倒了一杯茶，叫声："叔叔用茶，远道回家，想是辛苦了，请休息一会儿吧！"

紫雄道："嫂嫂请坐，咱哥哥身体素来强健，不知患了何病，竟死去这样快呀？"

陆氏听了，淌泪道："你哥哥原是身体强壮，不料那晚从友人家里喝酒回来，路遇暴雨，以致淋得浑身湿透。谁知次日便即发热发冷，由疟疾而变成伤寒，虽经医生诊治，但终于不救而死，为时不过两月。那时可怜咱这个孩子还只有三个月呢！唉，想不到这孩子竟有如此命苦哩！"说罢，那泪又像雨点一般地滚下来。

紫雄瞧她似海棠着雨，颇觉楚楚可怜，忍不住也长叹一声，垂下泪来。这时陆氏又把许多药方取出，拿给紫雄瞧。紫雄瞧了，知道哥哥确系伤寒而死，因问："灵柩放在何处？可有下葬吗？"

陆氏道："已葬在离这儿六里远的石家堡地方，堂前还设着灵座哩！"

紫雄站起来道："那么嫂嫂引路，待咱到兄长灵前先去吊祭一下。"

陆氏听了，遂含泪到了堂上，在灵前点起香烛。紫雄走到灵前跪了下去，含泪哭道："哥哥，想不到分别仅一年，您竟已撒手西归，怎不要叫弟弟心痛啊！"说罢，拜了四拜，却爬不起来，号哭不止。

陆氏瞧此情景，心似刀割，也哭得死去活来。好一会儿，紫雄方收束泪痕，劝陆氏也别哭了。两人复到书房，紫雄问道："侄儿叫什么名字，如今可有几个月了？"

陆氏道："咱弥月后五天，你哥哥便即得病，现在还只有八个月多一些呢！名叫骏华，叔叔等会儿，待嫂子到房中去抱来与你瞧吧！"

陆氏说着，便到卧房里，把骏华抱来。紫雄抱在怀中，细瞧一回，觉其貌酷肖兄长，不免又叹息一声。陆氏也偷弹眼泪，一面抱过骏华，一面问："叔叔外面经营生意如何？是否仍要去的？"

紫雄道："咱在外经商也不过如此，心里记挂兄嫂，故而特地回家来探望一次。"

陆氏道："既然如此，叔叔何妨就在店中管理一切，自从你哥哥死后，咱一个妇人，内外都要料理，实在忙不过来。如今叔叔回来，嫂子也可以放下一头心事了。"

紫雄听了，心中暗暗欢喜，遂点头答应。此时室中已上灯火，陆氏给紫雄烫酒热饭，叔嫂又谈了一会儿家中的事务，便各回房安寝。从此以后，陆氏管理里面事务，紫雄管理店中账目，倒也相安无事。

原来紫雄在外经商，倒挣了七八百两银子，只因为心贪女色，成天在烟花巷中迷恋妓女，以致把七八百两银子，完全花尽。并且在东家那里还用尽了三百两银子。东家原是一钱如命，当然大发雷霆，遂把紫雄辞歇。紫雄在外既无安身之所，只得快快回家。但又怕兄长得知责骂，所以本来很是担心。谁知一到家中，知兄长已死，嫂嫂叫他管理店中账目，那真是求之不得的事儿，心中自然喜之不胜。起初自己也有些懊悔以前的不是，今后必定要重做一个人。后来住了两月，见嫂嫂女流可欺，店中生意又如此兴隆，因此不免旧病复发。每当晚上关了牌门，就到附近私娼里去游玩，把所有收入，花去大半。月底结账，紫雄老推说放账并未收回。陆氏只道他是个好人，也就深信不疑。

光阴匆匆，春光早已过去，时到仲夏。这天傍晚，紫雄换了白纺绸长衫，拿了折扇，摇摇摆摆，原到一家私娼那里玩去。不料经过一户人家的门前，忽然门儿开处，竟有人泼出一盆水来。紫雄猝不及防，竟被她泼了一身。你想，紫雄兴冲冲地要想去嫖私娼，谁知有人把他新衣服泼湿，这不是要大光其火了吗？正欲回身破口大骂，忽然听得有个女子娇滴滴声音说道："啊哟！这可怎么好？"

紫雄一听，慌忙回眸望去，原来却是一个俏丽的妇人，上身只穿一件薄薄的纱衫，下身一条绸裤，露出两只小小的金莲。她酥胸半掩，卷高了衣袖，仿佛正是兰汤浴罢的模样，见紫雄回眸过来，便红晕了脸颊儿，对他盈盈一笑，又送给他一个媚眼，便自逃进里面去了。

紫雄本是一腔怒火，自被她临去那秋波一瞟，同时又加上这个甜甜的一笑，顿时把他要发泄出来的怒火，立刻抛到东海大洋去了。心里荡漾了一下，一时也不禁为之神往，心中暗想：这妇人的丰姿倒着实不错，她既然对我嫣然一笑，可见是含有些意思的了，咱何不进内去和她见个礼呢！但转念一想，这个不对，万一她屋中是有丈夫的，那咱不是要担个调戏妇女的罪名了吗？

紫雄这样地一想，因此欲前不前地正在沉思。谁知就在这个时候，忽见里面匆匆地又走出一位老媪来，向紫雄满脸堆笑地叫道："哟！这位大爷可不是盛兴酒店的老板吗？真对不起得很，咱的大娘没留心，把大爷的长衫泼湿了，大娘心里真不好意思，所以叫咱出来请大爷进内坐会儿。大爷把衣衫脱下，让大娘给你烫一烫干吧！"

紫雄听了这话，不觉喜出望外，忙向那老媪含笑问道："老妈妈怎么认识咱呀？"

老媪笑道："大爷贵人多忘，那天老身到大爷那儿沽酒，少了几个铜子，店小二不答应，后来不是大爷说算了，店小二才没话了吗？老身因此认识大爷一定是店内的老板了。快请里面坐，快请里面坐。"

紫雄听了，这才记得了，心中暗想：有这黄婆一拉皮条，那咱的艳福就不小了。遂一面点头，一面大胆进内。那老媪就砰的一声，关上了大门。两人到了客室里，见里面并没一人。紫雄忙道："你家大娘在哪里？这一些小事，原不要紧哩！"

正说时，只见内室里姗姗走出一个妇人，正是刚才倒水的那个。她已外罩一件薄罗衫，两颊上犹涂了两圆圈的胭脂，秋波脉脉含情，满脸春色，笑盈盈地走到紫雄面前。那老媪早介绍道："大娘，咱还道是谁？原来就是盛兴酒店的老板呢！"说着，又向紫雄道："大爷，这位是咱的大娘，你们大家见个礼吧！"

紫雄听了，早已抢步上前，恭恭敬敬地作下揖去。妇人亦忙福了一个万福，娇声地谢道："奴家刚才冒昧得很，把脸水泼了大爷一身，一切还请大爷原谅才好。"

紫雄亦忙说道："大娘说哪儿话来，这是咱自己不小心，岂是大娘的过失。如今承蒙大娘垂青，招之入室，得晤芳容，此真三生有幸也。"

那妇人听紫雄反怪他自己不小心，心里好笑，俏眼儿斜乜了他一眼，忍不住抿嘴哧地笑了。

这时老媪倒上两杯香茗，一面又向紫雄笑道："咱真也老糊涂了，大爷认识倒有好多天，却是一向不曾请教大爷的贵姓哩！"

紫雄笑道："咱姓白名叫紫雄是也，咱也和你一样糊涂哩！请问大娘贵姓，家里不知尚有何人？"

那妇人听了，似有无限娇羞之意，垂了粉脸颊儿，却是默然不答。那老媪见她如此不胜难为情的样子，遂代为答道："咱的大娘杨氏，大爷叫汤天花，原是一个多情的少年，可怜竟生病死了，所以咱大娘是哭得死去活来，一定要削发做姑子去。倒是老妇竭力劝慰，大娘方才罢了。现在家里除了大娘和咱两个人外，是再也找不出第三个人了。"

紫雄听了，这才知道这女人是一个孀妇，心中喜欢万分，遂也忙说道："老妈妈这话真不错，年纪轻轻的人，怎么可以做姑子去，那岂不是辜负了青春时期的生活了吗？虽然你家大爷是死了，但你家大娘应该可以自己找一些快乐，那么人生才有意思呢！"

杨氏听了，芳心一动，微抬蛾首，向他若有情若无情地一笑。紫雄被她这样一来，真个有些神魂飘荡，目不转睛地竟只管盯住了杨氏出神。杨氏被他瞧得两颊红晕，遂搭讪道："那么请白大爷把长衫宽一宽，请咱们把那水渍烫干了吧。"

紫雄听了，哪敢违拗，遂即脱下，交给杨氏。那老媪早接过去道："大娘，这个给老身拿去吧！你就伴白大爷谈一会儿，这位白大爷的人儿可不错哩！"

紫雄忙笑道："老妈妈，你不要把咱赞美得太好了呢！"

老媪听了，笑了一笑，便自进内去了。两人相对坐了一会儿，紫雄搭讪道："请教杨大娘的芳名是什么？今日相逢，真也可称是巧！"

杨氏嫣然一笑，说道："可不是，奴家名叫小翠，白大爷府上不知有什么人？"

紫雄道："咱们本是两兄弟，哥哥死了，家里只有一个寡嫂，现在这酒店就是由咱掌管着。"

小翠听了，心里大喜，哦了一声，说道："原来白大爷还不曾娶亲吗？"她问到这里，两颊早已添上两圈红晕。紫雄见她不胜娇羞的神情，心里真有说不出的喜欢，因笑道："可不是？咱还不曾娶亲哩！要想找一个才貌双全的女子，真也不是一件容易的事情呢！大娘的夫君不知过去了多少年数了？"

杨小翠见问，便眼皮儿一红，叹了一口气，说道："是已死了三年了，唉！奴家真是苦命。"说到这里，已是盈盈欲泣的模样。

紫雄见她这样伤心，遂劝她道："人死不能复生，这也是没有办法的事情，徒然伤心，根本没有什么益处。好在大娘是明白的人，当然不必拘于旧礼教的束缚，假使有年轻貌美的多情公子，那你不是仍可以再醮吗？只不过眼前很少这样一个人罢了。好像和咱一样，心中虽然想讨一房媳妇，但却也找不着相当的人儿呢！"紫雄说完了这话，不时以目视小翠，小翠哪有不知道的理由，但却故作不知，低头无语。

这时天色已夜，室中差不多要上灯了。只见那老媪拿着长衫出来，笑道："好了，好了，可叫白大爷等候好多时候了吧！"

紫雄一面穿衣，一面连说没关系。这时老媪早上了灯，紫雄觉得还只有初见，究竟不好意思，遂告别出来。小翠笑盈盈送到门外，嘱他常来玩玩儿。紫雄自然含笑答应，他便又到私娼里去宿夜了。

原来这杨小翠本是人家一个童养媳，后来丈夫汤天花死了，她的公公便看中她，事被婆婆知悉，妒心勃发，遂将小翠痛打一顿，

183

赶出家庭。小翠无家可归，走在路上，意欲自尽，竟遇见从前一个邻居赵氏，把她携到家里，问明缘由，就收小翠做义女。赵氏原是个三姑六婆，她见小翠貌美，意欲挂牌接客，但小翠不肯，说恐被公婆知道，又要领归。因此赵氏东物色人才，西物色人才，预备将小翠嫁一个聚宝盆，自己下半世的生活，可以有了倚靠。果然今天给她撞见了这个白紫雄，所以便欲一心地勾引他。紫雄原是色中饿鬼，自然是乐而接纳的了。

话说到了次日下午，紫雄坐在柜上，正在算账，只见赵氏走来，向他悄声儿笑道："白大爷，咱大娘今晚请你喝杯淡酒，不知大爷肯赏光吗？"

紫雄听了，乐得心花儿都开了，连声答应，一面又问："老妈妈姓什么？多谢你前来相邀。"

赵氏道："咱原是小翠的奶妈，小翠从小就由咱领管，所以她和咱像娘儿一样。咱娘家原姓赵，大爷就喊咱赵妈是了。"

紫雄微笑点头，说晚上准来，赵妈于是便一肚皮喜欢地回家去了。到了家中，小翠接见，问事情怎么样，赵妈笑道："有你这个香饵儿，哪怕鱼儿不上钩吗？"

小翠听她这样说，忍不住咯咯笑了。赵妈附耳又向她说道："今天夜里，你得放出本领来奉承他，将来那一爿酒店，稳稳就是你做老板娘了。"

小翠含羞点头，于是两人烫酒煮菜，在小翠卧房摆设一席。一切舒齐，时已夜了。不多一会儿，果然有人敲门。赵妈忙去开门，见紫雄笑嘻嘻进来。赵妈笑道："白大爷来了，咱大娘已候你好多时候了，请里面坐吧。"说着，竟引他直入房中。

只见小翠凝眸正在梳妆，见了紫雄，便含笑叫声："大爷请坐，今天很热吧！快宽去了长衫。"说着，竟伸出纤嫩玉手，前来给紫雄脱衣。紫雄只觉一阵粉香扑鼻，甜入心房。一面道谢，一面脱下交她。赵妈早来接去挂在橱里，回头笑道："酒已烫好，你们可以喝了，咱去端菜吧！"

小翠秋波斜乜了他一眼，含笑携了他手一同坐下。亲自给他筛了一杯，把纤手搭在了他的肩上，笑道："白大爷，奴家不当你为外人，不知大爷可笑奴家太轻狂吗？"

紫雄想不到她第二天就有这一步亲热的举动，一时乐得不知所云，说道："说哪儿的话来？大娘一片真心待咱，咱们真可谓一见如故，三生石上结的好姻缘了。"

小翠一听，嫣然露齿一笑，举起酒杯，拿到紫雄口边，笑道："喝酒吧。"

紫雄见她亲热如此，心里不免荡漾不止，就低头在她手中喝了一口。这时赵妈把菜端上，向小翠连连丢了几个眼色，遂悄悄掩门出去了。小翠握了筷子，又夹了一筷肉，送到他的嘴里。紫雄笑道："大娘待咱这样好，叫咱不知如何报答你哩！"

小翠听了，偎过身子，笑着瞅他一眼，温柔得像一头羔羊似的，说道："大爷说什么'报答'两字，那不是太见外了吗？"说时，竟把小嘴儿凑到他的脸颊上去，几乎要吻住了。紫雄到此，再也忍不住把脸儿一偏，在她红润润的嘴唇上吻了一下。小翠咯咯一笑，却把身子趁势倒入紫雄怀中去了。

仲夏的天气，彼此衣服原是穿得很单薄，紫雄经小翠躺在怀中，一阵扭捏，只觉小翠的肉体，软绵绵的好像一团米粉，真是肉感十分，顿时全身每个细胞都觉紧涨起来，血液是流动得快速，这就情不自禁地把她的身子紧搂在怀，捧着她的粉颊儿，发狂似的吮吻了一阵。小翠并不躲避，却更显出风骚的浪态，直把紫雄迷得六神无主，竟将小翠当作活宝一般看待了。两人动手动脚地肉麻了一会儿，小翠又咯咯浪笑了一阵，方才在紫雄膝上坐着，一手弯着他的脖子，一手拿过酒壶，自己喝一口，凑过头去，却灌到紫雄的嘴里去。紫雄虽然常常嫖妓宿娼，亲近女人，但从来也没有碰到这样放荡不羁的妇人过，一时那颗心儿的跳跃，几乎要从口腔外跳出来了。小翠一面不住地灌他喝酒，一面娇媚地笑道："奴家自从见了大爷后，不知怎的，昨夜竟一夜没有好睡，今天又茶饭不思，所以特地请大爷驾临一叙。不料大爷果然没有推却，奴家实在非常感激。不过奴家既然这样一片痴心对待大爷，不知大爷心中也同样地想念奴家吗？"

紫雄笑道："不瞒大娘见笑的话，咱昨夜回家睡在床上，却是合眼不得，一合眼就见大娘含笑站在身旁，同时模模糊糊又做了许多梦哩！"

小翠听了，芳心大喜，偎过脸儿，咪咪笑道："大爷这话可当真吗？但是你到底梦到什么啦？"

紫雄听了，故意迟疑了一会儿，凑过嘴去，附耳低低说道："梦中和大娘亲热得不得了，醒来时不料下面竟湿了一大堆哩！"

小翠听了，双颊如霞，秋波水盈盈地斜乜他一眼，啐了一声，忍不住又咪咪地笑起来了。两人对斟对酌，情话喁喁，一个说终身爱你，一个说到死都喜欢你。彼此差不多喝有七八分醉意，紫雄的身上被她坐着，这时皮肤里好像有股电流一般，直通到每个细胞里去，全身便起了异样的感觉。到此便再也按捺不住，伸手将她抱到床上，放下青纱帐子，只听两人一阵很调匀含有节拍的哼声，在夜的空气中流动着。小翠为了要博他的欢心，自然是非常卖力，两人卿卿我我，心肝肉儿，喊个不停。直到事后，小翠忽然把他紧紧搂住又呜呜咽咽哭了起来。紫雄倒吃了一惊，立刻伸手把她嘴儿扪住，低头问道："咦！你为什么哭呀？被人听见了，那可怎么办好呢？"

小翠微抬粉颊，明眸中含了泪水，凝望着他，显出楚楚可怜的样子，低声儿说道："奴家的身子是已失在你的手里，大爷此刻甜言蜜语地说得好，恐怕往后早已把奴家抛到脑后去了。唉！你们原是见花采花的游蜂，奴家一片痴心，也许是白费的吧！"

紫雄忙把嘴儿吮吻她的唇皮，默默温存道："大娘，你别冤枉好人吧！大娘这样恩情对待于咱，咱终不会忘记你的。"

小翠含泪道："那么咱活是大爷的人，死也是大爷的鬼，不知大爷肯收留奴家吗?"

紫雄心里喜欢十分,笑道:"大娘若果愿意嫁给咱的话,那么将来咱一定娶你为妻。好在咱原不曾讨亲,若得大娘这样一个风流的美妇人作为终身伴侣,那真是咱的幸福了。"

小翠听说,芳心虽然暗喜,但故又撒痴撒娇地躲在他怀中,说道:"知人知面不知心,奴家又怎信得过大爷的话呢?"

紫雄听了,就道:"你不信吗,那么咱发誓给你听,咱日后若忘了大娘,定不得好死,那你终可以放心了。"

小翠听他念了重誓,芳心大喜。但忽又身儿一扭,故作娇嗔,说道:"只要你真心对奴家,何苦又说什么死活呢?"

紫雄见她如此模样,真把她爱入骨髓。一时情动,不禁默默地又把她温存起来。直到三更敲过,方才交颈睡去。

次日醒来,只见赵妈已含笑站在床边,说道:"白大爷,咱大娘如此恩情待你,你千万不要忘记才好哩!"

紫雄红着脸儿,含笑答应。从此以后,紫雄不再去嫖妓,夜夜到小翠那里来欢叙。把店中银钱,也全送到小翠的手中。两人恩爱缠绵,直快乐了两个多月。小翠又催他早日把自己娶去,紫雄答应她和嫂子说去。

这天又是月底,紫雄因嫂子等在家中要自己结账去,所以不能在小翠家里宿夜,只好回来。谁知到了店里,见陆氏候在书房,双眉紧锁,好像十分不悦的神气。一见紫雄,便即问道:"叔叔回来了,不知账款可都有收到了没有?"

紫雄心中暗想:若说再没有收到,嫂嫂一定要起疑心,因支吾着道:"收到了。"

陆氏凝眸向他望着道:"收来多少?这里应收账目共计要三百两呢!"

紫雄道:"收回二百两,尚有一百两,下月结清是了。"

陆氏伸手道:"拿银子来看。"

紫雄这一来，真个把两颊涨得血红，只得低声道："银子已被咱用去了。"

陆氏听了，大惊道："全花了吗？啊哟！叔叔，你怎么竟糊涂到如此地步呀！要知道你哥哥辛苦一世，开了这家酒店，现在人儿死了，店中全靠叔叔掌管，谁知你把银钱乱花，那你怎对得住嫂子的一片真心信用你呢！"陆氏说罢，躺下泪来。

紫雄见嫂子并不责骂，反而自己淌泪，一时良心发现，因此走到陆氏面前求饶恕他。陆氏叫他坐下，叹了一口气，含泪说道："事已做了，那还有什么办法，终原谅叔叔年纪轻，被人愚弄，但过去的事错了，你自己要明白，千万下次不能这样糊涂。"说到这里，又十分温柔地道，"只要叔叔安分守己的，不糊涂，嫂子将来自会给你娶个婶子的。要晓得外面的女人，是只认金钱不认人的。叔叔既花了金钱，又伤了自己身子，那不是糟蹋自己的寿命吗？"

紫雄听了陆氏这一番话，心中大大感动，因此垂首连声说是。陆氏见他能改过自新，芳心甚为喜悦，遂也不便多说，轻声地道："叔叔收账回来，想是肚饿，待嫂子给你烫些酒来吧！"说着，便出外端了酒菜进来。紫雄见嫂子这样贤德，心中敬爱万分，忙欠身道谢。陆氏又叮嘱一回，方才自到房中就寝去了。

且说紫雄一面喝酒，一面暗想：小翠的浪态，实在是够人销魂，这叫咱如何舍得抛弃。但嫂子这样温柔对待自己，自己若再糊涂，良心实在又很对不住她。紫雄这样想着，一面连连喝酒。紫雄在小翠那里，本已喝过了酒，此刻再喝不觉酩酊大醉。在他当初心中转的念头，可见本心尚不十分坏。后来醉了，心中忽然想起了一个感觉：嫂嫂这样柔情蜜意对待咱，莫非她是有意思的吗？她说外面女人，只认金钱，不认人的。又说要糟蹋自己的寿命，嫂嫂给咱讨一个婶子，后来她又眼泪汪汪，含情脉脉。莫非她恨自己不知道她的心事，竟不和她一起温存吗？对了，嫂嫂原是一个年轻的寡妇，兰闺冰冷，心中怎不要怨恨悲伤呢？咱今夜准定陪伴她去，说不定她就喜欢咱了。紫雄这样一想，便跌跌撞撞地竟直向陆氏房中走去了。

且说陆氏回到卧房，手托香腮，凝眸望着壁上挂着自己夫婿那张肖像，心里想着叔叔这样糊涂，可怜自己夫君若不死去，何至于弄到如此地步。一阵悲酸，陡上心头，忍不住那满眶子里的眼泪，滚滚掉了下来。泣了一会儿，方欲脱衣安睡，不料外面砰的一声，只见紫雄踢进房来。陆氏见他满脸酒气，醉眼模糊，涎皮嬉脸地直奔过来，心中大吃一惊，娇声说道："叔叔何故如此？"

紫雄猛可抱住陆氏娇躯，微笑道："咱已明白嫂子的心，特来陪伴你的寂寞，请嫂子不用怨恨咱了吧！"

陆氏骤然见他这个情景，芳心又气又急，不禁柳眉倒竖，狠命将他推开，大声叱道："叔叔这话从何说起，你莫非醉迷了心吗？"

紫雄笑道："嫂嫂不是要给咱讨个婶子吗？咱想要娶妻又得花钱，家里现成有着嫂子，既不花钱，又省麻烦，就是咱和嫂子结了夫妇，不是很好的吗？"

陆氏听了这话，不禁气得浑身发抖，遂手指壁上紫英的肖像，向他大骂道："叔叔如何说出这等话来，那你真比禽兽都不如了，你从外经商回家，嫂子待你不薄。你今敢如此相欺，你怎样对得住你已死的哥哥呀！"

紫雄听了这话，猛抬头见那哥哥的肖像，似乎怒目而视，心中一惊，顿时清醒一半，呆了半晌，不觉羞惭满脸，逃回房去了。陆氏待他走后，想着以后光阴，叔叔是否再起歹心，心中真有无限悲伤，这就忍不住又暗暗泣了一夜。

到了次日，谁知紫雄匆匆进来，向陆氏打躬作揖地赔罪说道："昨夜咱酒后失仪，一切还请嫂子原谅，好在嫂子原像咱妈妈一样，想来定能饶恕咱的不是吧！"

陆氏想不到他今日还会来赔罪，心中先是一呆，今听他又说嫂子原像妈妈一样的话，芳心颇为安慰，暗想：如此尚有人心，因正色道："昨夜之事，嫂子亦知叔叔酒醉迷心，不然岂是人类中的一分子吗？"

紫雄听了，含羞不敢抬头，默不作声。陆氏道："人心原是肉做，荒唐绝无结果，叔叔还请再三慎之。"紫雄连声说是，遂退了出去。

从此以后，紫雄果然安静了许多，足有半月并未出外，害得小翠夜夜睡不着，天天相思，叫赵妈早一趟来喊，晚一趟来催。紫雄想着小翠甜蜜的滋味，一颗心儿又活动起来，于是晚上又悄悄地到小翠那里来幽会。小翠既见紫雄来了，却故意并不接见，躲在床上，暗暗垂泪。紫雄问道："怎么啦，翠妹有些不适意吗？"

赵妈道："咱大娘真想苦你了，天天淌泪，不想吃饭，大爷也真好狠的心肠呢！"

紫雄听了，便忙到床边，压在她的身上，把脸儿偎到她的颊上，亲亲热热吻着，叫道："翠妹，翠妹，你怎么伤心啦？咱真想死你了。"

小翠听他这样说，恨恨地啐他一口，娇嗔道："谁要你来涎脸，算咱死了，你一辈子也不用来了。狠心的种子，甜蜜言语，说死说活，现在还不到三个月哩！就忘记咱了，唉！真是个薄幸郎。"说着，竟呜呜咽咽地哭了。

紫雄叹了一口气，说道："你只晓得一味地怨恨咱，可是咱心中，也有说不出的苦衷呢！"

小翠听了这话，立刻停止了哭，一骨碌地翻身从床上坐起，手背在眼皮上一擦，凝眸望着他脸儿，问道："你到底有什么苦衷，倒说给咱听听，你家里既没妻子管束你，你为什么不来呢！"

紫雄道："你有所不知，咱家里尚有一寡嫂，她因咱用去店中三百里银子，便婉言相劝，咱心中被她感动……"

小翠听到这里，狠命把他打了一下，娇嗔道："感动怎么样？就不来了……哦！原来你有了嫂子陪伴，你就想不到咱的好处了吗？"

紫雄忙辩道："这个你别胡说，咱嫂子倒是个贤德的人，岂肯做此丢脸的事。"

小翠听了这话，恨恨地哭到："好好！咱待你这样真情，你还要挖苦咱，骂咱……你走，你走，你快给我走吧！"说着，伤心地哭了起来。

紫雄起初还摸不着头脑，及至仔细一想，方才理会，慌忙将她抱住，赔笑道："该死，该死！咱说顺了嘴，原属无心，不料你就多心了。咱的好人，亲爱的，咱怎么会忘记你，到死也爱你呢！"说罢，伸手在她胸前抚摸不停。

小翠啐他一口，把他手儿摔去，恨恨道："谁还相信你的话儿，你快伴你的好嫂子去是了。"

紫雄却涎皮嬉脸地又去扯她内衣，小翠眸珠一转，这就有了主意，遂半推半就地任他摆布。到了正在甜蜜的当儿，小翠忽然把两腿夹住，紫雄吃了一惊，急问何事。小翠道："你用了三百两银子，你嫂子就要说话，那还算是个好嫂子吗？现在你哥哥死了，这家酒店，应该是你所有，不料你嫂子占为己有，那你不是辛苦一世，给她做牛马吗？况且你说她还有一个儿子，将来你真要一些钱儿不能到手哩！"

紫雄听了这话，心儿一动，说道："依你怎么样办呢？"

小翠道："咱倒有个好法子，只怕你不肯做。"

紫雄道："你且说与我听。"

小翠遂附耳和他低说了一阵，笑道："好不好？"

紫雄道："好虽好，但咱良心上说不过去。"

小翠听了，恨恨地把他一推，说道："那么咱和你几时才可做长久夫妇？哼！咱知道你的心了，你和嫂子已私通久了，便欲结为夫妻，把咱不过随时有便来玩玩罢了。你走，你走，咱不稀罕你，从此你就别来了。"

紫雄正在欲罢不能的当儿，如何肯舍，因此便紧紧覆着不动道："你急什么？咱答应你照办是。"

小翠一听答应，心中大喜，便挺身迎战，浪个不停，直把紫雄乐得神魂飘荡，几乎翻身掉下马来。

到了次日，小翠把赵妈喊来，去叫赵妈干儿子阿三到家，嘱咐他如此如此，事成之后，定有重赏。阿三连声答应，紫雄给他五两银子，叫他先买衣服换去。

未知小翠想的是条什么毒计，且待下回再详。

第十六回

昧良吞产衔血喷人毒
登岩入洞无心得剑奇

　　诸位阅者，你道小翠想的是条什么毒计？原来她买通赵妈的干儿子阿三，叫他夜里预先藏在紫雄的书房里，待陆氏回房，他便前去调戏。然后紫雄再撞入房中，假意捉奸，问阿三和陆氏私通已有多少时日。阿三诬说已有两年，并说紫英是陆氏毒药害死的。看官的，你想这个阴谋可厉害吗？且说紫雄把计谋安排停妥，就欣然回家，假意做出十分勤俭的神气，一天到晚，也不出外去。陆氏见叔叔果然改过做人，芳心还暗暗欢喜，感谢苍天。

　　如此又过了二十多天，紫雄那夜便把阿三藏在书房里面。陆氏送饭来给紫雄吃道："叔叔辛苦终日，快吃饭了吧！酒不敢叫你多喝，还是少喝些的好。"

　　紫雄连忙称谢，问嫂嫂可曾用过。陆氏点头道："吃过了，外面可上了牌门？"

　　紫雄道："一切都已舒齐，嫂嫂放心是了。"

　　陆氏遂道晚安，自行回房。且说紫雄待陆氏回房，便叫阿三从床底出来。两人坐着喝了一会儿酒，待二更敲后，紫雄遂叫阿三前去行事。且说阿三到了陆氏卧房，见陆氏已熟睡在床上，旁边睡一小孩。他便轻轻把孩子抱到脚后一头，自己脱了衣服，蹑手蹑脚地和陆氏并头躺下。鼻中只闻到陆氏身上发出的细香，甜入心房。意欲抱住吻了一个痛快，又恐事情弄糟，因此只好动也不动地眼睁睁望着陆氏粉颊出神。约莫一顿饭时候，忽听紫雄从外面大喊："哥哥到哪儿去，哥哥到哪儿去？"竟直踢进房来。

陆氏从梦中惊醒，还以为叔叔旧病复发，吓得芳心乱跳，连忙从床上坐起。因为刚醒的缘故，一时却不曾注意床里躺着的阿三，只顾把脸儿向外，对紫雄说道："叔叔何故深夜到此？"

紫雄故作睡眼蒙眬，两手揉着眼皮，说道："咱在书房里睡着，忽然梦见哥哥向嫂嫂房中走来，咱以为哥哥不曾死去，所以糊里糊涂地竟跟着到嫂嫂房中来了……"说到这里，忽然又啊哟了一声，咦咦起来，说道："嫂嫂！你床内躺着的，这是何人？"

陆氏听说，慌忙回眸望去，一见阿三，芳心大吃一惊，一时弄得莫明其妙，仔细打量自己下体，觉并无异样，心中方才略安。正欲娇嗔喝问，紫雄早已抢步上前，把阿三从床上一把拖下，一脚踢倒，冷笑一声，说道："嫂嫂做得好事，哥哥待你不薄，竟敢做此勾当，这真哥哥有灵，所以特地托梦让咱前来撞奸。"说罢，伸手在阿三身上连捶两拳，大声喝道："你这小子何人？快快说来，与咱嫂子私通已有多少日子？若有半句虚言，定不饶汝狗命。"

陆氏这时心中惑得无可形容，跳下床来，披上衣服，向紫雄说道："叔叔这话何讲？你还是快问他如何进来，胆敢睡在咱的床上。"

紫雄呸了一声，哈哈笑道："嫂嫂这话奇了，如何他能进来，这是要问你的呀！你们两人若没有奸情，你为什么好好和他躺在一头睡啊！这真正笑话极了。"说到这里，又厉声向阿三骂道："这个王八蛋，你快与咱说个明白，不然……"说到这里，挥拳又打。

阿三见了，假作战战兢兢的模样，连喊："大爷饶命，小的说给你听是了。"紫雄方才停手不打，连催快说。

阿三故意又望了陆氏一眼，支吾了一会儿，才说道："咱名叫阿三，和你家嫂子通奸已有两年，她因恐你哥哥知道，所以把你哥哥用毒药害死了。这个骏华孩子，亦是我和你嫂子共同生的。这些全是实话，请爷饶了咱的狗命吧！"

紫雄听了，怒目切齿，大叫一声："哥哥呀，原来你还是受屈而死的啊！今日破案，弟弟定给你报仇雪恨。"说到这里，把陆氏手儿狠狠拉来，向她戳指骂道："好个贞节的嫂子，与人通奸，竟敢谋死哥哥。在咱那里假装贞节，咱被你瞒得好苦。今日既然知道，定不饶你。"说着，也把她推倒在地，挥拳便要打下。

陆氏受此冤枉，虽有百口，也难辩白，一时气得四肢冰凉，全身发抖。脸儿由红转青，由青变白，大喊冤枉道："叔叔切勿动手，且听为嫂一言，嫂子若果有此事，死而无怨。今把这小子送到官府，究追底细，自然水落石出矣！"

紫雄大声骂道："你这不要脸的贱妇，两人同衾而睡，已被咱亲眼瞧见，且奸夫先已招认，你犹敢嘴强抵赖吗？咱只要问你一句话，嫂嫂闺房之中，闲人岂能混入。既然混入，你为何不大声叫喊。怪不得刚刚嫂子又来问咱外面可上了牌门，原来是为了要掩人耳目吗？"

陆氏听了这话，几乎气得昏厥在地。猛可摸到阿三身上，向他脸儿要咬，柳眉倒竖，杏眼圆睁，厉声骂道："你这贼子，咱与你无冤无仇，你到底听谁的指使，竟敢苦苦害咱？"

阿三负痛，早已翻身逃开，捧着脸儿，说道："大嫂不用假撇清，当初本是你来诱惑咱，害死大哥也是你的主意。快活的时候，你就爱咱了，现在事情既然破露了，你就把咱痛恨了。事到如此，大家不用怨恨谁，反正吃官司是了。"

陆氏听了这话，目瞪口呆，哇的一声，竟吐出一口鲜血来。紫雄见了，把心一横，走到床前，把那孩子抱起，向陆氏冷笑一声说道："嫂嫂不必假惺惺地作态，奸情已经证实，更有何说？如今这个孩子，既然不是咱哥哥的骨血，留他何用？"说罢，便欲把他掷死，急得陆氏连忙抢住，拉了紫雄哭道："叔叔千万不要听信他的谗言，这个孩子乃是你哥哥的一点骨血，怎么能把他掷死啊！"

紫雄假意大怒道："放你狗屁，哥哥哪有这个野种？现在咱给你走两条路，第一，咱把这个野种摔死了，放嫂嫂一条生路，快快滚回娘家去。不然咱替哥哥报仇，连你一并杀死，任你拣一条路是了。"

陆氏哭道："咱死原不足惜，但这个孩子是万万不能害死的。"

紫雄想了一会儿，把脚一顿，叫声好道："那么就放你娘儿两条性命，快给咱滚出去吧！"

陆氏是一个女流之辈，到此地步，方寸已乱，只要骏华孩子不死，一时糊里糊涂的，也就只得含悲忍泪地抱着孩子，连夜给紫雄赶出去了。紫雄见目的已达，心中大喜，遂叫阿三快去报告小翠。小翠和赵妈一听，不觉喜上眉梢，竟等不到天明，就收拾细软，搬到紫雄那里来。两人相见之下，拥抱一起，乐得不知所云。

从此以后，小翠和紫雄便打算做长久夫妻，占了哥哥的产业。赵氏在内料理一切，阿三在外当差，大家都十分喜悦。看官的记着，志飞、爱卿、玉蓝三人二次到盛兴酒店吃点心，正是陆氏被紫雄逐出后的第五天。

且说陆氏那夜抱着骏华含泪被逐，心中自然万分伤悲，意欲回娘家去哭诉。但自己爸妈早已死去，只有一个弟弟，又远在外省，如今到哪儿安身好呢？正在无路可走，忽然想着石家堡地方，自己有个表姐住在那里，现在何不到她那儿暂时住一宵呢？想定主意，便连忙赶路。

待她走到石家堡地方，她那两只金莲，已是酸疼十分，认明了表姐的家门，敲门叫喊。陆氏表姐方氏，是个四十岁的妇人，为人非常和气，可怜她的大夫也于五年前死了，所以生活很苦，膝下又没有子女，独个儿一人，帮人家做些针线活儿，度个苦日子。这晚她正在睡梦中，一听陆氏到来，心中大吃一惊，一面开门接入，一面急急问道："妹妹为何深夜到来，难道家中遭了火灾了吗？"

陆氏听了，泪如雨下，早已呜咽而泣。方氏急道："表妹，你且慢哭，好歹说个明白，也好让咱知道到底是怎么一回事呢。"

陆氏听了，这才从头至尾告诉一遍。方氏方才知道，不觉大怒道："你这狠心的叔子，真正是比畜牲都不如了。他因为奸你不成，所以设此毒计，意欲夺你遗产。可怜表妹慈善成性，竟反遭了他的毒手。唉！那真是好意养犬，反被犬咬了。"

　　陆氏含泪恨道："咱真做梦也想不到叔叔有这样的狠心，表姐，事到如此，请你快给咱想个法子吧！"

　　方氏听了，叹道："叫咱有什么办法，假使往官府告发，先要做状子，便要银钱。姐姐是个穷寡妇，那你是知道的。咱现在想，只要华儿活着，将来自可以报仇的。眼前你就住在姐姐这里，大家帮做些活计儿，度个苦日子，不知你的意下如何？"

　　陆氏听了，也觉此法可想，遂盈盈拜了下去，哭道："妹妹到此山穷水尽的地步，实在已是无路可走。姐姐若能收留，那咱真感恩不尽。不过姐姐自己这样清苦，叫咱心中又如何过意得起。"

　　方氏淌泪说道："咱们姊妹两人，真成个同病相怜的人，假使咱的丈夫不死，妹妹的夫君亦在，今日何至到此地步呢！"

　　陆氏听了这话，觉得正说在自己的心坎儿上，于是两人都忍不住泪流如雨。从此陆氏便在表姐家里住下。

　　光阴匆匆，不觉已有五天。这日，陆氏想起夫君墓地就此间不远，因为心中无限哀怨，所以便前去哭了一场。直到日落西山，陆氏犹恋恋不舍。但又恐表姐心中焦虑，只得离开墓地，一路悲悲切切地回去。此时天色已黑，月儿已从云堆里掩映而出。陆氏觉四郊寂寂，满目悲凉，夜风吹在身上，更加感到无限伤心。想着往后光阴，流泪不已。谁知当她走到一株大树的下面，忽然心中起了厌世之念。模模糊糊把小孩放在地上，解下裤带，拴在树枝条儿上意欲自尽了。

　　诸位看官的且不要着急，天下的事情，假使善有恶报，恶有善报的话，那世间上的恶人，不是要更加多了吗？所以陆氏上吊还不到一会儿工夫，就被爱卿等三个人先发觉了。且说当时爱卿把陆氏放下，躺在地上，玉蓝抱着地上孩子，正在感到白胖可爱，忽听爱卿咦咦起来，心中好生奇怪，急问："妹妹，这个妇人是谁，你可认识的吗？"

爱卿忙道："啊哟，这个人竟是陆氏大娘哩！不知为什么要自尽啦？"

志飞听了，也吃一惊，连忙走近一瞧，果然一些不错，因说道："妹妹，你快去摸摸她的胸口，可能够有救吗？"

爱卿听了，遂伸手到她的胸口按着，觉得心儿尚在跳跃，脸颊儿亦有温意，心中大喜，便笑着说道："不要紧，不要紧，待妹子给她用人工呼吸法救治吧！"说着，便将她两臂拉来，一上一下地伸屈着。约莫半个时辰，忽听陆氏叫声"苦啊"，便悠然醒了过来。微睁明眸，向爱卿望了一眼，泪下如雨，哭道："可怜咱的夫君啊！咱受此不白之怨，咱是只好死了吧！"

爱卿听了，忙说道："陆大娘，你受什么冤枉，不妨告诉咱们，咱们一定可以给你洗雪的。你不知可还认得咱们吗？"

陆氏当初尚糊里糊涂地不知自己是死是活，今听有人呼自己陆大娘，因连忙向爱卿凝眸细瞧一回，虽在月光之下，但如何会不认识。一时不禁悲喜交集，立刻从地上站起，又向她盈盈下拜，叩头叫道："原来又是恩公救了小妇人的性命，此恩此德，真叫小妇人至死不能忘了。"

爱卿连忙把她扶起，拉了她的手儿，柔声问道："陆大娘，你快告诉姑娘，到底是受什么冤枉呀！为什么要厌世自尽，要知道死有轻于鸿毛，重于泰山。大娘一死，这孩子怎么好呢？不是也要饿死了吗？"

陆氏听爱卿这样说，如梦初醒，心中感无可感，一时见了爱卿好像见了自己亲人一样，只觉无限悲酸，陡上心头。只叫声："恩公呀，自别以后，真是一言难尽。"忍不住呜呜咽咽哭了起来。

爱卿、玉蓝见她这样伤心模样，一时也不知道为什么，眼皮儿也红了。志飞因说道："陆大娘，你且不要伤心，到底你是受了谁的委屈，咱们可以给你报仇的。"

陆氏听了，方才停止哭泣，含泪把叔叔诱奸不成，因此设计相害的话，向三人告诉了一遍。

玉蓝听了，不觉柳眉倒竖，大骂道："这贼如此可恶，真正气死姑娘了。大娘放心，姑娘若不结果这畜牲，如何消咱心头之恨。"

陆氏见她容貌和爱卿颇像，怀中尚抱着自己的儿子。听她这样心直口快，感激涕零，遂伸手要过她的骏华，并向她叩问道："这位恩公贵姓？小妇人全仗各位救援，真不知叫小妇人如何报答好呢？"

爱卿代为答道："这是咱的师姐何玉蓝是也，你的叔子既然如此狠心，咱们一定要给他一些教训，大娘放心是了。"

陆氏听了，向三人又拜了下去。玉蓝和爱卿忙把她扶起，说道："大娘千万不用客气，那么此刻咱们且先随你到表姐家里去再作道理吧！"

陆氏点头答应，于是四个人便到方氏家中而来。到了门口，只见方氏正在探首而望，一见陆氏便发急叫道："啊哟，表妹，你怎么到此刻才回家，真正把为姐的焦急死了。"

陆氏忙道："表姐，妹妹在路上遇见三位从前的恩公，你快来迎接。"

方氏一听，忙把三人接入房中，倒上茶来。陆氏给他们代为介绍，方氏因逐一地见了礼。志飞问道："你叔子可曾娶妻？"

陆氏摇头道："没有娶过，可是他在外面拈花惹草，却是非常不安静。"

志飞又道："那么你可知道，他近日有和哪家女子往来吗？"

陆氏摇头道："小妇人自听恩公的话，不敢再在外面露脸。所以一心在内料理，对于叔叔在外行动，却不知底细。"

志飞听了，想了一会儿，站起说道："那么你们且在此等候，待咱一个人去一趟，也就是了。"

玉蓝道："咱和哥哥一块儿吧？"

志飞摇头道："不用，咱想你们和陆大娘还是明天来好了。"

爱卿心想：刚才坐在柜上那个男子，一定就是陆氏的叔子。还有那个艳妆妇人，恐怕就是他的姘妇。志哥不要咱们同去，一定是为了咱们女孩儿家，不便瞧见淫恶的事。于是遂扯了玉蓝一下衣袖，说道："玉姐，那么咱们就待明天伴大娘回店是了。志哥只管独个儿去吧！"

志飞听了，遂匆匆走了。玉蓝待志飞走后，问爱卿为什么放哥哥独去。爱卿附耳向她低低说了一阵，玉蓝红晕了两颊，唔唔响了两声。回头对陆氏说道："刚才咱们曾到大娘店中去望过，谁知柜上已坐一个少年男子，这个想来定是你的叔叔了。后来又走出一个妖艳妇人，叫你叔叔为夫君，不知此人是谁？"

陆氏奇怪道："叔叔并无娶妻，想来一定是他的姘妇了。唉！这狠心的贼子，把咱娘儿俩赶出，他倒去过好日子哩！"

玉蓝笑道："大娘不用悲伤，只怕好日子过得不长久呢！"

不说这里三人闲谈，且说志飞一路赶到盛兴酒店，只见牌门早关。于是纵身跳上屋顶，在屋顶上做个燕儿入巢之势，低头向窗格子里望将进去。这一望，真是气得怒不可遏。心中暗想：幸亏不叫妹妹同来，不然真个羞死她女孩儿家了。

原来紫雄和小翠两人一丝不挂，坐在房中，互相把嘴儿递着酒喝。喝了一会儿，又吮了一会儿，小翠又哧哧笑了一阵，到后来两人就在椅上云雨起来。志飞瞧到这里，心头怒火，再也忍耐不住。遂即拔剑在手，破窗而入，大喝一声："好不知廉耻的狗男女，竟然公然如此宣淫，真是人类中之畜生也。"

紫雄、小翠正在万分得意、咯咯浪笑的时候，冷不防从窗外飞进一人，手执宝剑，向自己直奔，心中这一吃惊，吓得面无人色，立刻从椅上滚了下来，跪在地上，哀哀求饶。

志飞喝道："你这贼子可不是叫作白紫雄吗！"

紫雄浑身乱抖，点头说道："小的正是紫雄，咱们原是一对夫妻，请大爷饶了咱们的狗命！"

志飞冷笑一声，说道："原来你就是紫雄吗？好极，好极，咱正要找你问话哩！你这个人的良心生在何处，竟设此毒计，谋害你的嫂子。如今你嫂子被逼得无路可走，几乎自尽身死。假使你嫂子果真不救死了，那你侄儿亦定然饿死。这样伤天害理，被你一伤两条性命。你倒快活，搂了女人在此作乐，这你如何对得住你已死的哥哥呢？现在咱把你心儿挖出来瞧个仔细，到底是黑是灰的呢？"

志飞说完这几句话，便挥剑向紫雄腹中直劈。只听紫雄大叫一声啊呀，血花飞溅，早已一命呜呼了。小翠瞧此情景，吓得魂飞魄散，跪在地上，连连叩头叫饶。

志飞问道："你这妇人姓甚名谁？紫雄设计害嫂，你可是同谋？"

小翠连说："不是，小妇人原是一个寡妇，因不能生活，所以嫁给他为妻的。"

志飞哼了一声，骂道："女子首重贞节，汝既淫浪至此，定非好人，留汝无用，还是请你早到极乐世界去吧！"说罢，手起剑落，人头滚地，亦早呜呼哀哉了。

话说志飞见两人已死，遂开房门出去，这儿原是熟路，他便走到书房间来。还没到门口，就听里面也有一阵男女的笑声。志飞心中好生奇怪，遂察听一会儿。只听见一个男子口音说道："干妈，你今年五十五岁了吧！可是你这个老滋味倒也不错，只不过太宽大一些了。"

又听一个老媪口吻，啐了一声，说道："你嫌咱大吗？可是咱却嫌你小哩！"

志飞暗想：天下之大，无奇不有。母子私通，这是打哪儿说起？陆大娘家中根本没有这样的人，这两个人又是谁呢？想来定是那楼上这个少妇家中的人了。想不到她家里的人，都是淫物。这种不知廉耻的人，留她又有什么用处？志飞想定主意，便即奔入房中，只见那边榻上果然覆压着一男一女。志飞也不说话，飞步奔了上去，挥剑就斩。只听哧的一声，两个人头儿便一齐滚了下来。志飞既然杀了两人，便又走入店堂来找人，却是一个都没有了。心中暗想：怎么店小二到哪儿去了？看官的，原来陆氏雇用的那个店小二，早被紫雄辞歇，为了怕人议论，所以都用亲身人，店小二就由阿三担任。现在志飞把阿三和赵氏杀死，当然再也找不出一个人了。

且说志飞把四个尸身用被单裹好，负在身上，飞出盛兴酒店，到了一个草原上放下。回身欲走，又恐连累他人，遂心生一计，拾了枯枝，堆在尸身旁边，用火燃烧，灭了尸迹，方才回到酒店。此时已敲三更，遂在书房间里打了一个瞌睡，待一觉醒来，天已微明。不多一会儿，忽听有人敲门。志飞知爱卿等来了，遂开门出去一瞧，果然是的。

玉蓝见了志飞，忙问："事情怎样，紫雄的人呢?"

志飞笑道："你们且到里面坐下，咱再详细告诉你们吧!"

于是大家进内，志飞遂把昨夜的事情，向三人告诉了一遍。爱卿、玉蓝、陆氏听了，都羞得满脸通红，不约而同地说道："哪有这一种事?"

志飞笑道："你们这话奇了，难道是咱编的谎话不成? 咱预料有这一种事情，所以不愿妹妹一同来呢!"

玉蓝听了，方知爱卿的心真比自己还要细腻三分哩! 一时愈加爱她。爱卿道："真假别去管他了，现在他们既然被志哥杀去，也是他们自作自受，好淫的下场。所要讨论的，就是陆大娘今后的生活问题。咱想，一个女人家要管理一家酒店，实在不是容易的事情，无论什么，少不得要给人欺侮，所以咱的意思，那家酒店就必定盘给了人家。陆大娘从此便和你表姐住在一块儿去，因为你表姐倒的确是个很热心的人呢! 不知陆大娘的意思如何?"

陆氏听了，真感激得无可形容，含泪说道："姑娘这话很不错，小妇人母儿两人的性命，一而再地幸诸位搭救，此恩此德，不足言谢，咱心里记得你们是了。"

爱卿听了说道："不是这样说，咱们若不把大娘安排停妥，那咱们不是白费一场心思了吗？"

志飞于是写了两张召盘的字条，贴在牌门上。如此，四人便在店内暂时住下，过了六七天，果然有人来接洽。志飞要他一千两银子，这人只肯八百两。志飞问陆氏肯不肯，陆氏点头答应。于是货银两交，志飞等三人又伴陆氏到方氏家里，和方氏说知。方氏自然连声说好，陆氏便买菜沽酒，好好请三人吃了一顿饭。志飞、爱卿、玉蓝便欲告别，陆氏再三相留，爱卿说有事在身，好在彼此年轻，后会日子自多。陆氏没法，只得含泪相送，并赠纹银三百两，给三人作为盘资。玉蓝笑道："陆大娘，你这个不用客气，咱们岂要你酬报的吗？"

陆氏知道她们原是血性女儿，也只得罢了。送了一程，又是一程。爱卿笑道："送客千里，终须一别，陆大娘，请自回去吧！"

陆氏听了这话，也不知怎的，竟觉依恋不舍，辛酸十分，泪水夺眶而出。三人瞧此情景，也觉恋恋，但时已不早，彼此郑重道保重，只得洒泪而别。

且说志飞、玉蓝、爱卿三人一路向广东进发。这日到了山东省地方，玉蓝道："咱们既到这里，应该到泰山日观峰去见识一下，听说在上面瞧那东海浴日的景致，实在是非常的难得，爱卿妹妹的意思怎样？"

爱卿点头笑道："姐姐有兴趣，妹妹当然奉陪。"

于是三人走上泰山，经过丈人峰的时候，忽然听见半空中有呼呼的风声，因为天空有太阳的缘故，同时瞧见山路上有一条黑影，疾飞而过。三人好生奇怪，连忙抬头望去，不觉大吃一惊。

诸位，你道这是什么东西？原来却是一条独角的飞龙，直向丈人峰的一个山洞里飞去。玉蓝、爱卿不约而同地叫道："哟，这是条独角龙呀！想不到世上真有这种动物哩！"

谁知两人这一喊不打紧，那条飞龙竟好像已发觉下面有三个人似的，顿时怒吼一声，掉转头来，张牙舞爪，直向三人面前扑了过来。

志飞大叫："不好，这孽畜胆敢前来伤害咱们。"因喊声妹妹快快防备。于是三人各都拔剑在手，四面分开，把那宝剑舞动得银光点点，雪花滚滚，直取飞龙。那条飞龙怎肯示弱，吼声如雷，张开血盆似的大口，好像把三人要吞食的样子。志飞大怒，厉声骂道："畜生，胆敢无礼，小爷今日若不收服你，誓不为人。"说罢，把剑向它头角直劈。不料飞龙伸爪，竟将志飞手中剑儿抢去。玉蓝瞧了，忙喊"哥哥速速退后"，她便舞动虎头剑，向它拦腰斩去。谁如虽然斩了一个正着，那龙身却是钢筋铁骨，刀剑不入。只听叮当一响，火星直冒，玉蓝虎口间震，隐隐作痛。心中暗吃一惊，想咱虎头剑削铁似泥，怎么在它身上，竟失了效验了呢！

那飞龙似乎也晓得她已胆怯，更显凶恶的神气，向玉蓝、志飞两人门面直扑。玉蓝舞动虎头剑，成了一圈寒光，护住自己和哥哥身子。那飞龙却也不敢前进了，只把前爪伸缩不停，在它意思，好像又要把那剑儿抓去似的。这时爱卿站在飞龙的后面，见飞龙如此厉害，料想自己的剑儿也是不见得能斩死它的。心中正盘算如何能制服它，不料飞龙那条尾巴却垂了下来，齐巧垂在爱卿面前。爱卿不管厉害，竟伸手拖住龙尾，纵身腾了上去，跨在龙背之上，一手忙又握住龙角，挥剑就劈。飞龙抬头见背上有人骑着，便猛别转头来，张开血盆似的大口，吼了一声。爱卿娇声大喝畜生，就把剑儿刺入飞龙口中。飞龙负痛，向上直窜，放弃志飞、玉蓝两人，竟疾飞而去。志飞、玉蓝见飞龙驮着爱卿飞去，心中焦急万分，不肯放松，运足内功，也追踪飞去。只见那条飞龙逃进一个山洞，却已不见踪影。

志飞、玉蓝站在洞口，望下去一片漆黑，心中暗想：这事如何是好，因大喊爱卿。谁知喊了半天，却不听得答应。

志飞急道："啊哟！爱妹莫非被飞龙吞食了吗？"

玉蓝一听这话，心似刀割，急得淌下泪来，顿足懊悔道："这是咱该死，好好地向广东而去，咱偏要她同到泰山来玩，如今爱妹若果真葬身龙腹，这叫咱如何能够对得住她呢！"说到这里，无限伤心，陡上心头，忍不住呜呜咽咽地泣了起来。志飞听了这话，不觉亦滚滚泪下。谁知正在这时，忽听下面有人喊道："玉姐！玉姐！你哭什么啦？妹妹没有遭到危险，而且还得了一件宝物哩！"

话声未完，早见爱卿从下面飞身跳了上来。玉蓝拭了泪痕，定睛一瞧，果见爱卿已站在眼前。芳心大喜，立刻握住了她纤手，破涕为笑叫道："哟！妹妹，你真把咱急死了。得了一件什么宝物，快拿与姐姐瞧吧！"

爱卿扬着眉儿，眸珠在长睫毛里一转，掀着酒窝儿，得意地笑道："姐姐得了虎头剑，妹妹却得了一柄龙尾剑呢！"说罢，把左手中拿着的一柄剑儿，拿给玉蓝和志飞瞧。

两人见那柄剑长三尺，剑头却是条龙尾，两面都有曲折牙齿，锋利无比，和虎头剑相较，真成一对。志飞乐得满含笑容，向爱卿望着问道："妹妹，你快告诉咱们，这剑是如何得着？"

爱卿笑道："那飞龙当时向洞中而逃，妹子不管一切只把龙角握住。谁知咱坠入洞中后，忽听身边一声响亮，那条飞龙竟已不知去向，妹子手中握着的龙角，却已变成了一把剑柄。同时远处又射来一道金光，妹妹过去一瞧，只见里面别有洞天，一块大石上摆着一个剑匣，正是龙尾剑套用的。你想，妹妹心中不是要喜欢煞人了吗？不料走出洞口来时，却听姐姐正在哭哩！"

志飞、玉蓝听了这话，好生惊讶，也暗暗称奇。玉蓝笑道："妹妹今日得此龙尾剑，正和姐姐得虎头剑一样的稀奇古怪哩！"

爱卿听了，心中一快乐，那玫瑰花般颊上的笑窝儿这就始终不曾平复过。志飞也代她喜之不胜，连说"两位妹妹各得一剑，真是非常人也。"说得两人忍不住咥咥地笑起来。于是三人走出洞口，且行且谈，大家又到日观峰去游玩了一会儿，方才离开山东省，一路向广东进发了。

且说三人一路上经过许多有盗匪的地方，无不被三人结果，做了许多锄强扶弱的事情。这日到了广东省番禺县，爱卿叹了一声，眼皮一红，说道："故乡到矣！仇人也在眼前了，不知咱是否能够报得大仇？"

玉蓝道："爱妹能得龙尾剑，大仇必报无疑，妹妹又何苦担心哩！"

志飞也在一旁相劝，三人先到客栈借了宿，然后到总督衙门前去探问。只见街上三三两两的百姓都在窃窃私语，志飞好生奇怪，忙问何事。一个老者悄声儿告诉道："客官，你不知道吗？总督大人屠自强和公子耀忠两人，昨夜里不知怎的，竟被两个少年斩去了人头，直到今天早晨才发觉呢！你想，这两个少年不知是谁，胆子和本领真也了不得哩！现在大街上兵士抄搜很紧，没有事儿还是少走为妙哩！"

志飞、玉蓝爱卿三人听了这话，心中暗暗称奇，相互地望了一眼，大家也只得说一声奇怪。这时前面果有兵队走来，行人都纷纷逃避。志飞颇觉不便，遂伸手拉了玉蓝、爱卿两人，也急回到客栈里去。

未知自强父子究系被哪个所杀，且听下回分解。

第十七回

道士炼剑集五百童子
大侠复仇刃两颗头颅

话说周美臣到了何家庄一问，知道玉蓝、爱卿、志飞三人已到广东报仇去了。一时没法，也只好辞别德林夫妇，预备先回家乡去探望兄嫂。一路上昼行夜宿，栉风沐雨。这日到了广东省中山县周家村地方，只见青山绿水，此间虽然时已入秋，但南国风光，犹如四月天气。有人吟广东气候的诗句，谓"四时皆如夏，一雨便成秋"，这真是一些也不错了。美臣既到故乡，觉景物依稀，回忆当年，自然颇感叹息。这时美臣要想认明哥哥的家门，却已有些模糊不清。抬头见前面柳树下，却有四五个村童在游玩，意欲走上前去向他们询问，忽然见西面树梢蓬中走出两个道士装束的大汉，面目狰狞，满脸胡子，十分可怕。

美臣打量过去，觉得这两个道士定非善良之辈，遂停步不前，暗暗留神。果见那两个道士慢慢走近村童面前，手指在天空划了几划，口中念念有词，便回身向西而走。说也奇怪，四个村童，经两个道士这么一来，他们顿时停止了游玩，呆若木鸡似的站了一会儿，遂急急地跟着道士向西飞步狂奔而去。美臣知道这是用的鸡迷眼法术，原是江湖上拐骗小孩一种最厉害的手段，心中大怒，遂追踪跟随。不料那两个道士用了缩地之法，行走甚速。美臣暗想：这妖道倒有些能耐。遂也用了土遁之法，反而先追过两个道士的前头，在一棵大树下的石块上坐着，候他们到来。

不到一会儿工夫，果然见那两个道士此刻已手携村童，一人两个，满脸得意走来。美臣站起拦住去路，大喝一声："妖道，青天白日之下，胆敢拐带小孩，难道汝等不怕死的吗？若要活命，速将村童留下，不然小爷剑儿无情，休怪死得冤枉。"美臣说罢，拔剑在手。

这两个道士冷不防会有人拦住去路，心中已是大怒，今听美臣口出大言，更加火上添油。冷笑一声，圆睁环眼，大声骂道："好个美貌的小白脸，竟敢到泰山头上来动土吗？不怪自己活得不耐烦，却说咱们死得冤枉哩！哈哈！那不是个笑话吗？你这小白脸，识趣的快随咱们上山去，夜里给咱们做个小老婆。要不然一刀两段，你就悔之晚矣！"

美臣听了这话，怒不可遏，大骂："恶道杀不可赦，死有余辜。"言罢，挥动宝剑，就要直刺两人。

那两个道士见他不甘示弱，遂也拔出戒刀，先下手为强，向美臣脸儿上直劈过来。说时迟，那时快，忽然听得大叫一声啊哟，只见血花飞溅。美臣倒吃了一惊，定睛瞧去，那一个道士已跌倒在地，鲜血在胸口汩汩流出，早已一命呜呼。原来他的胸口上，竟竖着一支光耀夺目的金镖。这时那另一个道士，忽见同伴已死，不禁吼声如雷，直奔美臣。美臣知林中定有英雄相助，遂也显出本领，按剑不动，待那道士来近，便飞起一腿，说声"去吧"，只见那道士一个跟斗，早已跌出丈外。美臣飞步赶上，一脚踏住，把手中剑儿一扬，大喝："狗贼，汝可要活命？"

那道士方知美臣厉害，吓得双手合十，连连求饶。美臣道："饶你也不难，汝且说与爷听，拐了这许多孩子何用。若有半句虚言，休想活命。"

那道士忙道："这不干小道的事，原是师父吩咐，所以才干此勾当。"

美臣道："汝师父何人？要了孩子又到底作什么用处？"

那道士道："咱师父无法道人，因为要炼一柄童子剑，需要五百童子，放在丹炉中燃烧，方得成功。"

美臣听了这话，冷笑一声，骂道："如此惨无人道，无法无天，作恶多端，汝师父真不愧是个无法道人了。想汝辈助纣为虐，也是人类中之害虫，留汝没用，还是早死为妙。"说到这里，手起剑落，早已呜呼哀哉！

美臣既把道士杀死，心中倒又懊悔杀得太早了。因为无法道人在什么山上炼那童子剑，咱还不曾问明白哩！否则不是也可以去除掉他吗？如今是已来不及，只得回身去救那四个村童，不料那村童竟已不知去向。美臣心中倒吃了一惊，仔细一想，方才恍然，遂大声喊道："放镖的那位英雄，请出来大家见个礼吧！"

喊声未完，只听有人回答道："小英雄，咱不是已在你面前站着了吗？咱见到你，你怎么却不理咱呀？"

美臣一听这话声音，果然就在耳旁，但眼前却是并无一人，心中好生惊讶。暗想：咱今日定遇到哪位师叔和师伯了，所以故意和咱开玩笑了，遂拜在地上，叩头叫到："不知哪位师尊前来相助，小侄在这儿叩见了。"

正在这个当儿，忽听有人哈哈大笑之声，说道："不敢，不敢，小英雄快请起来。"

美臣抬头一瞧，哪里是什么师伯和师叔，竟是个面目俊美的少年哩！一时心中颇不好意思，连忙站起，向他拱手笑道："壮士贵姓大名，仙乡何处？不知令师何人？壮士本领高人一等，令小弟甘拜下风。"

那少年听他这样说，忙也还礼抱歉道："鄙人花如玉是也，原籍广东，鄙师玄贞子。不知小英雄尊姓大名，刚才鄙人有失礼仪，还请海涵才好。"

美臣一听"花如玉"三字，心中不觉大喜，满含笑容，叫道："原来是花大哥，那真是遇到了自己人了。"

如玉听了，忙问："这话怎讲？"

美臣道"咱姓周名美臣，令妹花爱卿即是咱的二师姐是也。"

如玉一听这话，也喜之不胜，笑道："原来是周贤弟，你的大师姐可不是何玉蓝吗？"

美臣点头笑道："正是她，大哥如何知道？"

如玉笑道："曾有一面之缘。贤弟打哪儿来？"

美臣道："咱自下山后，师父嘱咱到大师姐那里去探望一次，不料咱到她家，回说大师姐和二师姐并大师姐的哥哥志飞三人，已上广东报仇去了。咱听了后，也就一路赶来，顺便回家拜望兄嫂。谁知却遇到这两个恶道拐骗村童哩！"

如玉忙道："原来如此，他们已来报仇了，这次咱所以下山，原也为了报仇之事。请问贤弟，可曾知道那恶道拐骗村童做什么去呀？"

美臣道："咱曾问过恶道，他说是师父无法道人指使，欲捉五百孩童，原为炼一柄童子剑用的。"

如玉听了这话，心中大怒，说道："这无法道人如此可恶，真杀不可赦，不知在什么地方，咱和贤弟就去除了他如何？"

美臣顿足说道："小弟正在懊悔没有问明无法道人的住处哩！"

如玉道："那也没法，只可怜无辜地又要伤害五百个小性命了。"

美臣道："刚才大哥用什么方法，怎么连那四个村童也使小弟瞧不见了呢？"

如玉微笑道："愚兄在小弟面前献丑，原施用隐身之法，只要那村童不开口说话，也可以给他们隐身在内的。"

美臣叹服道："大哥本领如此，真使小弟望尘莫及了。"

如玉道："贤弟说哪儿话来，休得客气。"

美臣因将四个村童用点穴之法，清醒了四人，问他们姓氏，一个说张姓，一个说王姓，一个说李姓，末后一个说姓周。

美臣心想，周家村原是周姓大族，外姓颇少，问此孩子，也许能够知道，因问他说道："小弟弟，你可知道周家有个德臣吗？"

那孩听了德臣两字，小眸珠一转，笑道："什么，德臣就是咱的爸爸呀！客官如何晓得咱爸名字？"

美臣听了这话，心中这一喜欢，不禁要跳了起来，遂忙说道："咱叫周美臣，你爸就是咱的哥哥哩！"

那孩子一听，不觉拜倒在地，说道："原来你就是咱的叔叔，咱常听爸爸叹息，说一个叔叔自小失踪，不料叔叔今日回来了，且又救了咱们小朋友的性命，侄儿在此拜见了。"说着，拜了四拜。

美臣听他口才伶俐，十分喜欢，遂给他介绍如玉道："这位是花老伯，侄儿快来叩见。"

那孩子忙又向如玉跪倒。如玉扶起笑道："罢了，罢了。"

美臣因问侄儿叫什么名字，今年多少岁数了。孩子道："咱叫保官，今年六岁了。叔叔既然回家，快到家里见咱的爸爸去吧！"

美臣回眸向如玉望了一眼，说道："大哥前去一叙如何？"如玉含笑答应。于是大家遂又回到周家村，张、王、李三个孩子自行回去，这里保官领两人到了一间茅屋，外有竹篾围成院子。三人踏进院中，保官就大嚷进去道："爸爸，叔叔回来了。"

随了这一句话，早见屋里走出一个三十左右的男子来。说道："保官，你说什么话？叔叔回来了吗？"

保官手指美臣笑道："这不是咱的叔叔吗？"

美臣是认得德臣的，早已叫声："大哥，弟弟周美臣回来了。"

德臣因美臣幼时失踪，此刻成人回家，面目依稀，自然有些认不清楚。此刻听他说出"周美臣"三字，料想弟弟真的回来无疑，于是也迎了上去，叫声弟弟，便抱头大哭。这时美臣嫂子王氏正在厨下做饭，听外面有人哭泣，心中奇怪，连忙出来。保官一见妈妈，早已絮絮告诉，方知是叔叔回来了。一时想起前事，苛待叔叔，心中好生不安。这时德臣连忙收束泪痕，问如玉是谁。美臣介绍，大家见了礼，请到屋内坐下。美臣见王氏端茶出来，连忙站起，叫声：

"嫂嫂，咱们久违了，嫂嫂却仍是这个样儿。"

王氏微红了脸儿，叫道："叔叔用茶，嫂子是老了，叔叔长得这个模样，若不说明，倒真的要不认识了。"

保官依在德臣怀中，又将自己被恶道拐去，幸遇叔叔相救的话，告诉了爸爸。德臣、王氏听了这话，感激涕零，忙又叫保官叩恩，保官便又拜了下去。美臣连忙扶起，说道："自己叔侄，一家人何用客气？"

王氏听儿子全仗叔叔以活命，一时便忙沽酒买菜，说给叔叔和这位花大爷接风。这里德臣和美臣互叙别后情形，方知美臣在外已定了亲，心中大喜。如玉也向他打趣道："贤弟艳福不浅，将来喝喜酒的时候，可别给咱忘记了呢！"

美臣红晕了脸儿，含羞笑道："这个当然，只怕大哥请不到哩！"

彼此说笑一会儿，时已上灯，王氏把酒菜端上，大家坐了一桌，开怀畅饮。王氏得知叔叔在外，得了一个官家千金为妻，一时献殷招待，更加奉承得了不得。美臣回想从前嫂嫂对待自己情形，也只有暗暗好笑而已。饭后，大家散坐，如玉便欲告别，美臣急问："此刻到哪儿去？"

如玉道："咱自下山后，还未到家探望，意欲就去瞧瞧情形。"

美臣道："那么明天一早去吧！何必急急地要连夜动身呢？"

如玉笑道："白天诸多不便，咱正要利用黑夜行事呢。"

美臣听了这话，方才恍然，因说道："原来如此，小弟糊涂，竟忘记了。如此小弟与大哥前去一行如何？"

如玉听了，大喜道："贤弟若能助咱一臂之力，哪有不好之理。"

于是两人便向德臣告知，德臣知这事关系重大，遂不强留，只叫两人事成之后，仍到咱家来避风。如玉称谢答应，于是便和美臣起身告别，连夜动身，大家用土遁之法，不消一个时辰，早已到了番禺县。如玉道："咱欲先往家中一探，贤弟意下如何？"

美臣点头道："如此甚好。"

于是两人到了兴隆街，找到自己家门，却是上贴封条，外架铁锁。因为日久缘故，封条已破旧不堪。如玉心中吃了一惊，遂和美臣跳进围墙，只见里面蛛网累累，尘埃遍地。如玉想及妈妈和凤妹不知何处，可否给屠贼害死，心中一阵酸楚，不觉掉下泪来。

　　原来如玉自随玄贞子上山，玄贞子便给他吞两颗换皮脱骨丸，然后又给他吃两粒九牛二虎丸。因此如玉本来手无缚鸡之力，立刻却有九牛二虎之勇了。从此便在山中学习武艺，玄贞子教他的，无不心领神会，件件皆精。玄贞子心中大喜，遂尽心教练，所以未到一年，已出人头地，武艺超人。这天如玉因想爸爸受冤不知可曾洗雪，妈妈可曾吃屠贼的亏，还有凤妹不知有给耀忠强娶去吗？想起了这些事儿，便时时叹息。玄贞子早知其意，遂给他屈指一算，知廷豪已死。因便告诉了他，并嘱他下山报仇去。如玉一听，悲伤不已，遂叩别师父，含泪下山。

　　这且丢过不提，再说美臣当时见如玉淌下泪来，遂慰劝他道："大哥不用悲伤，想伯母定已出外避走。如今咱们且先去结果屠贼，再作道理。"如玉含泪点头，于是两人便仍飞出屋外，直向总督衙门而去。

　　作书的秃笔只有一支，放过这头，便叙那头。且说屠耀忠那夜兴高彩烈，喝有七八分醉意，便回房来满想与凤姑享受新婚第一夜的快乐，谁知向凤姑早被爱卿救去。床上躺着的却是丫鬟梅香，可是耀忠并不晓得，只管把梅香当作凤姑，口喊凤妹、肉儿、心肝，一面便轻怜蜜爱地温存起来。梅香一则口中有物塞住，不能开口声明，二则原也好淫，所以也迎身奉承。不料正在心花儿乐开了的时候，窗外就飞进志飞、爱卿来报仇。梅香一急，伸手按动床上机关，于是两人便直滚到地室里去了。

　　诸位阅者，谅来还记得这事原是在第四回里说过的。现在且说当时耀忠、梅香滚到地道里安全室，下面原安设一张弹簧床铺，所以两人一些不会累痛，耀忠这时心中一惊，人清醒大半。定睛向梅香脸儿一瞧，不觉咦了一声，急问道："哟！这是怎么一回事，凤姑娘如何竟又变了你呀？"

梅香方才伸手把口中棉花取出，瞅他一眼，说道："三爷，你真还在梦中呢！"说着，便将一个女子把凤姑救出，又把自己点住穴眼，并在口中塞了棉花的事儿，向他告诉一遍。

耀忠恨道："什么，又被人救去了吗？咱千方百计好容易弄到了手，谁知吃来吃去终是你这个老味道哩！这真是气死咱了。"

梅香听了这话，白他一眼，恨恨地将他推开，嗔道："哼！你若不是咱这个老味道救你到安全室，怕你的性命就要为了新味道而丧了呢！"

耀忠听了，忙问："这是什么话？"

梅香因把将刚才窗外跳进一男一女的事告诉，并问道："三爷，你这人好糊涂，怎么连刚才事儿不晓得吗？"

耀忠笑道："三爷正在快活的当儿，哪里管得许多呢！如此说来，终是你这宝贝是咱的心肝哩！"说着，便把梅香小嘴啧啧吻个不住。

梅香听他这样说，满心欢喜，忍不住咯咯地笑起来了。一会儿，又说道："三爷，外面既有刺客，咱们快起来，到老爷那儿去吧！也好叫他放心三爷是没有什么事呢！"

耀忠点头说不错，两人遂披衣起床，好在这里也备有鞋子，因穿上了，两人便到上房里去。只见老爷和太太都坐在房中，四围许多衙队保护着，见了耀忠，便忙叫道："儿呀，你没有什么呀！为娘的真替你急死了，还有这个凤丫头呢？"

耀忠气道："妈妈，不要说起，凤姑娘早被人救去了。儿也不想要她了，天下女人多呢！谁稀罕她活宝。"

屠自强听了，暗吃一惊，忙问："凤姑如何被人救去？"

耀忠因告诉了一遍。这时朱明光和李得胜两个镖师都进来复命，说刺客已逃走了。自强听了，心中这才放下一块大石。屠太太一面

214

安慰耀忠不要灰心，将来一定可以给你娶一个比凤姑更美丽的妻子；一面吩咐梅香，好生服侍三爷睡去。耀忠点头答应，便道了晚安，手携梅香同到房中去安睡了。从此以后，耀忠便把梅香当作香肉儿看待，夜夜要她陪睡一床。梅香见三爷爱他，自然格外奉承，柔情蜜意，温存体贴，真把耀忠乐得不再想娶妻子了。

光阴匆匆，不知不觉又到秋天。这日，屠太太对耀忠说道："儿呀！你的年纪也不小了，咱想给你弄一房媳妇，现在倒有个相当的人物了。"

耀忠忙问是谁家的女儿。屠太太笑道："是抚台赵大人的女儿，爱珠小姐哩！今年十七岁，容貌、性情都十分好。孩儿心里若喜欢，娘就可以和你爸说，叫他派人明天立刻说亲去好不好？"

耀忠笑道："妈妈以为好的话，孩儿是没有不听从的。"

屠太太听了，心中大喜，便笑道："那么晚上准定和你爸爸说吧！"耀忠点头答应。

到了晚上，耀忠自管回房，却是梅香坐在床沿，暗暗淌泪。一见耀忠进房，慌忙站起身子，拭了泪痕，勉强笑道："三爷回房了吗？"

耀忠凝望她一会儿，问道："干吗在伤心呀？"

梅香一面倒茶给他，一面嫣然笑道："谁伤心？爷又要胡说咱了。"

耀忠把茶盏放在桌上，两手捧着她的粉颊儿，望着说道："眼睛还红红的呢！你别骗咱，到底受了谁的委屈呀？"

梅香却垂了眼皮不答，一会儿又笑道："除了老爷、太太和三爷外，谁又敢委屈咱呢？真的没有什么事情，爷别胡猜了。"

耀忠见她不肯说，遂也不追问了，拉着她的手儿，到床边坐下。望着她的粉颊儿憨憨笑了一会儿，忽又把她纳入怀里，吻着她小嘴笑道："爷的好心肝，你这种不胜娇媚而又胜楚楚可怜的意态，真个是令爷爱死你哩！"

香梅听了，把手臂挽着他的脖子，贴着他的脸颊儿，显出无限温柔的神情，说道："爷现在爱咱，将来新奶奶进了门，就不爱咱了呢！"

耀忠原也是个聪敏人，听了这话，不觉哦哦响了两声，笑道："原来如此，咱问你为什么伤心，你偏又不说。现在咱知道了，你可是怕爷娶了新奶奶后，而不爱你了吗？"

梅香一听，竟把自己心事，被他一猜便中，一时颇不好意思，低了头儿不答。耀忠见她这个意态，觉得妩媚已极。便将她紧紧搂住，吻着她脸颊儿安慰道："梅香，咱的香肉儿，你放心，爷虽然娶了新奶奶，但仍旧像现在一样爱你的。况且新奶奶的脸儿咱又不曾瞧见过，假使不及你的话，咱情愿把你升作新奶奶呢！"

梅香听了，芳心暗喜，但又柔声地说道："咱也不想做新奶奶，只希望爷不忘记咱，咱已是感恩不尽了。"

耀忠笑道："你是咱心头的肉，肯忘记吗？你快别忧愁了，时已不早，还是服侍爷睡吧！"说着，伸手把她小小的三寸金莲握起，把玩了一会儿，望着她哧哧一笑，伸过另一只手，却到她胯间去摸索了。梅香红了脸儿，嗯了一声，急忙把他手儿甩开，从他身上跳下，却垂了粉脸儿笑。耀忠到此，哪里还熬得住，伸手又拉过她身子，去解她衣纽。梅香也就半推半就地和他同到床上，耀忠把她脱得一丝不挂，浑身吻了一个痛快。梅香怕羞，要撩被儿盖上。耀忠不依，笑道："房中并无他人，你怕什么难为情，爷身上不是也没有衣服吗？"

梅香秋波水盈盈地斜乜了他一眼，抿嘴笑道："咱是怕爷冻了身子呢。"

耀忠笑道："今天这样热，哪里会受冷吗？"说着，已是跨上身去，两人你浪我狂地亲热起来。

谁知正在这时候，耀忠的屁股上忽然有人啪地打了一下，因为这一下力量不小，耀忠又正在掀动，身子便直压了去。耀忠大声喊痛，梅香却连喊："亲爷，咱的心花儿都被你乐开了。"

不料喊声未完，耀忠的颊上又着了两下耳光。梅香只听啪啪两响，耀忠又大喊起来，一时心中好生奇怪。两人便从床上坐起，一见房中又并无一个人影，耀忠遂问梅香可曾打过自己，梅香笑道："咱怎敢打爷！"

耀忠心里吃惊道："那么咱莫非遇了鬼吗？"

话还未完，耀忠和梅香两人的肩膀，早被人拖下床来。同时两人的屁股，都好像有人猛踢一脚似的。两人回眸四瞧，又不见一人，一时又痛又怕，大喊有鬼。谁知喊声未完，两人的头儿早已滚下，只见鲜血直冒，一命呜呼了。

看官的，你道这是怎么一回事？原来如玉和美臣到了总督衙门，施用隐身之法，直入房中，大家都不晓得。当时如玉、美臣见耀忠、梅香两人这样无耻作乐，心里不胜愤怒。遂先打他屁股，戏弄他们，然后拖下了床，一剑结果。可怜耀忠、梅香到死，还不明白自己究竟是被谁杀死的呢！

且说如玉见仇人已杀了一个，心中颇感痛快，把耀忠的头拴在腰间，又把两人尸身放在床上，用被盖好。美臣笑道："大哥，咱们那么再找老贼去算账吧！"

如玉点头，于是两人便又直向上房而来。只见上房里自强并不在，只有一个老妇人躺在床上，暗自叹道："可恨老爷这么大年纪了，还要好色如命，今天睡到这个姨太房中，唉！真正叫人气煞。"

如玉、美臣听了，知道这妇人定是自强的妻子，但冤有头，债有主，于她并不相干，遂放过了她。两人回身退出，找到了姨太的房中，只见自强歪在床上抽大烟，旁边陪着一个姨太，眉开眼笑，做出种种骚形怪状的意态，引逗自强。自强笑眯眯地伸手摸她奶奶，捏她大腿。种种肉麻举动，不堪入目。如玉骂声"老不死的狗才奴"。美臣道："大哥，你还不动手干吗？咱们一剑一个，杀了完事。"于是两人手起剑落，自强和姨太便也呜呼哀哉了。如玉又把自强头儿，也挂在腰间。美臣找了笔墨，如玉在壁上写到：害民狗官，人人得而诛之，报仇者手启。美臣道："咱们走吧！"于是两人出了总督衙门，连夜赶回周家村去。此时已三更敲过，美臣哥哥德臣在书房间里睡觉，听有人敲门，因起身下床，忙问是哪个。美臣道："哥哥，弟弟回来了。"

德臣一听是美臣口音，遂连忙开门，见两人十分得意地进来，料想事情已经成功，遂关上大门。请大家到草堂坐下，如玉把两颗血淋淋的头儿解下。美臣给他燃起香烛，如玉把人头供在上面，拜了四拜，叩头哭泣道："爸爸，您大仇已报，老人家在天之灵，亦可以安慰瞑目矣！"

美臣也向前拜祭过了。德臣也要拜祭，如玉不允，说怎敢有劳大哥。德臣道："说哪儿话来，贤弟的爸爸，乃愚兄之伯父也，安得不拜祭乎？"

美臣笑向如玉道："花大哥且别客气吧！"

于是如玉也只得由他，吊祭毕，美臣问如玉："把这两颗人头如何处置？"

如玉道："咱自有法子。"遂将人头拿来，放在院子里，在镖袋内摸出一包药粉，用指弹在人头儿上。说也不信，人头着了药粉，却早化为一堆清水了。德臣见了，心中惊讶不已，一面请两人进内，一面问两人可有肚饿。如玉摇头称谢，德臣遂叫美臣伴如玉到东厢房安置去了。

如此以后，如玉在德臣家里住了半月。这天想起自己爸爸受冤而死，完全是为了那只九龙白玉杯，现在那白玉杯却被程金彪拿去了。咱曾记得师父说，程金彪是广西省桂林县长蛇岭清龙寨中的头目，现在咱何不前去一探。如玉主意打定，便悄悄告诉美臣，欲告别而去。美臣道："既如此，小弟愿随大哥同往。"

如玉大喜，当下两人别了德臣。德臣知道他们有本领的人，好动不好静，遂也不便强留，叮嘱一路小心，送到大门而别。

未知后事如何，且听下回分解。

第十八回

如玉美臣脱险清龙寨
小娥银瓶联成鸾凤缘

阅者诸位，可还记得本书第五回中程金彪取了白玉杯逃往清龙寨去的一桩事吗？金彪因为下山时，曾在寨主马天王那里夸口，说限期一月，便可得千金回寨。现在时隔两月，依然两手空空，那倒不要去说它，而且还险做了刀下之鬼呢！后来给他在差官黄庆怀中搜出白玉杯，他方才满心欢喜，骑了马匹，直到广西清龙寨马天王那里献宝去了。

且说长蛇岭清龙寨聚义厅里，这日天王和大头目施文龙、二头目魏成虎、三头目杨梦豹，以及数十个中头目正在议论四头目不知在外面出了什么意外的事情，否则原说一个月便可回寨，怎么直到两个多月的日子还不见回来呢？大家议论纷纷，却猜不出一个实在的缘故来。就在这个时候，忽见探子前来报道："启禀寨主，程大王回来了。"

天王一听，心中大喜，当下率领众头目，亲自迎出二门之外。只见金彪骑在马上，果然按辔慢步而来。他见寨主出来迎接自己，早已从马背上滚了下来，抢步上前，抱拳向众人请安。天王笑道："贤弟下寨将近三月，不知成绩如何？"

金彪忙道："小弟虽未得千金回寨，但却得一价值万金之宝物回来，多蒙大哥亲劳大驾候咱，这岂不是折杀了小弟吗？"

天王当初见他两手空空，心中颇觉不悦，今听他有宝物献上，顿时又回嗔作喜，立刻接入聚义厅上，挨次而坐。天王笑问是什么宝物。金彪当即在怀中取出九龙白玉杯一只，双手献上。天王接在手里，细细瞧了一会儿。只见那杯玉白似雪，毫无斑点，杯外尚盘着九条龙身，雕刻得非常精致，惟妙惟肖，宛如活龙活现，果然是件宝物。一时爱不释手，细细把玩，瞧个不住，好一会儿，方才递与在座各位大头目瞧了一遍。诸头目瞧了齐声称贺，说道："此杯不但是宝物，而且也是个好预兆也。本寨命名清龙，今忽又得九龙玉杯，是应将来寨主有做帝王之相也。不知大哥以为何如？"

天王听了这话，喜上眉梢，手抚飘飘银髯，哈哈笑道："咱岂敢有此妄想也，若果如此，列位贤弟皆开国元勋，与愚兄共享富贵，岂非美事吗？"说罢，又大笑不止。一面吩咐摆席，给五贤弟洗尘，一面他便自回后寨女儿房中而来。

诸位，你道马天王的女儿是谁？原来就是潘莲贞的师姐马梨影呢！梨影年纪十八岁，生得柳眉杏眼，芙蓉其颊，杨柳其腰，十分美丽。她原比莲贞早下山半年，天王见女儿学得一身惊人本领回来，心中万分喜欢，爱若掌上明珠。三头目杨梦豹原生得唇红齿白，所以时在梨影面前献殷勤，意欲求爱。梨影因为自己年纪尚小，况梦豹脸儿虽美，本领却在自己之下，所以并不十分满意，也没有什么表示给他。梦豹以为爱情还未成熟，自然不肯放松。

这且表过不提，再说天王到了女儿房中，只见梨影手托香腮，正凝眸沉思。因笑着叫道："梨儿，为父的给你瞧一件宝物。"

梨影见了爸爸，连忙含笑相迎，叫声："爸爸，什么宝物啦？快拿与女儿瞧吧！"

天王遂把九龙白玉杯取出，递给梨影，一面又连说当心拿好，仔细敲坏。梨影听他这样郑重，便把秋波瞟他一眼，交还天王，笑道："爸爸这样不放心，女儿就不要瞧了。"

天王听了，忙笑道："爸并不是不放心，因为心里爱它是个珍宝，所以格外地小心。咱还要叫女儿给爸好好藏起来呢！怎么爸会不放心你呀？"

梨影听了，抿嘴嫣然一笑，遂把白玉杯细细把玩一会儿，觉得果然是件宝物，心中大喜，扬着眉儿，眼珠一转，笑着问道："爸爸，这白玉杯是哪儿得来的呀？"

天王道："是四头目下寨去得来的，女儿好好藏起，凭这个杯儿，咱还有做帝王的希望。假使咱真做了皇帝，那你就是公主。将来爸爸给你好好物色一个驸马爷，共享富贵可好？"

梨影听爸说出这话，不觉两颊羞得通红，嗯了一声，却是低着粉颊儿，默不作答。天王见女儿这样不胜娇羞的意态，忍不住得意地笑道："怎么啦？不回答爸爸，难道女儿不希望爸做皇帝吗？"

梨影这才抬头笑道："谁不愿意爸爸做皇帝啦？女儿高兴都来不及哩！"

天王听了，这才哈哈又大笑起来。梨影道："爸爸，女儿白玉杯给你藏在保险箱里可好？"

天王道："好极，好极。"

于是梨影给他藏好，父女两人又闲谈一会儿，天王方才回到外面来。

光阴匆匆，不知不觉早又过去了半年，在这半年之中，杨梦豹用了许多柔媚的手段，在梨影面前献殷勤，果然梨影那夜因酒醉而春情动，竟把梦豹纳为入幕之宾。梨影本来是对于梦豹尚有未满之处，后因见山寨之上，全是一般鬼脸的凶相，不堪入目。只有梦豹一人，实在生得眉目清秀，唇红齿白，因此半年之久地会晤，也就感到他的可爱起来。梦豹那夜见梨影羞人答答地叫他宿在房中，那真是受宠若惊，喜之不胜，立刻跪下叩头。梨影原是个好胜的姑娘，见他如此拜倒在自己的石榴裙下了，芳心也不觉大喜。从此以后，两人便时有往来，不过行踪甚为秘密。

如此又过三月，这日梨影正在聚义厅外的操场上舞剑游玩，天王和众头目站在旁边。只见她初舞时，上三下四，左五右六，渐舞渐快，到后来只见雪花点点，白浪滚滚，不见人影，只有一团银光，在地上滚去。天王瞧女儿有此好剑法，心中快乐得满脸含笑，手抚长髯不止。众头目也个个喝彩叫好，尤其杨梦豹，更喊得起劲。梨影得意万分，遂变换一路剑法，方欲舞时，忽见探子来报，说外面有位潘莲贞前来拜访小姐。梨影一听，遂把宝剑放下，早已迎了出来。只见莲贞候在寨门之外，两人慌忙握了一阵手，请到里面，先向天王介绍道："这位是咱的师妹潘莲贞，这就是姐姐的爸爸。"

莲贞听了便向天王盈盈拜了下去，口称："伯父在上，侄女来得孟浪，还请老人家海涵。"

天王听是女儿的师妹，心中大喜，连忙扶起笑道："罢了，罢了，贤侄女说哪儿话来，小女在寨一人，正感寂寞，今有贤侄女前来做伴，那真欢迎极了。"说着，又和众头目一一见过。

梨影遂手携莲贞，往后寨房中而来。丫鬟阿香接见，倒上香茗。梨影问道："师妹何日下山？师父老人家玉体谅必安好。"

莲贞道："师父倒颇强健，师姐可不必挂念。妹子下山，至今差不多已有一年了。"

梨影笑道："既有一年，为何直到今日才来。不知师妹一向在哪儿，可有什么得意之事，告诉为姐一些知道吗？"

莲贞听她这样问，一颗芳心，好生羞惭，暗想：到处淫荡，杀人强奸，这叫咱如何说得出口呢？虽然自从被美臣在道清庵中一顿教训，现在改过自新，但想起往事，真叫人好难为情呢！莲贞心中虽如此想着，但表面却装出毫不介意的神气，说道："妹子亦没有什么得意之事可以告诉姐姐，只不过流浪江湖，做些扶弱锄强之事罢了。"

梨影听了，拉了她纤手，悄悄地又笑着问道："妹子不知可有找到了一位如意郎君没有？"

莲贞听了这话，回首前尘，心中颇觉酸楚，暗想：一个姑娘，归根结底，终要嫁个温柔郎君才是，岂能糊涂一世呢！不觉红晕了脸儿，摇头笑道："如意郎君打哪儿去找？姐姐想已经有了吗？"

梨影把那秋波瞟她一眼，笑道："姐姐亦还没有哩。"

两人说笑一会儿，阿香端上酒菜，梨影遂携她入席，一同欢饮三杯。正在这时，忽见房外走进一个白面书生。阿香叫道："姑娘，三爷来了。"

梨影回眸瞧去，见是梦豹，一时心虚，两颊涨得绯红，嗔他道："你做什么进来？不知有何贵干？"

梦豹听了，倒是一怔，忙赔笑道："特来问候姑娘，不晓得姑娘房中有贵客在着，失礼，失礼。"说罢，便欲回身退出。

梨影觉得这样也不好，遂又叫住，笑道："这位贵客，你不是已经见过了吗？就在这儿坐会儿吧！"

梦豹听了，心中大喜，遂又回身走到桌边，和莲贞作了一揖，就在下首陪着。莲贞瞧此情形，一面还礼，一面暗想：此人定是师姐爱宠无疑了。遂把盈盈秋波向梨影连瞟两眼，抿着嘴儿只管憨憨地笑。梨影被她笑得不好意思，因嗔她道："师妹痴了，老望着姐姐笑干吗？"

莲贞笑道："妹妹笑姐姐惯会说谎哩！"

梨影听了这话，倒是一怔，及至仔细一想，方才理会过来。白她一眼，绯红了脸儿，也哧地笑了。梦豹见两人这个模样，心中好生不解，知道其中必有缘故，方欲开口搭讪，见阿香又拿上杯筷一副，梦豹因握了酒壶，先向莲贞、梨影两人倒了一杯，然后自己也满斟一杯，举在手中，连喊请喝。莲贞道声谢，便和两人一饮而干。

三人喝了一会儿，梦豹恐天王进来，遂告失陪先退出房去。莲贞笑向梨影道："姐姐如意郎君可不就是这位杨三爷吗？"

梨影啐她一口，笑道："妹妹别胡说，当心撕了你的嘴。"说着，便伸过手去。莲贞连忙握住叫饶，两人忍不住又都咯咯笑起来了。这晚莲贞就睡在梨影的房中。次日梨影叫阿香在别个房间收拾一个卧室，给莲贞睡。从此以后，莲贞便耽搁在清龙寨中住下了。

莲贞在清龙寨一住半月，在这半月之中，也已完全明白梦豹确实是梨影的一个情人。因为莲贞和梨影卧房相隔不远，有时在静夜之中，常有男女笑声，自梨影房中传出。莲贞听了，心中如焚，虽然非常难受，但也只好蒙被而睡。这天晚上，莲贞在房中正在静思，忽听外面有警锣之声，心中倒吃了一惊，连忙走到前寨，在屏后偷窥出去。只见聚义厅上灯火通明，两个喽兵捉一少年，站在厅下，天王和众头目正在大声喝问，莲贞仔细一瞧，不禁哟了一声。你道为什么？原来这个被捉少年，正是道清庵中相遇的周美臣。一时好生奇怪，怎么他也会到这里来了？正在这时，忽听天王大声喝道："把这小子打入地牢，明日再审。"

喽啰一声答应，遂拥美臣而去。莲贞待他走后，芳心暗自思忖，明日审后，美臣定然被杀无疑。这样一个少年英雄，一但死于强人之手，实在可惜。那日在道清庵中多承他不杀姑娘，今日姑娘若不救他，岂非成了不情之人。莲贞想定主意，便悄悄地也到地牢里走来。只见地牢前面，守着两个喽兵，正在说话。一个道："这个少年真也胆大，竟敢到咱们山寨来盗取九龙白玉杯，这真是自寻死路了。"一个道："你倒不要瞧他年纪轻，本领可不小哩！刚才要不是用绳索绊了他跌倒，几个大王真不是他的对手哩！"

莲贞听了，暗想：九龙白玉杯乃是皇上之物，记得那日遇到一个花如玉少年，他不是被人陷害，说他盗取白玉杯，因此将他提解进京吗？怎么如今白玉杯却在这儿呢？莲贞凝神沉思一会儿，忽然恍然悟道："是了，是了，这个四头目程金彪，姑娘觉得好生面熟，现在想起来，那日他不是也坐在囚车上吗？后来被姑娘一脚踢开囚车，他方才得救呢。大概金彪在差官身上抄出白玉杯，献上山寨来了。"

莲贞这样想着，一面遂偷偷地走到两人身后，用点穴之法，呆住了两人，然后推开牢门，轻轻走下。只见里面一片漆黑，伸手不见五指，莲贞摸索着前进。走了二十步光景，忽然手儿触着了一个人的脸颊儿。只听有人喝道："是谁?"

莲贞冷不防倒吓了一跳,连忙缩回了手,低声问道:"你且别声张,你可不是周美臣大爷吗?"

且说美臣被关在地牢里,正在想如玉不知可曾被他们捉住。忽然有个手儿,摸到自己脸颊上来,心中大惊,所以大声喝问。今听一个女子声音,称自己为大爷,好像并无恶意,这才放下心来。遂也低声答道:"在下正是周美臣,不知姑娘是谁? 到这里来找我可有什么意思吗?"

莲贞道:"姑娘就是道清庵中和爷分手的潘莲贞,到此特来救你。"

美臣听了心中大喜,说道:"姑娘原来就是潘莲贞,不知道你如何知咱关在此间?"

莲贞也不及回答,早已给他松了绑,携了他手,一同逃出地牢。美臣道:"咱们且逃出山寨,咱再向姑娘叩谢救命之恩吧!"

莲贞道:"不瞒爷说,这儿寨主的女儿,乃是咱的师姐,今姑娘若与爷一同逃走,他们一定知道是咱放的,所以爷还是一个人走吧!"

美臣听了,这才明白。心中十分感激,握住她手,摇了一阵,说道:"姑娘如此恩德,叫咱如何报答?"

莲贞眼皮一红,凄然道:"爷不用说'报答'两字,前儿多承爷不杀之恩,姑娘实在也很感激你哩! 但爷不知为何,一人深入虎穴,要知此间头目无数,且个个本领不弱,爷虽厉害,性命亦定难保矣。"

美臣道:"咱原和一个同伴分道而来,是探听白玉杯下落,如今咱同伴死活亦未知晓哩!"

莲贞道:"爷放心前去,同伴若亦被捉住,姑娘亦会救他的。至于白玉杯的事,这个姑娘倒不曾晓得,待姑娘慢慢向师姐探听,若果然在此的话,咱一定可以设法盗来与你如何? 但爷需留个地址与咱，那么日后可来拜见。"

美臣再也想不到她竟待自己这样忠心，一时感无可感，便说道："如此拜托姑娘，但咱住址原没一定。也好，你就到中山县周家村来找咱是了，也许有时候能碰得见，因为那边是咱哥哥的家。"

莲贞道："如此甚好，请爷速走，不要查夜来了，你我性命完矣！"

所谓人非草木，孰能无情。美臣到此，也颇觉恋恋不舍。莲贞连连相催，美臣道："姑娘大恩，咱心记着你是了。"

莲贞听了，不觉泪水夺眶而出，哽咽道："姑娘乃败花残柳，前蒙周爷不杀之恩，今日故特相救，聊作报答。今后姑娘将遁身空门，永做佛门弟子。请爷勿作恋恋，速走，速走。"

美臣听了，叹息不止，只得飞身上屋，霎时之间，早已不知去向矣！

且说莲贞待美臣走后，拭了泪痕，急急回到房中。为了要避嫌疑，便假作没事一般到梨影房中来闲谈。不料才到房门口时，忽然从里面气呼呼奔出一人，竟和莲贞撞了一个满怀。诸位你道这人是哪个，又是为了什么事情，作书的秃笔一支，不得不话分两头。原来这夜三头目梦豹在梨影房中饮酒作乐，十分快活。梨影因寨中再也物色不出一个好人才来，所以如今倒反把梦豹当作活宝一般看待了。梦豹自然喜欢万分，格外巴结。两人你贪我爱，几至每夜不背分离了。

且说这夜两人吃好了酒，坐在房中，无意谈起白玉杯之事，说寨主做了皇帝，你就是公主，咱就是驸马爷了。两人正在得意之时，不料窗户开处，飞进一个少年，大声喝道："好大胆的狗强盗，敢私藏皇上宝物白玉杯，还不快快拿与爷来，不然汝等休想活命。"说罢，仗剑劈来。

梦豹一见，方欲取下壁上剑来抵敌，早见梨影取出一方手帕，向那少年一扬。说也奇怪，那少年竟昏倒在地了。梦豹见了心中大

226

喜，挥剑向少年就斫，谁知却被梨影伸手拦住。喝道："且慢伤他性命，待姑娘问个仔细，再杀不迟。"说着，遂将那少年扶起，用绳缚住，给他坐在椅上。只见他面如冠玉，唇红齿白，两眼微微闭着。梨影瞧了一会儿，心里荡漾了一下，暗想：好个标致的人物，与姑娘配成一对，这才相称哩！梨影这样一想，竟忍不住扑哧的一声笑了。梦豹瞧此情景，心中暗想：这妮子不要爱上他了吧？一时妒火中烧，愤愤说道："姑娘喜新嫌旧，未免太不情了啊！"

梨影听他这样说，不禁恼羞成怒，大骂道："好个没良心的种子，姑娘这样待你，怎么反说姑娘不情。姑娘既不曾嫁你为妻，你敢管姑娘的事吗？"

梦豹忙赔笑道："咱怎敢管姑娘的事？但这等奸细，绝非好人，若不杀死，将来后患无穷呢！"

梨影娇叱道："姑娘不要杀他，你偏说杀他，那你不是明明又和姑娘作对吗？"

梦豹道："咱并不是和姑娘作对，有了他，没有我，有了我，没有他，这是咱的利害关系，怎能不管呢？"

梨影白他一眼，嗔道："你叫咱老陪你一个人睡吗？姑娘多一个人，自然多一种趣味，这是咱利害关系，你如何可以管束咱吗？"

梦豹听了这话，真是怒不可遏。但转念一想，若真翻脸，自己定然吃亏，反正她无真心爱咱，咱也就乐得玩玩她是了。因又笑道："只要姑娘仍有我这个人，那咱自然不会吃醋了。"

梨影听了，暗想：原来他是怕自己从此不爱他了，所以他发急了。忍不住抿嘴笑道："你放心，姑娘仍爱你的，但你今夜自己识趣，姑娘要尝新鲜味儿了，你得快回自己房中去吧！"

梦豹听了，心中虽然痛恨，也只得含笑出来。当他回身出房时侯，早又咬牙切齿，暗骂："淫娃，见一个爱一个，可杀之至。"不料却和莲贞撞个满怀。莲贞当时一见梦豹，羞得两颊通红。梦豹见了莲贞，也颇不好意思，说声对不起，便匆匆逃回自己房中去了。

且说莲贞见梦豹走了，她便不立刻进房，只从门缝中偷窥进去。这一瞧，心里又好生奇怪起来。因为房中尚绑着一个少年男子，梨影却用冷水在喷醒他。莲贞仔细一瞧，忍不住又暗暗叫奇起来。怎么这个少年竟是花如玉哩！他本是一个手无缚鸡之力的文弱书生，如今怎的也这个打扮了呢？美臣说有个同伴，莫非就是他吗？但怎的又被师姐捉在房里呢？莲贞这样想着，一面又瞧如玉已经醒来，他向梨影骂道："你这妮子暗计伤人，不算稀罕，有本领和咱到外面去大战三百个回合。"

　　只听梨影笑道："姑娘真不高兴和你到外面去战呢！要战到床上去怎样？"

　　莲贞听了这话，方才恍然大悟，原来师姐是看中了如玉，所以梦豹愤愤出房来了。咱以为师姐终是个好人，谁知也是个淫娃哩。一时心里非常感触，暗暗伤神。

　　且说如玉听她说出这个话来，不禁呸了一声，笑她道："一个女孩儿家，怎么说出这样不害羞的话来？咱瞧你也是一个好模样儿的姑娘，你应该要尊重自己的人格才好呀！"

　　梨影听了这话，不禁满颊通红，低头无语。一会儿，抬头瞟他一眼，柔声说道："姑娘因为心中爱你，所以欲嫁你为妻，假使你能答应，姑娘就放了你。不然，你的性命恐怕就在顷刻之间了。"

　　如玉暗想：咱何不将计就计地答应了她，待她放了咱后，再作道理。因含笑说道："姑娘这话可当真吗？"

　　梨影见他已有允意，芳心大喜，扬着眉儿，眸珠一转，笑道："姑娘骗你干吗？像姑娘这样才貌，也不见得会辱没了你吧！"

　　如玉笑道："姑娘若真心欲嫁咱为妇，咱自然是乐而接受的了。那么你快放了咱吧！咱好叩谢你不杀之恩哩！"

　　梨影芳心荡漾了一下，笑道："既结为夫妻，你还客气什么？啊哟！咱这人可糊涂，还不曾请教爷的姓名哩！"

　　如玉笑道："咱叫花如玉是也。姑娘姓甚名谁呀？"

梨影道："咱叫马梨影，爸爸马天王，他是这儿寨主，明天姑娘领你去见了爸爸，然后咱们就成婚可好？"

如玉笑道："好的，好的。那么请姑娘快先放了咱吧！咱的两手可麻木得厉害呢！"

这时莲贞站在门口，侧耳听到这里，心中狐疑不止，暗想：如玉难道真答应了她吗？恐怕不见得，咱猜他一定是诈，不要师姐放了他，反遭他毒计吗？这如玉未免是太心狠了。正想到这里，忽听房内梨影娇声喝道："好个小子，姑娘放了你，胆敢翻脸无情，姑娘若不把你碎尸万段，怎消姑娘心头之恨。"

接着又听一阵刀剑相击之声，莲贞忙又瞧进去，只见两人正在刀来剑去地厮杀。就在这时候，梨影忽然摸出一镖，娇声喝道："无情种子，休怪姑娘无情，着镖！"

说时迟，那时快，如玉肩头，早已中了她的金镖。如玉叫声"啊哟"，便立刻纵身跳出窗外，飞上屋顶，一连几蹿，早已无影无踪了。这时莲贞方才假意奔入房中，大叫道："师姐，怎么啦，有刺客吗，在哪里？"

梨影见了莲贞，愤愤道："这小子逃走了，不追他。"

莲贞道："为什么不追他？待妹子追上去。"

梨影听了，连忙伸手拖住，笑道："妹妹，不用追他。姐姐送他一支毒镖，在十二个时辰之内，保叫他呜呼哀哉是了。"

莲贞听了这话，芳心大吃一惊，急道："什么？这毒镖没有药可解救的吗？"

梨影听了，怔了一怔，笑道："妹妹这话奇了，你要解救他作甚。"

莲贞猛可理会，觉得自己这话不对，因也忙辩白道："姐姐这是什么话，妹妹因为听了这毒镖有如此厉害，所以吃了一惊呢！不知这刺客是何等样人，怎么竟有如此胆大，前来行刺姐姐呀！那真是活得不耐烦了。"

梨影听了，笑道："可不是？这种毛贼敢在泰山头上动土，胆子真也不小，妹妹不知如何知道的呀！"

莲贞道："妹子在房中正欲脱衣就寝，忽听姐姐房中有刀剑相击之声，妹妹心知有异，所以急急赶来，不料那毛贼却已中镖逃走了。"

梨影听她这样说，遂也深信不疑。两人又闲谈几句，方才回房去睡。梨影待莲贞走后，遂叫阿香再到梦豹房中去请。梦豹正在急得睡不着，今见梨影又着阿香来喊，方才回嗔作喜，遂又到梨影房中而来，笑道："姑娘怎么又叫咱来了呀？"

梨影嫣然一笑，说道："这小子姑娘不欢喜，早把他结果了。"

梦豹疑信参半，梨影却早携了他手，同到床上去了。

到了次日，天王发觉美臣被逃，心中大怒，因此吩咐全寨严密防守，日夜轮流。后来美臣约了志飞、爱卿、玉蓝等一般众英雄前来大破清龙寨，莲贞在内作为助手，取回九龙白玉杯，皇上心中太喜，赏封众英雄的官衔。此是后话，且表过不提。再说如玉中了梨影的毒镖，急急飞身逃下山寨。狂奔了一阵，不知不觉已到邕宁县。这时毒气已发，如玉头晕目眩，肩头上觉疼痛难当，再也支撑不住。抬头见前面已到一家花园的门口，如玉暗想：咱若倒在路上，旁人一些没有发觉，那咱不白白丧命吗？咱且跳进这家花园再作道理，也许园主人慈悲为怀，咱可以求他请医救治，待咱好了，自当重谢他们是了。如玉想定主意，便即纵身跳进花园。不料脚儿一软，竟直跌倒在荷花池旁昏过去了。

诸位，你道这个花园究竟是哪一家的？阅者谅来还记得本书第二回中金彪到项银瓶小姐妆楼盗取金银的一回事吧！原来这花园就是项家造的。银瓶的爸爸项大成，从前开设镖局，现在因年老力衰，所以在家享受清福。

且说银瓶因那夜丫鬟小娥险遭强人奸污，从此以后，主仆两人，晚上睡觉便非常小心。这天吃过晚饭，小娥笑道："小姐，今晚月色如画，咱们何不到花园里去舞一会儿剑玩呀？"

银瓶也觉睡太早了，反正左右无事，就去玩玩也好。于是含笑点头，两人带了剑儿，移步到花园里来。银瓶抬头见碧天如洗，万里无云，一轮皓月，真是无限清华。银瓶正在赏月，忽听小娥咦咦响起来，叫道："哟！小姐，你瞧那边荷花池边却躺着一个人呢！"

银瓶连忙回眸望去，果然在月光清辉之下，很明显地有个人躺着，一时心中好生奇怪，连忙携了小娥走了过去。小娥走近如玉身旁，便娇声喝道："你是何人？敢私闯咱家花园。"

谁知喝了几声，却不见答应。小娥仔细一望，便啊哟一声，回头对银瓶叫道："小姐，这人竟是中了一支镖哩！"

银瓶听说，遂也轻移莲步，走到如玉身旁，蹲身把他肩头上的金镖拔出，只见淌出来的鲜血已成紫黑颜色。银瓶吃惊道："此镖头上竟放有毒药，不知有多少时候了，假使在十二个时辰之内，那也许还有可救希望，不然这人性命完矣！"说着，又瞧那支镖上刻有梨花一朵，上书"毒药镖"三字。小娥听小姐这样说，便笑道："小姐，待婢子把那人翻过身来瞧一瞧他脸儿，不知是个歹人还是个好人哩！假使是个好人的话，小姐就发发慈悲心，救救他吧！"说着，便伸手把如玉翻过身子，于是如玉的脸蛋儿就向天了。

银瓶见他眉清目秀，英武中带有婀娜气概，但嘴唇发黑，两颊发青，确系中了镖毒，心里已有些不忍。小娥回头对银瓶笑道："小姐，这少年定是好人，你快救一救他吧！"

银瓶瞅她一眼，笑说："你这妮子说话有趣，好人歹人你怎么已知道了啊！"

小娥笑道："小姐瞧瞧他的脸蛋儿，也可以晓得他是个良善的少年哩！可怜他不知遭了谁的毒手，小姐若不救他，更有谁来救他呢？"

银瓶听了，凝眸沉思一会儿，雪白的牙齿微咬着嘴唇，说道："咱想还是去告诉一声爸爸吧！不然……似乎有些不方便。"

小娥道："救人如救火，且把他先救活了，再报告老爷不迟哩！"说罢，竟把如玉负在背上，直向小姐闺房里走去了。

银瓶要想阻拦，也早已来不及了，只好随她到了房中。只见小娥已把如玉放在一张榻上。银瓶遂在橱内取出一瓶药粉，叫小娥给如玉敷在伤处上面。同时又在另一瓶中倒出两颗药丸，送到如玉口中，用开水服下。不多一会儿，如玉腹中忽然一阵咕噜怪响，哇的一声竟吐出一大堆黑水来。银瓶知道他就要醒了，心里不好意思，遂退在梳妆台的旁边站着，两眼却只管凝望着榻上的如玉出神。只见如玉微睁眼睛，向四周打量了一会儿，忽然咦了一声，叫起来道："哟！这儿是什么所在呀？"

小娥站在旁边，告诉他道："这位大爷，你醒了吗？若不是咱小姐救了你，恐怕你早已不能活命了呢！"

如玉听了这话，脑中细细一想，方知自己是从清龙寨逃出，跌倒在一家花园里的池塘边的。如今这里是一间闺阁小姐闺房似的，想来定是这里主人把咱救活的了。遂连忙从床上坐起，问道："这位姐姐，真对你不起，你的小姐在哪儿，让咱叩谢救命的大恩吧！"

小娥听了，哧地一笑，手指梳妆台旁站着的银瓶，说道："喏！这个不就是咱的小姐吗？"

如玉回过头去，果见那边站着一个少女，秋波脉脉含情。因慌从榻上跳下，抢步上前，在她面前跪倒就拜，口叫："恩公，多蒙相救，咱方才得以活命，此恩此德，没齿不忘。"

如玉这一下子，把个银瓶小姐慌得让过一旁，红晕了脸儿，羞答答地说道："壮士请起，快不必多礼。请问壮士不知遭何人毒手，竟中此毒镖哩！"

如玉这才起身，退后数步，目不斜视地说道："咱原到长蛇岭清龙寨去探白玉杯消息，不料竟遭贼人毒镖，若非小姐救治，咱真死于非命矣！"

小娥听了，又把那支镖儿拿给如玉瞧，并告诉自己和小姐所以

232

和你在花园里相遇的原因。如玉听了，又见那镖上果然写着"毒药镖"三个字。一时感激涕零，忍不住又向银瓶拜了下去。银瓶见他这个样子，真弄得羞涩十分，连说罢了。小娥笑道："爷快不要如此，岂不折死咱小姐了吗？"

如玉听了，忙又站起，不料却和银瓶打个照面。如玉忽然瞥见银瓶胸前悬着一块白玉，非常精致，上面还刻着"如玉"两字。一时心中奇怪万分，暗想：这是咱的东西，怎么会到这位小姐身上去呢？因忙问小姐姓名，银瓶含羞道："咱姓项名银瓶，不知壮士姓甚名谁？"

如玉道："咱叫花如玉是也。"说到这里，迟疑了一会儿，方又低声问道："恕咱冒昧，请问项小姐胸前这块白玉是打哪儿来的呀？"

小娥一听，忙代答道："花爷问它做甚？想来定有缘故。"

如玉道："不瞒二位说，这块白玉是咱从小带在身上之物，不知小姐是如何得着的呀？"

银瓶、小娥听了这话，心中好生奇怪，一时目瞪口呆，却半晌说不出一句话来。

不知银瓶身上这块白玉究从何处而来，且待下回再行分解。

第十九回

镖头有毒一丝牵好合
白璧无瑕三美结成双

如玉这一块白玉，原是带在身上的。这天总督衙门派人前来捉拿如玉，拉拉扯扯，一阵推的推，拖的拖，所以把那块白玉竟掉落在大厅的地上了。后来志飞、爱卿跳进家里探望，那块白玉就被爱卿拾起。爱卿认得是哥哥之物，所以带在身上。不料当爱卿陷身在皇觉寺里的时候，那块白玉又被山野僧搜抄去了。但如今怎么又会到银瓶身上里来呢？这其中自然是有个曲折的情节。

诸位看官的且不要性急，待作书的慢慢告诉给你们听吧！原来山野僧在皇觉寺里自从和潘莲贞分手以后，他便在寺里好好修养了一个月，心里便又活动起来。于是离开皇觉寺，一路到外面来云游。若遇面目姣好之妇人，无不被他强迫奸污，真是无恶不作。这天到了广西省地方，山野僧心中暗想：咱家师弟无法道人，是在桂林县凤凰岭上普照道院中做当家，和咱差不多有两年不见，近来不知在作何消遣，咱倒不妨去瞧望他一次。山野僧主意打定，便向桂林县而去。

这日路过一户人家的花园，忽听里面有刀剑相击之声，一时心中好生奇怪。遂攀在围墙之上，向里面望将进去。这一望不禁喜出望外，暗想：咱家艳福不浅，如此娇艳的美人儿，真是花爱卿第二了。咱家因花爱卿不能到手，心中老觉闷闷不乐，今夜非将这少女来做个爱卿的代表了。

诸位，你知道花园中是何人？原来就是银瓶和小娥。银瓶自从金彪前来盗银后，她曾到师父一尘子那里去过一趟，和向凤姑也曾相见过了。那时凤姑已学得一身本领，师姐妹相见，十分亲热。一尘子瞧了，微微笑了一会儿，望着两人的脸颊儿，很得意地道："你们两人是该特别亲热些了。"

　　银瓶听师父话中，似乎含有些作用似的，因回眸瞅着一尘子，憨憨笑问道："师父这话怎么讲的呀？"

　　一尘子笑道："前儿你大师伯玄贞子曾来过，是他这样说的，为师的也不知道是什么意思啊！"

　　凤姑笑道："师姐，这个你也不用问，难道咱们师姐妹是不应该特别亲热些吗？"

　　一尘子听了，不禁呵呵大笑起来。银瓶、凤姑见师父这样高兴，忍不住也抿着嘴儿笑起来。一尘子因又问银瓶和大师兄志飞可曾遇见过，银瓶道："咱和师兄自下山后，却不曾遇见过。因为他在北地，咱在南方，遥远地相隔着，哪来机会碰面呢？"

　　凤姑听了，哧哧笑道："大师兄是到广东来过了，怎的他没有到你那里来望过吗？"

　　银瓶听了这话，好生不解，凝眸问道："师妹你别开玩笑了，这个你如何知道的呀？"

　　凤姑笑道："谁骗你？妹子的性命，一半也可算是师兄救出的呢！"说着，便把自己被耀忠强迫成婚，幸喜当夜即被师兄和表妹救出的话，告诉了一遍。银瓶听了，又问："表妹是谁呀？"

　　凤姑笑道："咱表妹叫花爱卿，她自小失踪，所以当初她来救咱，彼此还不认识，后来师父告诉了咱，妹子才知道哩！"

　　银瓶哦了两声，方知底细，在山上住了两天，便即告别下山。临别嘱凤姑下山后，请先到姐姐家中来玩。凤姑含笑点头，彼此方才握手而别。

　　且说银瓶回到家里，和爸妈谈了一会儿，便自到闺房休息。从此银瓶又不曾出外，这天小娥要求小姐再教几路剑法，银瓶答应。当下两人装束停妥，带了剑儿，到花园里来教授小娥剑法，不料碰巧被山野僧瞧见，因此又存下不良之心。且说到了夜间，山野僧飞进项家花园，找到银瓶的闺房。从窗格子里望进去，只见银瓶正在教小娥描红刺绣。山野僧心中暗想：这个可人儿倒是文武双全，样样都好，想来她的滋味儿定然亦是妙不可言。山野僧这样一想，不免乐而忘形。因此站在屋檐边，那瓦片就嘀嗒地一响。银瓶自从小娥险遭失身之后，十分小心。何况她本是一个机警的人儿，听此声音，便叫声："不好，屋上有贼。"小娥亦早理会，便忙吹熄灯火。两人执剑在手，正欲出外。那时山野僧也知里面已经发觉，但欺两个小女子无用，一不做，二不休，竟在黑暗中破窗而入。这时天空中月圆如镜，房里因为漆黑，瞧到外面自然十分显明。银瓶见跳进来的是个和尚，心中大怒，娇声喝道："太胆贼秃，敢到姑娘闺房前来行劫，可是自寻死路吗？"说罢，伸手一扬，只听哧的一声，早已发出三颗银弹丸。

山野僧哪里预防得及，大叫一声"啊呀"，肩头已中了弹丸。好在他是个内功惯家，也只不过受些皮伤。但既被击中，不免胆寒，慌即回身跳出，银瓶、小娥亦早追到窗外，两人挥剑就劈。一面口中犹大喊："爸爸，花园中有贼哩！"

山野僧来的时候原预备用闷香把她们迷到，然后以痛痛快快地玩她一回，所以并不曾带一柄刀剑。此刻因为自己乐而忘形，太以大意，有了响声，以致不及施用闷药，便即被两人发觉。如今两人挥剑劈来，自己两手空空，怎样抵挡。虽然两个小女子亦不在心上，但瞧她们剑法，倒也不是寻常之辈，而且银瓶又大喊爸爸，想来她爸的本领，自然不弱。这样看来，今夜大触霉头，三十六招，走为上招的妙。不过到底有些不甘心，伸手向身旁一摸，镖袋又不曾带着，一时情急智生，就在怀内摸出爱卿身上抄出的一块白玉，向银瓶叫声"着镖"，便掷了过来。

银瓶见他一面逃，一面伸手东摸西摸，心知他要暗箭伤人，所以并不急追。今见他果然有镖放来，遂停步不前。明眸仔细一望，在月光之下，却是飞过来一块白玉，心中忍不住好笑，遂忙伸手接来。这时小娥遂也把最近练就的五支袖箭，向山野僧作为试验之品，一连串地射了出去。山野僧见两个小女子的法宝有这许多，一时也不敢留恋，叫声："姑娘，客气一些，咱们后会有期。"说完，便即纵身一跃，早已飞出围墙逃去了。这时项大成正在书房看书，闻声赶来，急忙问道："贼在哪里？贼在哪里？"

小娥笑道："老爷来迟了，贼秃刚才逃出墙外去了呢！"

大成见女儿这时手中拿了一块白玉似的东西，正在细瞧。因问女儿看什么，银瓶笑盈盈地走到大成面前，说道："爸爸，这贼秃技穷，竟把这块白玉作为武器，向女儿射来，你想好笑不好笑？爸爸，女儿瞧这块白玉如此精细玲珑，想来绝非贼秃自己之物，一定也是不知谁家姑娘身上的东西呢！"

大成接来一瞧，果然玲珑剔透，上面还雕刻着"如玉"两字，想来果是闺中女儿之物，因问："这贼是何等样人？"

小娥道："老爷，这贼是个秃驴哩！"

大成恨声骂道："名为和尚，六根清静，五蕴皆空，不料竟好色如此，真杀不可赦矣！今被逃去，真便宜了这厮。瓶儿，你妈已急得了不得，咱们快去安慰她吧！"说着，把那块玉又交给银瓶。于是父女两人和小娥便到上房而来。

项太太脸色慌张，急问贼人可捉住。银瓶含笑告诉了一遍，又抚着妈胸口，安慰道："谅此毛贼，何足道哉，下次若敢再来，定叫他不能生还。"

项太太笑道："虽然如此，但女儿到底终要小心为是。"

银瓶道："这个女儿自理会得，妈可不必担心。"说着，又把那块白玉交给项太太看。

项太太道："果是一块白璧无瑕的宝玉，想不到女儿反得一件珍品哩！”

银瓶嫣然笑道：“可不是？”大家谈了一会儿，方才各自安寝。

银瓶、小娥回到房中，银瓶坐在灯下，把那块白玉细细把玩，竟爱不释手。小娥笑道：“小姐何不贯以红丝，悬在胸前，倒是个纪念。”

银瓶含笑点头，遂真的系在项下胸前。又拿着瞧了一会儿，自语道：“这‘如玉’两字，不知可否是人家的名字？”

小娥听了，走近身来，也拿起瞧了一会儿，笑道：“不错，这如玉一定是个名字，恐怕这块玉也是人家拴在项下的。婢子想，那块玉的主人，定是个官家的公子。”

银瓶听了这话，红晕了脸儿，笑道：“这个你何以见得？”

小娥道：“你不见《红楼梦》中的贾宝玉吗？他不是个官家的公子吗？身上他也带有通灵宝玉呢！”

银瓶听了，凝眸暗想：这倒也未可知。但既是人家公子之物，怎么会到贼秃身上去呢？但既被小娥说穿了，自己悬着可不好意思，遂说道：“那么咱就把它拿下来掷了吧！”说着，伸手便要脱下。

小娥连忙伸手将她握住，对她憨憨地笑道：“小姐这又何苦，若果然是人家公子之物，今贼秃忽然掷给小姐，那贼秃倒好像是个月老似的，也许小姐其中果有这一段美满的姻缘呢！”

银瓶听了这话，啐她一口，把手儿一扬，做个要打的姿势，笑嗔道：“你这妮子胡说八道的，怎么竟敢拿小姐来给你开玩笑吗？”

小娥连忙退后一步，哧地笑道：“婢子倒是真心话，现在老爷外面又不去走，亲戚朋友也很少，小姐的终身不免要耽搁下去，所以婢子替小姐想，最好早配一个才貌兼全的公子哩！”

银瓶听她竟说出这个话来，便笑骂道：“这妮子愈说愈疯了，敢是你自己不愿服侍小姐了吗？那明儿咱就回太太去，给你去配个人是了。”

小娥听了这话，倒也急起来，噘了嘴儿，生气道：“婢子一片好意真心为小姐关怀，小姐却还要来说婢子，小姐明天只管回太太去，就是斫断了婢子的脚跟，婢子也不肯出这间卧房了。"

银瓶见她这样情景，倒忍不住又好笑起来，说道："你这妮子现在是越发爬到咱的头上来了，你说了小姐，小姐还没责骂，你倒先向小姐生气了，这不是个笑话吗？"

小娥听了这话，眼儿向银瓶一瞟，忍不住又哧哧笑了。银瓶笑道："真淘气！"

银瓶嘴里虽然这样说，但芳心之中却暗暗地想：这婢子虽是说着玩，但也许真有这样一段事情吗？想到这里，心里不免荡漾了一下。红晕了双颊，自躺到床上去，说睡了吧。于是主婢两人，遂解衣就寝。

话说山野僧逃出了项家花园，急急回到客栈，心想：还是早些睡觉，且待明天去见了师弟，约他一同前来报仇，把这两妮子捉上山去，和师弟平分秋色，岂非美事？想定主意，倒头便睡。到了次日，便匆匆赶到桂林县凤凰岭普照道院。无法道人的徒儿林天啸见师伯到来，慌忙接入禅室，口称："师伯，久未叩见尊颜，想福体定必康泰。"

山野僧笑道："贤侄请起，汝师父可在院中吗？"

天啸道："师父在里面地道室中炼剑，待小侄前去通报吧！"

山野僧忙摇手道："不必，咱就进内去便了。"

于是天啸领路，和山野僧到了地道室。只见无法道人坐在一只丹炉旁边，双手合十，两眼紧闭，口中念念有词，只见丹炉中有股青气直冲，气中滚着一颗金丸，光亮夺目。室中静悄悄的，一无人声。山野僧心想：师弟倒喜欢干此劳什子哩！因哈哈笑道："师弟，久违，久违，你好辛苦啊！"

无法道人一见山野僧，忙含笑站起相迎，说道："师兄别来无恙，请坐，请坐。"

山野僧道："听令徒说，师弟在炼剑，不知是炼的什么剑呀？"

无法道人笑道："名叫童子剑，需五百个童子，方得炼就。"

山野僧道："不知可曾集齐了没有？"

无法道人道："咱正在派小徒们四处搜罗，目今已有三百五十个，想来就可齐了。"

山野僧笑道："师弟这几天可累忙了。"

无法道人笑道："算不了忙，但却不得有空。师兄今日驾临到此，不知有何贵干？"

山野僧本欲约他同去，瞧此情景，也就不必谈起，遂说道："并无甚事，因久未和师弟见面，特来拜望。"

无法道人呵呵笑道："怎敢？怎敢？还请师兄咱们到外面去宽坐一会儿吧！"

于是大家到了外面禅室，无法道人吩咐小道摆席，给山野僧接风，天啸陪在下首，三人欢然痛饮。山野僧笑道："师弟除炼剑之外，更作何消遣？"

无法道人道："在炼剑之日内，不能有空游玩了。"

山野僧笑道："如此岂非寂寞？"

无法道人笑道："这倒也不觉得，咱知师兄乃是花中蜜蜂，回头天啸吾徒且伴师伯到地道中去玩玩，愚弟因有公事在身，恕不奉陪了。"

山野僧听说师弟地道中也藏有群花，心中大喜，便笑道："如此甚好，贤弟炼剑要紧，可以不必陪咱，好在彼此自家人，还请随便的好。"

无法道人笑道："那么请师兄就多玩几天，好在下面鲜花不少，任兄去采，有空了到咱这儿谈谈，还好瞧咱炼剑哩！"

山野僧含笑答应，无法道人便自走了。山野僧见他走了，便悄悄问天啸道："汝师父亦爱女色吗？"

天啸道："差不多天天要女人陪伴哩！因为在炼剑之时，不能亲近女色，所以师父这几天终独个儿睡的。"

两人谈谈笑笑，甚觉投机，山野僧本来就要告别，为了有女人受用，因而从此便在院中住下，天天和天啸两人饮酒作乐，十分快活。后来又约天啸同到项家去抢劫银瓶主婢两人，天啸原也是个色中饿鬼，自然欣然同往。因此下面又引出曲折离奇的故事来，此是后话，且表过不提。

　　话分两头，作书的这支秃笔又要叙述如玉在银瓶闺房中的事情了。话说银瓶和小娥听如玉说这块玉儿是他自小系在身上之物，一时弄得目瞪口呆，半晌说不出一句话来。小娥咦了一声，忽然想起那夜自己和小姐所说的戏语，不料竟成事实，遂笑起来说道："爷且说个明白，你这块白玉是掉落在何处的？因为咱小姐也是从旁人手中取来的呢！"

　　如玉遂把自己身世以及被害情形，向两人告诉一遍，并说道："想这块玉定是在捉咱时候掉落的了，但不知道小姐是从何人手中得来的呀？"

　　银瓶也把那夜之事，告诉了一遍。如玉听了，连叫奇怪，笑道："咱这块玉怎么会到和尚的手里去呢？"

　　这时小娥把那秋波水盈盈地只管向银瓶瞟着，并且哧哧地笑。银瓶见她这个模样，心中猛可也想起小娥的话，一颗芳心，顿时又喜又羞，暗想：这个花如玉果然是个官家公子，而且又才貌双全，难道咱们果有姻缘之分吗？想到这里，两颊的朵朵桃花，早又浮了上来。如玉见她不胜娇羞的意态，因忙说道："咱还不曾问小姐的尊大人可健全吗？"

　　银瓶听了，遂也把自己身世，向他告诉一遍，并说自己是拜一尘子为师的。如玉听了，喜上眉梢，不觉笑道："原来令师还是咱的师叔呢！如此说来，彼此竟是一家人了。"

　　银瓶听了这话，也喜之不胜，眉毛一扬，笑道："令师可是玄贞子师伯吗？"

　　如玉道："正是，正是。天下事情也可谓巧极了。"

银瓶因把那块玉儿解下，交还如玉，笑道："既是师兄之物，理应归还。"

如玉见她把这块玉竟悬在身上，也可见她是这样珍爱了，遂也笑道："师妹若喜欢的话，咱就赠送了你，也不要紧的。"

银瓶听了这话，暗想：这玉是你身上之物，咱若悬在项上，那算什么意思？因含笑谢道："师兄既是从小带在身上，如何能够送人？还是戴上了吧！"

小娥连连瞅了银瓶两眼，原是叫她收下的意思，不料如玉见她不受，却已接了过来。说道："那么老伯可在府上，待小侄前往叩拜才是。"

银瓶凝眸沉思一会儿，点头笑道："很好，请师兄先到外面宽坐一会儿吧！"

如玉听了暗想：咱也真糊涂了，这儿还是小姐的闺房哩！遂把手一摆，说道："师妹这话正是，那么请师妹在前领路吧！"

于是银瓶、小娥在前，如玉在后，大家到了厅上。银瓶道："那么师兄且少待片刻，咱前去告诉爸爸吧！"

如玉点头，银瓶便和小娥携手到了上房。在上房门口，银瓶停步下来，向小娥望了一眼，红晕了双颊，低声儿说道："小娥，你得给咱想个法子呀！咱怎样和爸妈去说呢？"

小娥眸珠一转，咔地笑道："婢子自会代小姐说的，你放心进房去是了。"

银瓶道："你怎样说呢？万一爸爸怪咱太以轻狂，那可怎么办呢？"

小娥瞟她一眼，笑道："小姐真也太胆小了，婢子保你没事便了。不但没事，而且还要把你俩结成一对美满的姻缘哩！只不过小姐别再责骂婢子把小姐开玩笑是了。"

银瓶听了，恨恨地白她一眼，啐了一声，忍不住也嫣然笑了。小娥却拉了银瓶，早已走到了上房。只见项太太歪在床上抽烟，大成却不在房中。银瓶忙道："爸爸到哪儿去了？"

项太太道："你爸在书房里看书哩！女儿还没有睡吗？"

小娥见太成不在房内，心中更加喜欢。因笑盈盈地向项太太告诉道："太太，婢子告诉你一件奇怪的事情。"

项太太吃了一惊，说道："怎么啦？你快告诉咱吧！"

小娥笑道："小姐那夜在贼秃手中得着的这一块白玉，不料这块白玉的主人，竟来咱家了呢！"

项太太不懂道："这是什么话，那人在什么地方？"

小娥道："太太，你别急，婢子详细地告诉你好了。刚才小姐和咱因为睡觉太早，所以预备到花园里去舞一会儿剑玩。不料园外却跳进一个少年来，咱们还道是歹人，正欲挥剑杀他。谁知他却说道：'请小姐别动手，咱因中了人家毒镖，命在顷刻之间。万望小姐发个慈悲，速即代为请个医生救治，此恩此德，终身不敢有忘矣！'婢子见他肩头上果然中着一镖，而且瞧他容貌，亦不像是什么歹人，所以劝小姐拿药救救他。小姐说要告诉了爸爸，答应了才可给他救治。婢子说救人如救火，岂能够延迟呢？所以遂到房中，把药粉给他敷上，又给他服了药丸。不多一会儿，他果然好了。谁知互通姓名之下，这个少年竟是小姐师伯玄贞子的徒儿呢！彼此算来，还是个师兄妹。这倒不要去说它，最奇怪的就是他发觉小姐项上拴着的那块玉，说是他自小戴在身上之物。太太，你想，这不是个稀罕的事情吗？"

银瓶站在旁边，听小娥说了一半慌话，心里暗暗欢喜，佩服小娥的口才，真是玲珑剔透了。这时项太太听小娥唛唛地说了一大套话，尚有一半不明白。因急又问道："小娥，那么这少年是姓什么叫什么呢？你也该说个明白呀！不知道他会不会冒认吗？"

小娥道："他名叫花如玉，这块白玉上不是刻着'如玉'两字吗？所以婢子猜他倒并不是冒认的。"说着，又把如玉的身世，向项太太代告诉了一遍。

项太太见银瓶低头默不作声，胸前白玉已没有了，遂问银瓶说道："瓶儿，那么你这块玉已还给他了吗？"

银瓶听了，似有不胜娇羞之意，抬头低声儿答道："既是别人家的东西，不是理应归还人家吗？"

项太太点头道："这话倒也不错，如今他的人儿呢？"

小娥道："花爷等在大厅上，他要叩见老太太和老爷呢！"

项太太听了这话，从床上坐起，说道："什么，他候在大厅上吗？那你这妮子为什么不早告诉咱？待咱先去瞧瞧他品貌，不知好不好哩！"

小娥、银瓶听了她第一句话，倒是吓了一跳，及至听完了她的话，不但放下心来，而且芳心还喜欢得了不得。小娥连忙来扶项太太，一面笑道："太太，这位花大爷生得方面大耳，眉清目秀，唇红齿白，你老人家瞧了，准会喜欢哩！"

项太太听了，笑道："真的吗？竟有这样的好人才吗？"

银瓶恨恨向小娥白了一眼，意思是怪她不该胡说八道的。小娥却憨憨地笑着，向银瓶扮了一个兔子脸！三人到了厅上，如玉见大成没有出来，倒出来一位老太太，心里先已一怔。这时项太太向如玉细细一打量，觉得果然是个挺俊美的少年，心里已是十分欢喜。如玉料想是银瓶的妈妈，早已站起身子，向她行了一个礼，柔和地叫道："这位想就是老伯母了。"

项太太听他彬彬有礼，遂也说道："这位就是花如玉少爷吗？"

如玉忙道："在下正是花如玉，咱因探听白玉杯下落，不料在清龙寨中竟遭贼人毒镖，幸而师妹救治，方才得以活命，此恩此德，小侄真感激不尽了。"

项太太笑道："彼此既然是叔伯师兄妹，患难相互的救助，原是分内之事，请你不必客气。"说着，又向如玉问长问短地说了一会儿，如玉小心回答，项太太更加喜欢，于是便真的看中他了。遂叫小娥去请老爷出来，和如玉相见。小娥一听，心中大喜，早已三脚两步地奔进书房，把花大成请了出来。大成见黑夜里来了一个不速之客，心中好生不解，忍不住望着如玉呆住了。如玉却恭恭敬敬地行礼，口称："伯父，小侄来得孟浪，还请老伯海涵。"

大成听如玉竟呼自己为伯父，愈加呆若木鸡。后来项太太笑呵呵地告诉了如玉的来历和身世，大成方才恍然大悟，便也和如玉谈了一会儿，觉得颇为满意。一面请他到书房间去安置，一面就叫童儿项春好生侍候花爷，他便自回上房里来。只见项太太正在和银瓶说话。银瓶垂了粉颊儿，好像十分怕羞的样子，因含笑问道："这个花如玉到底是怎么一回事呀？那一块刻着'如玉'的白玉，就是他身上之物吗？但他既掉落在自己家厅上，怎么会到贼秃的手里去呢？"

项太太道："他自己也在奇怪呢！想来其中定然是有个缘故的了。"说着，又正经地叫了一声老爷，说道："瓶儿年纪也不小了，这个如玉既然是玄贞子的徒儿，而且又生得这个好模样儿，咱想，把瓶儿就配给他做了妻子吧！不知你的意思如何？"

大成笑道："这是女儿的终身大事，终得要征求了她自己同意，事情方才可以办呢。"

银瓶听爸这样说，芳心又喜又羞，把粉颊儿差不多要垂到胸前来了。项太太笑道："女儿的意思是要娘给她做主的，咱想天下的事情真也奇巧，和尚把这块玉掷给女儿，女儿却爱它精致，所以悬在身上，不料偏是花如玉身上的东西，同时女儿无意中又救了他性命。这样看来，两人也许果有姻缘之分吗？所以咱的意思，就准定把瓶儿配了他。好在如玉的才貌未见得在瓶儿之下，这样夫婿也是很难得遇到的。现在只要问岳父喜欢不喜欢，假使喜欢的话，你明天就直接和他谈判是了。"

大成笑道："女儿既然欢喜，做爸的自然也赞成了。"

银瓶怕难为情，早已拉了小娥的手，走回自己卧房中去了。

到了次日，大成便到书房里来和如玉闲谈。两人说了一会儿旁的事情，大成方才开口说道："花贤侄，老夫有一件事情和你商量。"

如玉听了，忙问何事。大成微笑道："内子自从和贤侄见面后，心里十分喜欢，意欲把小女配你为室，未知贤侄可能允纳吗？"

如玉一听是为了这个事情，遂忙欠身说道："老伯说哪儿话来？师妹才貌双全，贤德过人，今蒙抬爱，愿配咱为室，小侄感激不尽。况小侄性命乃师妹相救，岂有不允许的道理？奈小侄心中亦有不得已的苦衷相告，因小侄虽未结亲，却已有未婚妻两个了。师妹若再嫁咱，恐怕有辱师妹。小侄并无一些虚伪，假使师妹不以为然的话，咱当然遵命是了。"

大成听了，一时倒委决不下，手摸长须，沉吟了一会儿，又低声问道："贤侄，但不知可要分轻重的吗？"

如玉道："这个咱完全一律看待，决无大小之分。因为咱和她们都有特殊的关系，所以不能厚彼薄此。将来结婚，也并无前后的。"

大成听他这样说，觉得既无妻妾之分，倒也平等。"不过第一个先订婚的少女，怎情愿如此呢？"遂又向如玉问。如玉答道："老伯这个放心，你且听咱细细告诉了你，那你老人家就知道了。咱第一个未婚妻，原是咱的表妹。后来咱被奸贼陷害，提解进京，路上遇到一个姑娘相救，此人名叫何玉蓝，乃是咱妹妹的师姐。"说着，便又把玉蓝如何生病，如何相托等事相告，又说道："因此自己以名义夫妇，安慰与她。原以为她不会好了，不料咱的师父玄贞子前来相救，同时带咱上山，因此咱们的婚约，竟弄假成真了。如今瓶妹救了咱的性命，咱若拒绝婚事，咱真成个不情之人了。所以咱无论如何，终可答应。但咱已有二妻之事，却不得不预先声明。瓶妹若以为不然，那咱也没办法的了。"

大成听了如玉和玉蓝这一段情形，觉得如玉实在是个多情之人，不禁点头赞叹道："贤侄真有情分的血性儿女也，既然不分妻妾，咱倒不以为然。但内子和小女未知意思如何，最好待咱去问一声，请贤侄等会儿吧！"大成说罢，便即到上房而去。不多一会儿，大成喜滋滋进来，笑道："小女也已允许如此，这真是五百年前注定的良缘了。"

如玉听了，知银瓶小姐真心相爱，一时回忆把咱竟抱到闺房救治的事情，心中更感入骨髓。遂也无话可说，向大成跪倒在地，拜了八拜，口称岳父了。大成心中喜之不胜，一面扶起，一面请他到大厅喝酒去。如玉把那块白玉交给大成，说："这物件仍给银瓶，算作为聘礼吧！"

大成心中大喜，便又送了进去，然后两人在厅上坐下，仆人送上酒菜，方欲开怀畅饮，忽见外面走入一个少女，和如玉正打个照面。两人这一瞧，真应着了不瞧犹可的一句话，一时便都"啊哟"一声叫了起来。

未知这个少女究竟系何人，且待下回再详。

第二十回

儿女英雄额手齐祝贺
龙虎剑侠诛仇庆团圆

话说大成和如玉方欲开怀畅饮，忽见院子外走入一个少女，和如玉瞧了一个正着，两人便不约而同地啊哟一声叫起来。如玉同时站起身子走到那少女的身旁，两人紧紧把手握住。一个问你可不是如玉表哥吗？一个问你可不是凤姑表妹吗？说着，彼此心中因为太欢喜了的缘故，大家眼泪便像雨一般地滚下来了。大成瞧此情形，弄得目瞪口呆，心中不胜奇怪，一时倒呆呆地怔住了。如玉和凤姑泣了一会儿，忙又问道："表妹一向在哪里？和这里项家是怎么认识的呀？"

凤姑道："这事说来话长，妹子和这儿银瓶小姐原是个师姐妹，所以下山后，便来拜望她的。"

大成一听这话，仔细一想，心中真喜欢得了不得，暗想：天下事情，真有如此奇巧的吗？这个凤姑既然是如玉的表妹，想来就是他的第一个未婚妻了。谁晓得却是瓶儿的师妹，那么大家不是都认识的吗？遂慌忙叫人把小姐去请出。这时如玉一听凤姑是银瓶的师妹，心中也顿时大喜，也不及细问表妹如何给一尘子为徒，就立刻指着大成介绍道："表妹既是银瓶的师妹，那你快来叩见项老伯吧！"

凤姑一听，方知上面那个老者，就是银瓶的爸爸。遂抢步上前，向大成拜了下去。大成呵呵笑道："请起，请起，贤侄女少礼吧！"

如玉笑道："想不到咱向凤姑表妹，竟是瓶妹的师妹哩！"

正说时，银瓶早已从上房出来，一见凤姑，遂笑盈盈地彼此连忙握手问好。大成笑着告诉道："瓶儿，爸告诉你一件有趣的事情，你师妹向凤姑却就是如玉贤侄的表妹哩！"

银瓶一听这话，猛可想及爸爸刚才进房来说，如玉第一个未婚妻，就是他的表妹。想不到竟是自己的师妹，一时芳心中又喜又羞，把那秋波向如玉偷偷瞟了一眼。谁知如玉望着自己的脸儿也在憨憨地笑，这就可知他心中也是这分儿的得意了。

向凤姑见银瓶听了她爸的话，忽然两颊浮现朵朵桃花，似有不胜羞涩之意，同时又见表哥这样得意的神情，一时心中好生奇怪。正在这个当儿，忽见院子外又慢步踱进一个少年，银瓶一见，不觉喊道："咦咦！大师兄也来了。"

凤姑听了这话，方才理会，啊哟一声，笑道："妹妹这人真糊涂透顶了，咱和大师兄原是同来的，师兄恐问错了人家，所以他候在外面，叫妹妹先进来探问，不料咱竟把他忘了，无怪师兄等得不耐烦了。"说着，便向志飞招手，笑叫道："师兄快来叩见项老伯。"

志飞一听，早已抢步上前，向大成行礼请安，一面又向银瓶问好。银瓶也向师兄请安，笑问："为什么不一块儿进来，却候在外面呢？"

这时凤姑又把如玉和志飞介绍道："这位是咱的大师兄何志飞，这位是咱表哥花如玉，你们恐怕还是初见，大家快认识认识。"

如玉、志飞一听这话，四目相对，顿时喜上眉梢，立刻紧紧握住了手儿，摇撼了一阵。哦哦响了两声，一个叫如玉兄，一个叫志飞兄，十分亲热，宛然一见如故的模样。凤姑眉儿一扬，乌圆眸珠一转，这时又向如玉笑道："表哥，舅爸的大仇，你不是已经亲自报了吗？志飞师兄，爱卿表妹，还有玉蓝姐姐却落后赶不及了。"

如玉听她这样说，忍不住又惊又喜，急忙笑问道："表妹这个你如何晓得？咱的爱妹你已相遇了吗？"

凤姑笑道："爱妹和志哥原一块儿，志哥既遇到了，爱妹自然也相逢了。至于晓得舅爸大仇是表哥亲手报的，这个却是美臣弟告诉咱们的呢!"

如玉听了这话，忍不住笑道："什么，美臣贤弟你们也遇在一块儿了吗?"

凤姑笑道："对呀! 表哥，妹子还要告诉你一件更欢喜的事情，就是舅妈也已和咱们相遇了。"

如玉一听妈妈也找到了，心中这一喜悦，顿时快乐得跳了起来。不禁哈哈大笑道："妈也找到了，这真是天使咱们一家团圆了，妹妹，不知妈妈和爱妹现在住在什么地方呀! 咱立刻瞧她老人家去。可怜她老人家这次受冤避难，一定也是吃了许多跋涉的痛苦呢!"

如玉说到这里，一阵思亲的痛，激起了他母子的天性，忍不住落下泪来。大成见如玉说起母亲，竟伤心泪落，心中愈加赞叹如玉不但是个有血性的儿女，而且还是一个孝子哩! 这时志飞便劝慰他道："伯母如今住在月儿溪月儿村里，原是婢子小红的家里，花林、菊儿都在那边，倒也并不吃十分的苦楚，请你放心是了。现在母子相逢在即，花兄应该快乐才是，怎么倒反而伤心起来了?"

凤姑也含泪相劝，如玉只得罢了。这时大成吩咐添上杯筷，说："彼此既然都是师兄妹，也就不必避什么嫌疑，大家坐下来谈吧!"

于是大成上座，如玉、志飞并坐左首，凤姑、银瓶并坐右首。大家举杯，喝了一口。大成这时便对志飞说道："听说贤侄有个令妹，不是叫何玉蓝吗?"

志飞听了，忙欠身道："不错，小侄的妹子正是玉蓝，现在也在月儿村里，不知老伯问舍妹有没甚事?"

大成笑道："咱们的事情是非常有趣，而且奇巧。前月小女房中忽来一个和尚行劫金银，不料被小女发觉，所以追着杀出。和尚技穷，竟把一块白玉掷小女而逃。小女接过一看，见那白玉甚为可爱，遂拴在项下。不料昨日夜里，如玉贤侄因到清龙寨探听皇上被盗之白玉杯下落，而遭歹人毒镖，路过敝舍求医。小女知如玉是师伯徒儿，所以把他救治。谁知如玉贤侄忽见小女悬着的那块白玉，谓是他自幼身上戴着之物。当时大家十分惊奇，但此玉不知如何会到和尚的手里去呢？"

志飞眼球一转，哦了一声，说道："这事情说起来，咱倒晓得底细的。但这块玉上不知是否刻有'如玉'两字吗？"

众人听志飞这样说，都十分稀奇，大成忙道："真不错，果有'如玉'两字的。"

志飞笑道："咱和爱妹曾到家中去探望过，那块玉是掉在大厅上的，爱妹说这玉是哥哥之物，所以藏在怀中。后来咱们同往京中探听老伯消息，曾在皇觉寺里陷身。爱妹险遭当家山野僧毒手，后来幸而咱玉蓝妹妹前来相救，方才咱们脱逃了。如今想来，爱妹的那块玉定是山野僧搜去。而师妹那夜遇到的和尚，定亦是山野僧无疑了。"

如玉听了，这才恍然大悟，暗想：玉蓝妹妹当时受咱的嘱托，要去探听爸爸消息，可知她是并未忘却，同时又救了咱妹妹，这事情真叫人感激哩！这时大成、银瓶也方才知道了原因。如玉因又问凤姑如何给一尘子做徒儿。凤姑不及回答，志飞早又得意地把前事说了一遍，并笑道："因救凤妹，而遇到了爱妹，因此才先到家探望，爱妹拾到这块玉，不料却引出下面这许多曲折的事情来呢。"

如玉听了，方才知道凤姑也险遭耀忠的奸计哩！一时喜欢万分，连忙向志飞称谢。志飞笑道："现在彼此已成自己人了，玉兄还闹这个客套哩！"

大成这时又接着笑道："事情还有曲折哩！志飞贤侄，你且静静听老夫告诉你吧！当时银瓶的妈，见如玉贤侄品貌不凡，意欲把瓶儿配他为室，叫老夫亲自和如玉贤侄相说。不料如玉贤侄却说他已有两个未婚妻了，一个是表妹向凤姑，一个原来就是你的令妹何玉蓝呢！"

志飞和凤姑听到这里，真是奇怪万分。志飞忙道："这事情咱亦略知一二，因为妹妹曾告诉咱，说她在途中救了一个少年，名叫花如玉。后来妹妹自己忽生怪病，却是全仗如玉看护，但并未说及私订婚约之事。"

大成听了，觉得如玉所述，句句是实，心中万分喜欢，遂代为又把两人所以订婚约的原因告诉了一遍，并笑道："志飞贤侄说话有趣，一个女孩儿家羞人答答怎好意思把这事向你做哥哥的告诉呢！"

众人听大成说得有趣，忍不住都笑了。大成又说道："如玉贤侄又说，因为他的性命是小女相救，假使小女不嫌已有二妻的话，他自然答应的了。当时老夫曾问不知可有妻妾之分别呢，他说因为都有特殊关系，绝不能厚彼薄此，所以一律平等，将来同日结婚，以年龄长次呼为姊妹，决无大小分别，即下人称呼，也一律叫奶奶。老夫听了，觉得既然如此平等，遂也玉成这头良缘，如今如玉贤侄，已作为老夫之快婿矣！"

志飞听了这话，心中大喜，立刻站起，给大成筛酒相贺。大成又笑呵呵地道："但老夫尚欲拜托贤侄，就是贤侄见了如玉的妈妈，还请婉言代为陈说，不然老太太恐有责怪如玉贤侄，那不是太冤枉了贤婿了吗？"

志飞也哈哈笑道："老伯爱护快婿如此，小侄亦当竭力作为保人。但如玉兄自己心里明白，将来喜酒，咱是特别要多喝几杯呢！"

如玉见大成痛快直告，并嘱志飞在自己母亲那里代为陈说，一时心中感激十分。此刻又听志飞这样说，便微红了脸儿，忙也笑道："这个当然，但咱一定也可以玉成志兄的一头良缘哩！"

众人听了这话，都忍不住又笑了。这时凤姑和银瓶两人芳心之中，也是不胜喜悦，而又不胜娇羞，相互地把那秋波脉脉望了一眼，猛可想着师父曾说你们两人是该特别亲热些的一句话。当时彼此原有些奇怪，觉得师父话中有因，不料真应今日的一件喜事了。两人心中既然这样想着，自然忍不住会心地扑哧一声笑出来了。这时室中五个人的脸上，都浮现了笑容，显然室中是包含了无限的春意。

志飞回眸望了凤姑和银瓶一眼，哧哧地笑道："两位师妹，想不到竟会同侍一夫，那你们是应该要特别亲热些了。千万不要把如玉兄一个抢一个夺，否则真叫如玉兄左右为难死了。"说得银瓶、凤姑恨恨地啐他一口，连耳根子也羞得通红，娇嗔他道："师兄胡说八道的，狗嘴里可长不出象牙哩！"

志飞舌儿一伸，笑向如玉道："你两位夫人欺侮咱，咱可和你算账。"说得大家都又笑个不停。这时小娥把项太太也扶了出来，见了众人，便笑道："啊哟！哪里来的这位小姐和大爷，怎的不来通知咱一声儿，也好让咱大家凑凑热闹呢！"

银瓶见了，忙给凤姑、志飞介绍。两人一听，便起身请安，口叫伯母。这时大成便抚着长髯，十分喜悦地把所有事情，向项太太告诉。项太太听了，直乐得拉开了嘴儿笑。一面扯了凤姑纤纤玉手，细细端详，一面问长问短，十分亲热。志飞瞧了，笑道："伯母既然这样喜欢凤妹，何不收她作为义女呢？"

凤姑听了这话，心中想着自己爸妈全亡，虽有舅母疼爱，但到底多认个父母，也是好的。遂真个向项太太拜了下去，笑盈盈叫道："妈妈在上，侄女真个给你老人家做了女儿吧！但你老人家不知可能答应？"

项太太这一喜欢，把她那张瘪嘴笑得合不拢来，连忙扶起，笑道："承贤侄女不弃，老身也就老实不客气了。"

志飞见果然成了事情，心中大喜，便笑道："慢来，慢来，既然作为母女，非好好重新拜见不可。"说着，便把大成拖到一把太师椅上坐下，又请项太太和大成并椅而坐，然后吩咐仆妇拿大红毡条铺在地上，叫凤姑好好拜见。凤姑听了，早盈盈含笑，轻移莲步，走到两人面前，拜了八拜，口叫："爸爸妈妈在上，女儿拜见了。"

大成二老真乐得不知所云，连说罢了。志飞笑道："那么现在凤妹和瓶妹见礼了，不知两人谁年纪大？"

凤姑笑道："咱原叫她师姐，那么就喊姐姐是了。"

志飞道："不是这样说，那是要照姊妹派的，师姐师妹似乎又疏远一层了。"

凤姑笑道："那么妹子原小姐姐一岁，不是仍叫姐姐吗？"

志飞笑道："这样你们就行相见礼吧！"

于是两人亲亲热热地喊了一声姐姐妹妹，握手不放。大家重又入席，一时丫鬟、仆妇都来叩见二小姐，凤姑亦备喜封赏她们。这里志飞又要筛酒相贺，如玉眼瞧着这一对如花如玉的娇妻，一时他那红晕的脸颊儿上的笑容，也就始终不曾平复了。

不说项家众人都万分地喜悦，再来叙一叙志飞、爱卿、玉蓝、凤姑、美臣等众英雄怎么会和花太太相遇呢？想来看官们已闷了许多时候，但作书的口只一张，笔只一支，写了这边，忘了那边，这些还请诸君原谅。如今是要写出来给你们看了。

且说志飞等三人到了番禺县，正欲到总督衙门去探听屠贼消息，不料听路人谈说，屠自强父子竟已被两个少年于昨夜杀死了。一时大家十分奇怪，回到客栈，研究了一会儿这事情，不知是谁所干。志飞猜了一会儿，说道："也许是你哥哥下山来干的吗？"

爱卿道："那么还有一个少年又是哪个呢？"

玉蓝道："这也不用猜了，只要仇人已死，那老伯在天之灵，自然亦安慰了。"

爱卿叹道："仇人并非咱亲自手刃之，虽已死了，妹终觉心有未甘。唉！爸爸，孩儿竟迟了一步哩！"说罢，凄然泪下。

玉蓝见她闷闷不乐，遂拉了她手，和哥哥大家一同到外面去玩玩散心。不知不觉已出了城门，只见一路青山绿水，老圃黄花，倒也不觉寂寞。这时已到一个村庄，只见那面有一条溪流，溪水澄清，被乱石所阻，激出淙淙的声音，倒颇觉动听。玉蓝道："这儿不知叫什么地方，风景幽雅，倒是富于诗情画意的呢！"

志飞道："咱们不妨去问一声，喏！你瞧，那边不是来了一个老者和一个少女吗？"

玉蓝笑道："问了又没有什么用，何必相烦人家呢！"

说话时，那个老者和少女已走到面前，听那老者似乎在暗暗叹息般的。爱卿这时凝眸向那老者望了一眼，觉得好生面熟，满腹寻思良久，不禁大喊道："啊哟，你……莫非是花林吗？"

且说那个老者正在一路走，一路叹息，忽听有人直呼出他的名字，一时惊得抬起头来，向爱卿望了一会儿，奇怪地道："这……位小姐是哪个呀？你……如何认识咱的呢？"

爱卿一听果然是的，忍不住乐得眉儿飞扬，掀着酒窝儿，笑道："哟！你真是花林吗？咱就是你的二小姐爱卿呀！这真是踏破铁鞋无觅处，得来全不费工夫。花林，咱的妈妈到哪儿避难去你可是知道吗？"

花林一听这个小姐就是爱卿，不觉大喜道："原来你就是咱的二小姐吗？啊！二小姐，自从你失踪以后，直到去年，真是一言难尽。如今太夫人就是住在小红的家里，二小姐快随小的见老太太去吧！"

花林说着，又手指旁边那个少女。原来这少女就是丫鬟小红，小红当时连忙走上前来，叩见二小姐，并问这位小姐是谁。爱卿道："这位何玉蓝小姐，乃是咱的师姐。这位何大爷便是何小姐的哥哥，你们快来叩见。"

花林、小红一听，早已口叫大爷小姐。志飞因问这儿是叫什么地方。花林道："这儿是叫月儿溪，再过去便是月儿村。小红母家是在月儿村，所以咱的老太太就避难在此。如今遇到了二小姐，事情是好了。"说着，便和小红在前领路。

爱卿在无意之中，竟找到了妈妈的下落，芳心一喜欢，那颊上的笑窝儿这就始终不曾平复了，志飞、玉蓝自然也代为喜欢万分，大家轻松了步伐，一同跟随花林走去。约走了一箭之路，只见前面有个院子，门口植着数株柳树，五人步入院子，只见里面草地上散走着许多鸡儿，追逐地寻食吃。这时便有个丫鬟，拿了盆水出来。小红一见，便高声地喊道："菊儿，你快去告诉老太太去，咱们的二小姐回来了。"

菊儿一听，把那小眼珠向五人仔细一望，遂翻身进内，口中大嚷："老太太，二小姐回来了。"

且说这时花太太坐在草堂上，和小红的娘正闲谈着。忽听菊儿大喊二小姐回来了，一时心中惊喜万分。暗想：咱的爱儿失踪十年，怎么今天回来了吗？这是打从哪儿说起？正欲急问爱儿在哪里，早见花林和小红领着两个少女一个少年进来。爱卿见了妈妈，似乎依稀还能够认得出，但脸儿觉得是苍老多了。一时悲喜交集，早已扑到花太太的怀中，亲亲热热叫了一声妈妈，便呜呜咽咽地哭了起来。花太太抱着爱卿，一时乐得不知如何是好，还道恍若在梦中相会。伸手抚着爱卿的美发，哭着叫道："咱的爱儿呀！你真想苦了为娘哩！咱们是真的见面了，还在梦中啊？"

爱卿听妈这样说，无限的伤心激起她善感的心灵，也忍不住哭着叫道："妈妈！妈妈！这是真的，女儿真的回来了。"

花太太听了这话，又偎着她脸颊，觉得女儿是果然回来了。一时想起丈夫死得冤枉，忍不住又悲痛万分，哭着道："孩子！你来迟了，可怜你爸爸是被奸贼害死了呀！"

爱卿听了，忍不住更放声痛哭起来。母女两人哭了一会儿，小红和她娘朱氏都来相劝，菊儿拧上手巾，花林倒上了茶。花太太和爱卿这才收束泪痕，爱卿先向玉蓝、志飞互相介绍，两人连忙上前请安，叫声伯母。花太太见玉蓝和爱卿竟长得一模一样，都是国色天香，婀娜多姿，艳丽十分，一时心中方才又欢喜起来。拉了两人的手儿，望着两人粉颊，破涕为笑道：

"你们两个师姐妹真像啊！女儿一向何处？你爸爸被奸人害死了，你哥哥和表姐如今生死未卜，这些你可都知道吗？"

爱卿道："这些事情女儿已全知道了，哥哥已被玄贞子师伯救去，表姐已被一尘子师伯救去，这两桩心事，倒不用记挂。只是爸爸已死了，幸而灵柩已由志哥设法运回，如今暂寄宛平县里。爸爸已死消息，妈妈如何知道的啊？"

花太太一听如玉和凤姑已被人救去，丈夫虽死，灵柩却有着落，心中略安，因抚着爱卿的手儿，说道："自从这不幸的事情发，妈就避难在此。后来着花林到外面打听，方知你爸爸已死了。唉，这屠贼真正可恶啊！"

爱卿含泪道："妈妈，你也别太伤心了，女儿本来是报仇来的，不料到了这里，听说屠贼父子两人已被人杀死了。"

花太太一听，连说："天报应，活该死的，不知这事可准确吗？"

玉蓝插嘴道："这事是千真万确的，伯母听了这消息，心中也可出了一口冤气哩！"

花太太听了，又抚着玉蓝的手道："咱的爱儿全亏你俩兄妹一路照顾，老身心中真不知如何感激才好哩！"

玉蓝忙道："伯母别说这些话，咱们姊妹俩，情逾骨肉，互相帮助，原是分内之事，伯母说这些话，不是见外了吗？"

爱卿点头道："姐姐这话倒是真的，若要感激的话，真要感激不完哩！妈妈，咱告诉你吧！哥哥的性命，先全仗玉姐相救，方才保牢活命。女儿在皇觉寺里，又全靠姐姐相救，得以逃脱。后来在姐姐家里住了差不多将近一年，爸爸灵柩也全仗志哥和姐姐设法运回。女儿又生了好多月的病，也全仗姐姐殷殷服侍。伯父母又待咱非常好，宛如自己女儿一般。妈妈，你想，咱们一家不是全靠姐姐的吗？"

玉蓝听到这里，伸手便去扪她小嘴，笑道："妹妹，你给咱少说几句话吧！姐姐可不好意思了。"

花太太听爱卿这样说，自然并非事出无因，遂忙又说道："爱儿，你快详细告诉给妈知道吧！究竟是怎样的一回事呢？"

爱卿听了，遂把各事都细细诉说一遍。花太太听了，真个感激得淌下泪来，心中暗想：咱两个孩子倒真的全仗他俩兄妹的，不知志飞这孩子可曾订婚，不然这样年少英俊，咱爱儿就配他为室，倒也是个美事。同时再把玉蓝配给咱如玉孩子为妻，这样倒是两全其美呢！花太太这样想着，便问志飞几岁了，家中爸妈全好吗……东问西问地问了一大套。志飞知道花太太对于自己，发生了好感，心中自然万分欢喜，遂也小心回答。

这时花林已备了酒菜，给二小姐和何大爷、何小姐接风。玉蓝扶花太太上座，然后三人挨次入席，小红筛上酒来。花太太眼睛瞧着爱卿、玉蓝这一对玉人儿，心里把一切伤心才忘了一半，欢喜万分，拉了玉蓝的手儿，端详不停，啧啧称美。爱卿因为自己在她家中，时被玉蓝取笑，今日也就还取笑她说道："妈妈，你既然这样爱玉姐，何不给咱做个嫂子呢！"

花太太听了，呵呵笑道："爱儿又孩子气了，说话不知轻重，不怕何小姐责怪吗？"

爱卿笑道："妈妈，姐姐脾气很好，她不会责怪的。其实姐姐在咱面前不敢使性子，姐姐是怕咱的呢！"

玉蓝恨恨地白她一眼，啐了一声，笑道："姐姐是怕你的，谁不晓得妹妹是只雌老虎呢！"

玉蓝这一句话，说得大家忍不住都又笑起来了。

从此以后，玉蓝兄妹便在月儿村住下，因为月儿村风景很好，所以三人时常在外面游玩。有时玉蓝取笑爱卿，有时爱卿取笑玉蓝，两人羞答答的意态，十分好看。这时花太太也早窥破女儿的心事，自然也满心欲成全他们。

且说光阴匆匆，不知不觉过了半个多月。这日夜里，志飞、爱卿、玉蓝三人因睡觉太早，大家便在院子里月光下，作舞剑游玩。不料正在这时，忽听外面有刀剑相击之声，三人好生奇怪，遂悄悄走出院子来看仔细。只见那面一棵大树下，正有一男一女互相厮杀着。爱卿眼尖，一瞧那男的竟是师弟周美臣。因回眸向玉蓝说道："玉姐，你瞧那少年不是美臣师弟吗？不知那女的是哪个哩？"

爱卿话还未完，志飞叫起来道："这个女的不是凤姑师妹吗？"

爱卿仔细一瞧，依稀尚认得出果然是的。一时三人便奔了过去，大声叫道："凤妹，臣弟！你们快不要厮杀了，这真是大水冲倒龙王庙，自己人不认识自己人了。"

话说美臣被莲贞放走，他便不敢留恋，一路走下山寨，用缩地之法，意欲回到哥哥家里去。不料在月儿溪地方，和凤姑黑夜里撞了一下，彼此误会，就大打起来。凤姑在一尘子那里，早已学得一身惊人本领。这天想起如玉表哥不知死活如何，舅爸不知可定了罪名？所以心中十分忧闷，暗暗泪下。一尘子见了，便知她意思，遂叫她下山。凤姑心中大喜，当下便叩别师父，下山而来，心中尚记得舅妈是避难在月儿村，所以一路先向月儿村来探望舅妈，同时询问舅爸和表哥下落，然后预备再到师姐银瓶那里去看望。不料赶到月儿村时，天已全黑，因急急赶路，竟和美臣相撞引起误会，双方便厮杀起来了。

这且表过不提，话说当时美臣、凤姑一听这话，两人遂跳出圈子，收住宝剑，前来相迎三人，大家仔细一认，便都咦咦起来。这时爱卿忙替两人介绍，美臣、凤姑大家都觉不好意思，遂含笑行礼，各道抱歉。凤姑、爱卿此刻早又抱在一起，亲热地叫喊着姐姐妹妹。凤姑笑道："咱真糊涂，当初竟和妹妹不相识哩！"

爱卿笑道："可不是？其实这也怪不了谁，都因为年数相隔太久了啊。"

凤姑哧哧一笑，又向志飞招呼，一面问玉蓝说："这位姐姐是哪个？怎的和表妹竟像一个人似的。"

爱卿笑道："这位是妹子的师姐，也就是你师兄的妹子玉蓝姐姐。"

凤姑一听，早已伸手和玉蓝握住，大家含笑问好，爱卿于是请众人到屋里。这时花太太也没有睡觉，一见凤儿回来，心中喜欢万分。凤姑也早抢步上前，抱住花太太膝儿，叫声舅妈，便呜咽起来。爱卿、玉蓝劝住，花太太和凤姑方才收束泪痕，各道别后情形。凤姑一听舅爸已死，忍不住又哭了起来。爱卿被她一哭，自然也呜咽了，好容易给志飞、玉蓝又劝住了，花太太叹道："如今你爸死了，是再也没有办法可想的了。只是你如玉哥哥，不知什么时候才可以回来呢？"

美臣在旁听了，便插嘴道："如玉大哥咱遇见的，就是屠自强父子两人，也是如玉大哥和咱亲自手刃的呢！"

爱卿听了这话，不禁跳起来道："这话可真的吗？"

美臣道："怎么不真呢？"说着，便把过去的事情，向众人告诉了一遍。大家听了，心中又喜又急，喜的爸爸大仇，竟是哥哥报的，岂非大快人心。急的却是如玉在清龙寨中，不知会不会被贼人捉住。这时花太太又问美臣是谁，说道："咱年也老了，眼也花了，却不曾注意到呢。"

爱卿笑道："咱也糊涂，竟忘记告诉了。"说着，遂又把美臣介绍，美臣也行礼问安。这时众人都很替如玉忧愁，美臣道："如玉大哥现在本领可了不得，绝不会败于贼人手中的，所以你们放心是了。"

凤姑道："咱想明儿要到师姐银瓶那儿去一次，那边地近清龙寨，咱顺便去探听一下好了。"

志飞道："既然如此，咱和师妹同往，因咱和银瓶师妹也好久不见了呢！而且到清龙寨去探听时，也可以有了道伴。"

玉蓝听了，心中虽然亦想同去，但羞答答的，却是不好意思说出口，只有暗暗祈祷如玉平安无事。且说彼此商量停妥，一宿无话。到了次日，志飞和凤姑便向广西而去。玉蓝、爱卿、美臣送到门外，再三叮嘱小心而别。

光阴匆匆，不觉已过十日。这天爱卿、玉蓝、美臣和花太太正在屋内闲谈，忽听屋外马铃声不绝。小红、菊儿急急进来报告道："太太，小姐，如今是好了，大爷、表小姐、何大爷，还有一个小姐都骑了马匹回来了呢！"

众人一听，不觉大喜。立刻站起迎出，果见如玉、志飞、凤姑，还有一个少女，四人含笑进来。如玉一见花太太，早已跪下叩头，口叫妈妈，已是淌下泪来。老太太喜欢得眼泪也淌下满颊，一面扶起，一面问他别后情形。如玉约略告诉，并说："爸爸大仇，孩儿终算已经报了。"

花太太道："这些咱全已知道了，想你爸在天灵，定亦得到安慰了。"

这时凤姑又把银瓶向众人介绍，银瓶含笑向众人一一见过，又拜见了花太太。花太太拉了她手，端详一会儿，觉得亦是一个天仙化人般的丽姝，心中很是喜欢，便问长问短地问了一会儿，银瓶含笑回答。志飞见了，早大声笑道："诸位且坐着，老伯母也不用问了，小侄要宣布一件非常有趣而又非常欢喜的喜事了。"说着，便把项家所说的事情，统统都告诉出来，并笑哈哈地说道："老伯母，你老人家从此有了三个如花如玉的媳妇儿，这是一件多么喜欢的事呀！"

玉蓝听哥哥连自己的秘密都嚷了出来，一时心中又羞又奇，他如何知道，仔细一想，方才晓得是如玉告诉的了。这时最高兴的要算爱卿，她见玉蓝垂了粉颊儿，这样娇媚不胜情的意态，便跳了跳小脚儿，拉了她手，秋波瞟着她，憨憨地笑道："姐姐，你瞒得好紧，原来你和咱哥哥还有这一段秘密哩！"

玉蓝听了，羞得抬不起头来。众人忍不住都大笑不止。这时花太太眼瞧着这三个美人儿，想不到都是自己的媳妇，一时也乐得咧开了嘴儿笑得合不拢来。瞧瞧这个，拉拉那个，显然是得意十分。志飞笑道："老伯母，你瞧这三个媳妇儿可美丽，如玉兄的艳福可真不错哩！"

美臣哈哈笑道："志飞大哥这话可不对呀！你怎么连自己妹妹也打趣在内了啊！"

说得大家都又笑了。只有玉蓝、凤姑、银瓶三人，却羞得垂了粉颊儿，默不作声。如玉微红了双颊的笑容，也始终不曾平复过。一会儿，如玉方笑道："咱多承志哥热心向妈陈说，实在感激得很！如今咱为报答起见，特地亦给志哥做个月老，妈妈，请你老人家答应把妹妹和他玉成了一对吧！"

爱卿听哥哥说出这话，急得两颊绯红，啐了如玉一口，跳脚道："哥哥这人真……"说到这里，却说不下去，低头笑了。

美臣笑道："师姐你不用说下去了，咱代你说吧！哥哥这人真好啊！好像知道妹妹心事般的哩！"

这一句话，说得满屋子里的人都笑个不止，臊得爱卿连耳根子都红了，早已逃进后房间里去了。花太太笑得眼泪也笑出了，说道："只要孩子们自己愿意，咱原没有不答应的。但志飞贤侄的爸妈，不知是否喜欢？"

玉蓝听了，见志飞含笑不答，遂代为答道："伯母，这个侄女可以作为担保，爸妈喜欢都来不及哩！"

美臣听了，早又哈哈笑道："大师姐，你哥哥大帮你忙，这就无怪你也要报答他了。但是你这个称呼不对呀！应该说，婆婆，这个媳妇可以作为担保的，那才对哩！"

玉蓝也被他说得羞涩万分，掩了脸儿，逃进后房去了。凤姑瞧此情景，遂把银瓶衣袖轻轻一扯，也姗姗进内，害得美臣、小红、菊儿、花林等众人，又大笑起来。从此以后，众英雄便在月儿村里住下。

光阴如驶，不觉已有一月。这天如玉得知两广总督已由高天忠接任。高天忠原是廷豪好友，所以如玉便去拜见，叙述受冤之事，并告诉道："九龙白玉杯是在广西清龙寨马天王的手里，这贼声势浩大，头目众多，十分厉害。老伯假使能够奏本把小侄冤枉洗雪，小侄定约众英雄前去破寨，夺回九龙白玉杯的。"

天忠原也知道廷豪是受冤枉，当下听了，心中大喜，连连答应。过了几天，果然有圣旨到来，谓赦如玉无罪，倘能夺回九龙白玉杯，并有重赏。如玉得此消息，喜之不胜，立刻回到月儿村告诉妈妈和众人，一时大家无不笑意生春。次日便派仆妇等到礼部侍郎府里，收拾清洁，于是如玉便搬回到家。一面由志飞、美臣陪伴如玉到宛平县，先在志飞家里住一宵，并由美臣告诉两家之婚事。德林夫妇听了，也不胜欢喜。如玉因尚欲去大破清龙寨，不能久留，住了三天，就运灵柩回乡。当即择地安葬，众英雄一一吊祭。

过了七天，正是花太太五十大寿，因此礼部侍郎府里顿时热闹起来，众位儿女英雄，拜寿喝酒，欢喜万分。花老太的那张瘪嘴儿，在这一天中也就始终不曾合拢过了。

作书的到此，也就把那部《龙虎剑侠缘》作个小小的结束。阅者诸君如欲明了众英雄能否把白玉杯夺回来，以及一切未了之事的结果如何，且待作书的在下部《童子剑》中再和诸君见面吧！

附　录

从鸳鸯蝴蝶派谈到冯玉奇小说

裴效维

《民国通俗小说典藏文库·冯玉奇卷》《民国武侠小说典藏文库·冯玉奇卷》将收录冯玉奇的百余种小说作品，此举极其不易。现在，我愿以这篇文章给出版者呐喊助威。尽管我人微言轻，但我毕竟是一个中国文学的研究者，为鸳鸯蝴蝶派说些公道话是我的责任。

冯玉奇是一位鸳鸯蝴蝶派作家，因此我们要想了解冯玉奇，必须首先厘清有关鸳鸯蝴蝶派的一些问题。

一、何谓鸳鸯蝴蝶派

鸳鸯蝴蝶派作家平襟亚在《关于鸳鸯蝴蝶派》（署名宁远）一文中对鸳鸯蝴蝶派的来历说得很清楚：

> 鸳鸯蝴蝶派的名称是由群众起出来的，因为那些作品中常写爱情故事，离不开"卅六鸳鸯同命鸟，一双蝴蝶可怜虫"的范围，因而公赠了这个佳名。
>
> ——载香港《大公报》1960 年 7 月 20 日

可见鸳鸯蝴蝶派并不是一个有组织有宗旨的小说流派，而是因为当时流行的言情小说多写一对对恋人或夫妻如同鸳鸯蝴蝶般相亲相爱，形影不离，因而民间用鸳鸯蝴蝶小说来比喻这种言情小说，那么这种言情小说的作家群当然也就是鸳鸯蝴蝶派了。这种说法应该是可信的，因为民间常用鸳鸯和蝴蝶来比喻恋人或夫妻，很多民间文学作品中不乏其例。这一比喻非常形象生动，但并无褒贬之意，因此不胫而走。

传到新文学家那里，便加以利用，并赋予贬义，作为贬低对手的武器。但新文学家对鸳鸯蝴蝶派的界定并不一致，大致有两种看法。

一种看法认同民间的比喻说法，即将鸳鸯蝴蝶派小说局限为通俗小说中的言情小说，将鸳鸯蝴蝶派局限为言情小说作家群。鲁迅是这种看法的代表，他在1922年所写的《所谓"国学"》一文中说："洋场上的文豪又作了几篇鸳鸯蝴蝶派体小说出版"，其内容无非是"'卿卿我我''蝴蝶鸳鸯'"（载《晨报副刊》1922年10月4日）。又于1931年8月12日在社会科学研究会做了《上海文艺之一瞥》的长篇演讲，其中对鸳鸯蝴蝶派小说更做了形象而精辟的概括：

> 这时新的才子＋佳人小说便又流行起来，但佳人已是良家女子了，和才子相悦相恋，分拆不开，柳阴花下，像一对蝴蝶、一双鸳鸯一样。

> ——连载于《文艺新闻》第20、21期

此外，周作人、钱玄同也持这种看法。周作人于1918年4月19日在北京大学文科研究所小说研究会做《日本近三十年小说之发达》的演讲中，就说现代中国小说"还有《玉梨魂》派的鸳鸯蝴蝶体"（载《新青年》第5卷第1号）。次年2月，周作人又发表《中国小说里的男女问题》（署名仲密）一文，认为"近时流行的《玉梨

魂》，虽文章很是肉麻，（却）为鸳鸯蝴蝶派小说的鼻祖"（载《每周评论》第5卷第7号）。与周作人差不多同时，钱玄同在1919年1月9日所写的《"黑幕"书》一文中也说："人人皆知'黑幕'书为一种不正当之书籍，其实与'黑幕'同类之书籍正复不少，如《艳情尺牍》《香闺韵语》及'鸳鸯蝴蝶派小说'等等皆是。"（载《新青年》第6卷第1号）这种看法后来被人称之为"狭义的鸳鸯蝴蝶派"看法。

另一种看法却将鸳鸯蝴蝶派无限扩大，认为民国年间新文学派之外的所有通俗小说作家都是鸳鸯蝴蝶派，他们的所有通俗小说都是鸳鸯蝴蝶派小说。这种看法的代表人物是瞿秋白和茅盾。瞿秋白从小说的内容方面来扩大鸳鸯蝴蝶派小说的范围，他在《财神还是反财神》一文中说，"什么武侠，什么神怪，什么侦探，什么言情，什么历史，什么家庭"小说，都是鸳鸯蝴蝶派小说（见人民文学出版社1953年10月版《瞿秋白文集》）。茅盾则从小说的形式方面来扩大鸳鸯蝴蝶派小说的范围，他在《自然主义与中国现代小说》一文中认定鸳鸯蝴蝶派小说包括"旧式章回体的长篇小说""不分章回的旧式小说""中西合璧的旧式小说""文言白话都有"的短篇小说（载1922年7月《小说月报》第13卷第7号）。这种看法后来被人称之为"广义的鸳鸯蝴蝶派"看法，而且逐渐成为主流看法，以致后来的文学研究者都接受了这种看法。

新文学家不仅在鸳鸯蝴蝶派的界定问题上分成了两派，而且在鸳鸯蝴蝶派的名称上也花样百出。如罗家伦因为徐枕亚等人好用四六句的文言写小说，便称其为"滥调四六派"（见署名志希的《今日中国之小说界》，载1919年《新潮》第1卷第1号），但无人响应。郑振铎因为《礼拜六》杂志为鸳鸯蝴蝶派的主要刊物之一，便称其为"礼拜六派"（见署名西谛的《新文学观的建设》一文，载1922年5月21日《文学旬刊》第38号）。这一说法得到了周作人、茅盾、瞿秋白、朱自清、阿英、冯至、楼适夷等人的响应，纷纷采用，以致使用频率越来越高，知名度越来越大，终于成为鸳鸯蝴蝶派的别称了。于是"鸳鸯蝴蝶派"和"礼拜六派"两个名称便被新文学家所滥用。如郑振铎在《新文学观的建设》一文中称"礼拜六派"，而在《〈文学论争集〉导言》一文中却称"鸳鸯蝴蝶派"（见上海良友图书公司1935年10月出版的《新文学大系·文学论争集》卷首）。还有人在同一篇文章里既称鸳鸯蝴蝶派，又称礼拜六派。如阿英在1932年所写的《上海事变与鸳鸯蝴蝶派文艺》一文中说：张恨水的所谓"国难小说"，与"礼拜六派的作品一样，是鸳鸯蝴蝶派的一体"，"充分地说明了鸳鸯蝴蝶派的作家的本色而已"（见上海合众书店1933年6月出版的《现代中国文学论》）。

茅盾在20世纪70年代觉得统称鸳鸯蝴蝶派或礼拜六派都不合适，于是提出了一个折中的看法，他在《紧张而复杂的生活、学习与斗争（上）——回忆录（四）》中说：

> 我以为在"五四"以前，"鸳鸯蝴蝶派"这名称对这一派人是适用的。……但在"五四"以后，这一派中有不少人也来"赶潮流"了，他们不再老是某生某女，而居然写家庭冲突，甚至写劳动人民的悲惨生活了，因此，如果用他们那一派最老的刊物《礼拜六》来称呼他们，较为合式。

——载1979年8月《新文学史料》第4辑

事实是该派在"五四"前后没有根本变化，都是既写言情小说，又写其他小说，将其人为地腰斩为两段，既显得武断，又无法掩盖当时的混乱看法。

这些混乱的看法导致后来的文学研究者无所适从：或沿用"鸳鸯蝴蝶派"的说法（如北大本《中国文学史》和《中国小说史稿》、

复旦本《中国文学史》和《中国近代文学史稿》等）；或沿用"礼拜六派"的说法（如山东师院本《中国现代文学史》等）；或干脆别出心裁地称之为"鸳鸯蝴蝶—礼拜六派"（见汤哲声《鸳鸯蝴蝶—礼拜六小说观念的价值取向及其评价》，载《苏州大学学报》1992年第 2 期）。这可真算是中国小说史上的一出有趣的滑稽戏了。

二、如何评价鸳鸯蝴蝶派

鸳鸯蝴蝶派的开山作品是 1900 年陈蝶仙的言情小说《泪珠缘》，因此鸳鸯蝴蝶派应该是指言情小说派，这也就是后来的所谓"狭义的鸳鸯蝴蝶派"，但被新文学家扩大为"广义的鸳鸯蝴蝶派"，实际上也就是民国通俗小说派。

鸳鸯蝴蝶派与同时期的"南社"不同，既没有组织，也没有纲领，而是一个在思想倾向和艺术风格上大体相同或相近的小说流派，连"鸳鸯蝴蝶派"这一招牌也是别人强加给它的。然而客观地说，鸳鸯蝴蝶派确实是一个产生过巨大影响的小说流派。在"五四"以前的近二十年间，它几乎独占了中国文坛；在"五四"以后的三十年间，虽然产生了新文学，但新文学只是表面上风光，而鸳鸯蝴蝶派却一派兴旺发达景象。我对"广义的鸳鸯蝴蝶派"做过不完全的统计：该派作家达数百人，较著名者有一百余人，所办刊物、小报和大报副刊仅在上海就有三百四十种，所著中长篇小说两千多种，至于短篇小说、笔记等更难以计数。在此前的中国文学史上，还没有哪个文学流派有过如此宏大的规模，产生过如此巨大的影响。

鸳鸯蝴蝶派由于规模宏大，又处在历史的一个巨变时期，其成员的确鱼龙混杂，其作品也良莠不齐，但总体来说，它形象地记录了中国二十世纪前五十年的历史，为中国读者提供了丰富的精神食粮，对中国小说的传承起过积极作用，因此应该给予充分的肯定。

鸳鸯蝴蝶派小说已经不是中国传统通俗小说的复制，而是一种改良的通俗小说。在形式方面，它既采用章回体，也采用非章回体，甚至采用了西洋小说的日记体、书信体等，至于侦探小说则更是完全模仿自西洋小说。在艺术手法方面，受西洋小说的影响非常明显，如增加了人物形象和景物描写，结构与叙事方式也趋于多样化，单线和复线结构并用，第三人称和第一人称叙述法兼施，还采用了倒叙法和补叙法。在内容方面，鸳鸯蝴蝶派小说已经扩大了描写范围，反映了当时社会生活的各个方面，甚至已经紧跟时事，及时反映当前的社会现实，被称为"时事小说"。如李涵秋的《广陵潮》描写辛亥革命，而他的《战地莺花录》则描写五四运动，这种及时反映当时发生的重大政治事件的小说，与多写历史故事的古代小说完全不同，显然是一大进步。鸳鸯蝴蝶派的言情小说，也不同于古代的才子佳人小说，而是一种新才子佳人小说。古代的才子佳人小说因面对森严的封建礼教，只能写才子与佳人偶尔一见钟情，以眉目传情或诗书传情的方式进行交流，最后皆是有情人终成眷属的大团圆结局。而这种大团圆结局完全是人为的：或出于巧合，或由于才子金榜题名，皇帝御赐完婚，这就完全回避了封建包办婚姻的问题。而民国年间的封建礼教已经在一定程度上松绑，尤其像上海、北京等大城市得风气之先，恋爱自由和婚姻自主思想已经渐入人心。因此有些鸳鸯蝴蝶派的言情小说也突破了古代才子佳人小说的窠臼，才子佳人已经敢于"相悦相恋，分拆不开，柳阴花下，像一对蝴蝶、一双鸳鸯一样"。其结局也不再全是有情人终成眷属的大团圆，而是"有时因为严亲，或者因为薄命，也竟至于偶见悲剧的结局……这实在不能不说是一个大进步"（鲁迅《上海文艺之一瞥》，连载于1931年7月27日、8月3日《文艺新闻》第20、21期）。言情小说由大团圆结局到悲剧结局的确是一个大进步，因为前者是回避封建包办婚姻礼制，而后者是控诉封建包办婚姻礼制。而这一进步的开创者是曹雪芹和高鹗，他们在《红楼梦》里所写的婚姻差不多都是悲剧。因此胡适称赞《红楼梦》不仅把一个个人物"都写作悲剧的下场"，而且最后"作一个大悲剧的结束，打破了中国小说的团圆迷信"（《〈红楼梦〉考证》，见1923年亚东图书馆版《胡适文存》）。可见鸳鸯蝴蝶派的言情小说在一定程度上继承了《红楼梦》开创的爱情婚姻悲剧模式，因而具有相当的反封建意义。我们可以徐枕亚的《玉梨魂》为例加以说明，因为该小说被新文学家指为鸳鸯蝴蝶派的代表性作品。

《玉梨魂》的故事很简单——清末宣统年间，小学教员何梦霞与年轻寡妇白梨影相爱，但两人均认为他们的这种行为是不道德的。为了得到感情的解脱，白梨影想出个"移花接木"的办法，即撮合何梦霞与自己的小姑崔筠倩订了婚。然而何梦霞既不能移情于崔筠倩，白梨影也无法忘情于何梦霞，结果造成了一连串的悲剧——白梨影在爱情与道德的激烈冲突下郁郁而死；崔筠倩因得不到何梦霞之爱而离开了人世；白梨影的公公因感伤女儿、儿媳之死而一病身亡；白梨影的十岁儿子鹏郎成了孤儿。何梦霞为排遣苦闷，先赴日本留学，继又回国参加了辛亥武昌起义（即辛亥革命），壮烈牺牲。

《玉梨魂》不仅描写了一个爱情婚姻悲剧，而且不同于一般的爱情婚姻悲剧。一般的爱情婚姻悲剧都是由封建势力造成的，即由包办婚姻造成的；而《玉梨魂》所写的爱情婚姻悲剧，其原因却是何梦霞和白梨影自身的封建道德。他们既渴望获得恋爱自由和婚姻自主的权利，又不能摆脱封建道德和封建礼教的束缚，两者激烈冲突，造成三死一孤的惨剧。从而揭露了封建道德和封建礼教的影响力是多么巨大，它已深入人们的骨髓，使其不能自拔。因此，它的反封建意义比一般的爱情婚姻悲剧更为深刻。

其实，新文学阵营也不是铁板一块，虽然大多数新文学家对鸳鸯蝴蝶派全盘否定，但也有少数新文学家态度比较客观，他们对鸳鸯蝴蝶派也给予一定的肯定。鲁迅是其中最突出的一位，他不仅认为某些鸳鸯蝴蝶派的悲剧言情小说是"一大进步"，而且不同意某些新文学家对鸳鸯蝴蝶派消极影响的夸大其词。他说：

至于说他流毒中国的青年，那似乎是过虑。倘有人能为这类小说所害，则即使没有这类东西也还是废物，无从挽救的。与社会，尤其不相干，气类相同的鼓词和唱本，国内非常多，品格也相像，所以这些作品也再不能"火上添油"，使中国人堕落得更厉害了。

——《关于〈小说世界〉》，载《晨报副刊》

1923 年 1 月 15 日

这种客观的观点与前述周作人无限夸大鸳鸯蝴蝶派作品能使国民生活陷入"完全动物的状态"乃至"非动物的状态"的观点形成了鲜明对比。当抗日战争爆发后，鲁迅更提倡文学界的抗日统一战线，主张团结鸳鸯蝴蝶派一起抗日。他说：

我以为文艺家在抗日问题上的联合是无条件的，只要他不是汉奸，愿意或赞成抗日，则不论叫哥哥妹妹，之乎者也，或鸳鸯蝴蝶都无妨。但在文学问题上我们仍可以互相批判。

——《答徐懋庸并关于抗日统一战线问题》，

载《作家》月刊第 1 卷第 5 期

鲁迅不仅提倡团结鸳鸯蝴蝶派一起抗日，而且主张新文学派与鸳鸯蝴蝶派在文学问题上"互相批判"，这种平等对待鸳鸯蝴蝶派的度量，也与那些视鸳鸯蝴蝶派如寇仇，必欲置诸死地而后快的新文学家形成了鲜明对比。

对鸳鸯蝴蝶派给予肯定的不只鲁迅，还有朱自清和茅盾。朱自清认为供人娱乐是中国传统小说的特点，因此不赞成将"消遣"作为罪状来批判鸳鸯蝴蝶派小说。他说：

> 在中国文学的传统里，小说……更是小道中的小道，就因为是消遣的，不严肃。不严肃也就是不正经，小说通常称为"闲书"，不是正经书。……鸳鸯蝴蝶派的小说意在供人们茶余酒后的消遣，倒是中国小说的正宗。
>
> ——《论严肃》，载《中国作家》创刊号

茅盾也承认鸳鸯蝴蝶派小说也"写家庭冲突，甚至写劳动人民的悲惨生活"。他还从艺术性方面对鸳鸯蝴蝶派小说给予一定肯定。他认为鸳鸯蝴蝶派的有些长篇小说"采用西洋小说的布局法"，如倒叙法、补叙法，以及人物出场免去套语、故事叙述"戛然收住"等等，这一切是对"旧章回体小说布局法的革命"。还认为鸳鸯蝴蝶派的有些短篇小说学习了西洋短篇小说"截取一段人生来描写，而人生的全体因之以见"的方法："叙述一段人事，可以无头无尾；出场一个人物，可以不细叙家世；书中人物可以只有一人；书中情节可以简至只是一段回忆。……能够学到这一层的，比起一头死钻在旧章回体小说的圈子里的人，自然要高出几倍。"（《自然主义与中国现代小说》，载1922年7月10日《小说月报》第13卷第7号）

鲁迅、朱自清、茅盾毕竟属于新文学派，因此他们对鸳鸯蝴蝶派的肯定是有限的。我们应该摆脱成见与束缚，从中国文学史的角度，对鸳鸯蝴蝶派做出客观公正的评价。

三、如何看待冯玉奇的小说

我们澄清了以上有关鸳鸯蝴蝶派的三个问题，等于为介绍冯玉

奇的小说提供了一个坐标，也等于为读者提供了一把参照标尺。读者用这把标尺，就可自行评判冯玉奇的小说了。

冯玉奇于 1918 年左右生于浙江慈溪，笔名左明生、海上先觉楼、先觉楼，曾署名慈水冯玉奇、四明冯玉奇、海上冯玉奇。据说他毕业于浙江大学（一说复旦大学）。1937 年九一八事变后寄居上海，感山河破碎，国事蜩螗，开始写作小说以抒怀。其处女作为《解语花》，由上海春明书店出版。出版后旋即由东方书场改编为同名话剧，演出后轰动一时。那时他才十九岁。由此一发而不可收，至 1949 年 7 月《花落谁家》出版，在短短十来年时间里，他创作的小说竟达一百九十多种，平均每年近二十种，总篇幅应该不少于三千万字，只能用"神速"来形容。这时他只有三十一岁。近现代文学史料专家魏绍昌先生（已去世）所编《鸳鸯蝴蝶派研究资料（史料部分）》（上海文艺出版社 1962 年 10 月出版）开列的《冯玉奇作品》目录只有一百七十二种，也有遗珠之憾。不过我们从这一目录中仍可确定冯玉奇是一位以写言情小说为主的通俗小说作家，因为在一百七十二种小说中，言情小说占有一百二十二种，其他小说只有五十种：社会小说三十四种、武侠小说十四种、侦探小说两种。

冯玉奇不仅是一位写作神速且极为多产的通俗小说作家，还是一位热心的剧作家和剧务工作者。早在他二十六岁（1944 年）时，就担任了越剧名伶袁雪芬的雪声剧团的剧务，并为之创作了《雁南归》《红粉金戈》《太平天国》《有情人》《孝女复仇》五大剧本，演出效果全都甚佳。在他二十七到二十八岁（1945～1946）时，又与他人合作，前后为全香剧团和天红剧团编导了《小妹妹》《遗产恨》《飘零泪》《义薄云天》《流亡曲》等二十多个剧本，演出效果同样甚佳。可见冯玉奇至少写过十几个剧本。

冯玉奇一生所写的小说和剧本总计不下两百五十种，总篇幅可能达到四千万字以上，是名副其实的"著作等身"，是当之无愧的中国最多产的作家，号称多产的同派小说家张恨水也难望其项背。当时的文学作品已是一种特殊商品，冯玉奇的小说如此畅销，其剧本演出又如此轰动，这足可以证明其受人欢迎，这就是读者和观众对冯玉奇的评价，它比专家的评价更为准确，也更为重要。遗憾的是，我们无法看到他的剧作和三十岁以后的作品，也不知其晚景如何，卒于何年。

从冯玉奇的生活年代和创作时段来看，他显然是鸳鸯蝴蝶派的后起之秀，所以尽管他作品如此之多，影响如此之大，而同派的老前辈却很少提到他，这也是"文人相轻"的表现之一。

按说要介绍冯玉奇的小说，应该将其全部小说阅读一遍，但我没有这么多时间，也没有这么大精力，因而只向中国文史出版社借阅了《舞宫春艳》《小红楼》《百合花开》三种，全都是言情小说。因此我只能以这三种言情小说为例加以介绍，这可能会犯以偏概全的错误，因此只能供读者参考。

《舞宫春艳》写了两个纠缠在一起的爱情婚姻悲剧故事：苏州富家子秦可玉自幼与邻居豆腐坊之女李慧娟相恋，由于门第悬殊，秦可玉被其父禁锢，二人难圆成婚之梦。不幸李慧娟生下了一个私生女鹃儿，只好遗弃，自己则郁郁而死。鹃儿被无赖李三子收养，长大后卖到上海做伴舞女郎，改名卷耳。中学生唐小棣先是爱上了姑夫秦可玉家的婢女叶小红，不料叶小红失踪，于是移情于卷耳，但无钱为卷耳赎身，两人感到婚姻无望，于是双双吞鸦片自尽。

《小红楼》的故事紧接《舞宫春艳》：曾经被唐小棣爱过的叶小红的失踪，原来也是被无赖李三子拐卖为伴舞女郎，小棣、卷耳自杀后，小红才被救了回来，并被秦可玉认为义女。经苏雨田介绍，与辛石秋相识相恋而订婚。同时石秋的姨表妹巢爱吾也爱石秋，但石秋既与小红订婚在先，便毅然与小红结婚。爱吾为了摆脱难堪的地位，离家出走，下落不明。石秋奉父命赴北平探望二哥雁秋，在火车站被人诬陷私带军火，被军人押到司令部。可巧爱吾此时已成为张司令的干女儿兼秘书，便设法救了石秋一命。但张司令强迫石秋与爱吾结婚，二人既不敢违命，又固守道德，便以假夫妻应付。后来石秋回到家里，终于与小红团聚。

《百合花开》写了两个紧密相关的爱情婚姻故事：二十岁的寡妇花如兰同时被四十二岁的教育家盖季常和十八岁的革命青年盖雨龙叔侄俩所爱，而盖季常的十六岁侄女盖云仙又同时被三十六岁的银行家杨如仁和十九岁的革命青年杨梦花父子俩所爱。经过许多曲折后，终于两位长辈让步，盖雨龙与花如兰、杨梦花与盖云仙同场结婚。

由以上简单介绍可知，冯玉奇的这三种小说共写了五个爱情婚姻故事，其中两个是悲剧结局，三个是有情人终成眷属。这正如鲁迅所说："有时因为严亲，或者因为薄命，也竟至于偶见悲剧的结局……这实在不能不说是一个大进步。"其次，这三种小说的五个爱情婚姻故事，倒有四个是三角爱情婚姻故事，但它们的情况并不雷同。唐小棣、叶小红、卷耳的三角恋是一男爱二女，辛石秋、叶小红、巢爱吾的三角恋是两女爱一男，而盖季常、盖雨龙、花如兰和杨如仁、杨梦花、盖云仙的三角恋更为异想天开，竟然都是两辈嫡亲男人（叔侄、父子）同爱一个女子。可见冯玉奇极有编故事的才能，从而使作品更具吸引力和娱乐性。又次，这三种言情小说的描写极为干净，没有任何色情描写。除了秦可玉与李慧娟有私生女外，其他人都非礼勿言，非礼勿行。如辛石秋与叶小红因婚礼当天石秋之母去世，为了守孝，新婚夫妻在百日之内没有圆房。而辛石秋与姨表妹巢爱吾为了对得起叶小红，虽被张司令强迫成亲，却只做了几天假夫妻。

从表现形式和艺术手法来看，我觉得冯玉奇的小说与当时新文学的新小说都受了西洋小说的影响，基本相同。譬如：两者都突破了传统小说书名的套路，不拘一格，尤其采用了一字书名和二字书名，如冯玉奇有《罪》《孽》《恨》《血》和《歧途》《逃婚》《情奔》等；而巴金有《家》《春》《秋》，茅盾有《幻灭》《动摇》《追

278

求》。两者的对话方式也突破了传统小说的套路，灵活自如：对话既可置于说话者之后，也可置于说话者之前，还可将说话者夹在两句或两段话之间。至于小说的结构法、叙述法与描写法，更是差不多的。譬如人物描写不再是"沉鱼落雁""闭月羞花""倾国倾城"之类的千人一面，景物描写也不再是"落红满地""绿柳成荫""玉兔东升"之类的千篇一律，而加以具体描绘。这里随便举一个例子：

> 小红坐在窗旁，手托香腮，望着窗外院子里放有一缸残荷，风吹枯叶，瑟瑟作响。墙角旁几株梧桐，巍然而立。下面花坞上满种着秋海棠，正在发花，绿叶红筋，临风生姿，可惜艳而无香，但点缀秋色，也颇令人爱而忘倦。

这是《小红楼》对莲花庵一角的景物描绘，虽然算不上十分精彩，但作者通过小红的眼睛描绘了院中的三样东西——风吹作响的"枯荷"、巍然挺立的"梧桐"、正在开花的"海棠"，从而衬托出莲花庵幽静的环境，曲折地表明了时在秋季。频繁使用巧合手法是冯玉奇小说的显著特点，可以说把所谓"无巧不成书"用到了极致。巧合手法有助于编织故事，缩短篇幅，增加作品的吸引力等，但使用过多则时有破绽，有损于作品的真实性。冯玉奇的某些小说也采用了章回体，但只是标题用"第×回"和对偶句，"却说""且听下回分解"之类的套语已不再经常出现，因此并非章回体的完全照搬。况且章回体并非劣等小说的标志，它在我国小说史上发挥过巨大作用，产生过杰出的四大古典小说。因此用章回体来贬低冯玉奇的小说，也是毫无道理的。

冯玉奇的小说也有明显的缺点。它们与其他鸳鸯蝴蝶派小说一样，主要注重小说的娱乐性，而忽视小说的社会性和艺术性，因此没有产生杰出的作品。他是南方人而小说采用北方话，加之写作速度太快，无暇深思熟虑，导致语言不够流畅，用词不够准确，还有许多错别字和语病。还有使用"巧合"法太多，有时破绽明显，这里不再举例。

总而言之，冯玉奇既不是"黄色"和"反动"小说家，也不是杰出小说家，而是一位勤奋多产、有益无害的通俗小说家，他应在中国小说史尤其是中国现代小说中占有一席之地。

2017 年 6 月 4 日于北京蜗居

图书在版编目(CIP)数据

龙虎剑侠缘 / 冯玉奇著. — 北京：中国文史出版社，
2018.2

（民国武侠小说典藏文库·冯玉奇卷）
ISBN 978 - 7 - 5034 - 9639 - 4

Ⅰ. ①龙… Ⅱ. ①冯… Ⅲ. ①侠义小说 - 中国 - 现代
Ⅳ. ①I246.5

中国版本图书馆 CIP 数据核字(2017)第 248105 号

点　　校：李　聪
责任编辑：蔡晓欧

出版发行：中国文史出版社
网　　址：http://www.chinawenshi.net
社　　址：北京市西城区太平桥大街 23 号　邮编：100811
电　　话：010 - 66173572　66168268　66192736（发行部）
传　　真：010 - 66192703
印　　装：北京盛彩捷印刷有限公司
经　　销：全国新华书店
开　　本：720×1020　1/16
印　　张：18　　　　字数：228 千字
版　　次：2018 年 2 月第 1 版
印　　次：2018 年 2 月第 1 次印刷
定　　价：53.00 元